Mortelles Douceurs

Mortelles Douceurs

KATY-LYNN CÉNAC

City
Roman

Illustration de couverture : Sébastien English

ISBN : 978-2-8246-1891-3
Code Hachette : 59 1226 7

Collection dirigée par Christian English & Frédéric Thibaud
Catalogues et manuscrits : city-editions.com

Dépôt légal : Juin 2021

1

À quarante-huit ans et une semaine, Prudence Poivert commençait une nouvelle vie. En passant la porte du bureau du juge pour la dernière fois, elle comprit qu'une page se tournait. Après ce rendez-vous avec celui qui, aujourd'hui, devenait son ex-mari, Prudence serait une femme divorcée.

Elle l'aperçut au milieu de la pièce cérusée, décorée de diplômes encadrés, et voulut l'étrangler ! Non seulement il l'avait trompée avec une de ses étudiantes, mais en plus, il l'avait poussée à faire une procédure à l'amiable. Usant de son charme, de sa sympathie naturelle, de leurs souvenirs enchanteurs – aux quatre coins du monde –, l'ordure était parvenue à la convaincre de venir déposer l'autographe qui lui rendrait sa liberté, après vingt-huit années de vie commune.

Résolue, Prudence avait mené des négociations habiles. Résultat : rente mensuelle considérable. Acquisition de la voiture du couple – une collection, la 2 CV jaune mimosa de 1979. Et obtention de la maison de famille de Supplicy-sur-l'Isle – classée parmi les plus belles maisons dc Gironde. D'après les dires de son infidèle de mari, ponte en archéologie, une sublime demeure logée au cœur de la campagne française. Sans y avoir jamais mis les pieds, Prudence le crut sur parole et accepta le deal. Peut-être commettait-elle une erreur ? Une de plus ! Après tout, monsieur le docteur en archéologie n'était-il pas le roi des fourbes ? Un sale menteur. Un être indigne de confiance, dont l'unique sort acceptable serait d'être enfermé dans un sac et jeté à la Garonne !

— Madame Mercado, désormais à nouveau madame Poivert, nous n'attendions plus que vous !

Le juge Landrin lui adressa un grand sourire et l'invita à s'asseoir. Le crâne dégarni, les joues creuses, le nez pointu et les yeux aux cernes violacés, le magistrat trentenaire possédait un faciès peu flatteur. Sa bonhomie et son sens de l'écoute comblaient, en grande largeur, ses disgrâces physiques qui ne le préoccupaient guère.

Il observa, un instant, les Mercado. À ses yeux, un couple charmant. Aventuriers, ils avaient parcouru le monde pour faire avancer la science de l'humanité. Totalement dévouée à la vocation de son époux, Prudence avait traversé les cinq continents pour le soutenir. Quant à Arthur, épaulé par une femme brillante, il avait fait une découverte majeure.

Quel gâchis de voir des personnages si romanesques finir dans son bureau à cause d'une sordide histoire d'adultère ! Maudite crise de la cinquantaine. S'enfuir avec une étudiante de vingt-cinq ans sa cadette, quel vieux cliché ! Cliché qui rendait le docteur Mercado moins admirable du coup, contrairement à Prudence. Là, le magistrat louait sa grandeur d'âme. Sa loyauté. Sa sagesse d'avoir accepté un divorce à l'amiable. Le grand professeur de cinquante ans, replet, moustachu, aux larges lunettes et toujours vêtu de son complet marron en velours, ne méritait pas une dame comme elle.

Toutes ces réflexions, le juge Landrin les garda pour lui – mais il s'avouait une nette préférence pour sa chère madame Poivert.

— Prenez place ! Les documents sont prêts. Il ne reste plus qu'à mettre fin à la procédure.

L'universitaire tendit la chaise à sa femme afin qu'elle s'assoie. À son tour, il s'installa à ses côtés. Prudence portait sa fragrance préférée. L'effluve réveilla en lui une vague de nostalgie. Ils avaient vécu mille péripéties. Presque mille vies. Elle fut son grand amour, celle qui l'inspira, le soutint, le façonna. D'un étudiant boutonneux aux cheveux gras, souffrant d'un léger embonpoint, il devint un chercheur admiré et craint. Il lui devait la découverte qui le rendit célèbre et le plaça parmi les meilleurs archéologues du monde.

Il toussa. Il lui fallait se ressaisir. Depuis deux ans, il vivait une romance avec son étudiante de cinquième année, Bénédicte Goin. D'une beauté insolente, elle le considérait comme un héros, contrairement à Prudence.

Une fois les papiers paraphés et signés, ils se séparèrent sans un regard. Le juge eut droit à un sourire radieux de la jeune divorcée et, du docteur Mercado, à un hochement de tête en signe d'adieu. La nouvelle célibataire ouvrit la porte et quitta, soulagée, le bureau du magistrat.

Au bout du couloir, la maîtresse de son ex-mari patientait, appuyée contre l'ascenseur. Prudence bifurqua à gauche pour rejoindre l'escalier. Un ascenseur ne méritait pas l'effort hypocrite d'un salut à la garce qui lui avait volé son compagnon.

En refermant la porte du bureau, l'ex-conjoint volage vit Prudence opter pour la fuite. Rien d'étonnant, elle possédait un caractère entier. Tempérament qui lui avait valu pas mal de problèmes, mais également profusion de bons moments.

Sincère, impulsive, curieuse et dotée d'une joie de vivre qu'elle communiquait avec générosité, Prudence

Poivert parvenait à combler de bonheur la vie des gens les plus moroses – et à pourrir la vie des personnes les plus toxiques. On ne reconnaissait son accent du Sud-Ouest que dans les moments d'intense excitation ou de sourde colère. Prudence ne supportait pas l'injustice. Avec l'âge, ce caractère prenait de l'ampleur. Certains jours, elle rêvait de vivre coupée du monde, tel l'ermite Emilian devenu saint Émilion, religieux qui se retira dans la caverne d'un rocher. Elle avait repéré une grotte troglodyte qui lui faisait envie, non loin de Rouffignac. Le jour où elle n'en pourrait plus, elle s'y réfugierait.

Arthur Mercado sourit en repensant à son histoire de caverne. Il devait se rendre à l'évidence. Tout ce qui, hier, semblait irritable à l'archéologue, exaspérant, insupportable, lui paraissait aujourd'hui charmant, délicieux, et il, n'osait le dire : irrésistible. Bon sang, Prudence lui manquait !

Il la regarda s'engouffrer dans la cage d'escalier. Que Prudence était belle. Ses cheveux coupés au carré, couleur châtain caramel, la rendaient moderne. Son visage ovale, illuminé par de grands yeux verts en amande, expressifs et curieux, troublait toujours autant les hommes. Son corps harmonieux était ferme et musclé. Son allure gracieuse et son air enjoué l'envoûtaient toujours autant.

Du haut de son mètre soixante-cinq, il la trouvait sublime !

2

En arrivant à Supplicy-sur-l'Isle, village girondin de deux mille deux cent sept âmes, Prudence Poivert fut instantanément charmée. Située dans l'arrière-pays bordelais, la bourgade, sculptée dans la falaise, possédait un cachet unique. Ruelles lisses en calcaire. Maisons en pierre de taille. Toitures en tuiles du canal. Volets en bois avec serrures à espagnolette.

Particularité des lieux : tous les chemins de l'hypercentre convergeaient vers l'édifice central : l'église classique Saint-Martin. Les amateurs du Moyen Âge avaient restauré ses peintures, mettant en exergue la flamboyance des couleurs dont étaient friands les gens d'une époque qu'on associe à l'obscurantisme.

Le cœur du village battait au rythme de ses commerces. La boulangerie artisanale Bellinoy. Le boucher charcutier Dupin. La cave de Paulin et son vin bio, local, raisonné et raisonnable. Le Bar de l'Estuaire, écrasé d'un auvent rayé bleu et blanc. Les Petites Mains, boutique de vêtements garantis « créations françaises en coton biologique ». Un Carrefour Market. Le salon de coiffure Chez Jeannette. La pharmacie Rosette. Le buraliste Trichet. Un centre médical aux plaques rutilantes indiquant un médecin généraliste, un dentiste, deux infirmières et un ophtalmologiste. La librairie Katlyn. L'agence intérim At Work. L'agence immobilière Gratien. Les assurances SGDR.

Supplicy-sur-l'Isle s'étendait sur les deux rives de la tumultueuse Garonne. Un pont en pierre, dit le pont de l'Estus, reliait les berges. Longeant le fleuve, la route Amélia-Hilarie desservait la partie nord, dite la rive droite. Les quartiers de la Lamproie et de la Pibale se partageaient des lotissements de maisons standardisées où logeaient commerçants et ouvriers des usines de Supplicy. La longue voie du Carrelet permettait aux habitants du coin d'atteindre la zone industrielle en vingt minutes.

Sur la rive gauche – au sud du fleuve – se déployaient les faubourgs huppés : Le Nouaisson, Le Ripassou et La Pinardière. Les propriétaires fortunés rejoignaient le centre du village par la nouvelle artère Victor-Hugo fraîchement goudronnée. Le château Gravis dominait les vallons de vignes. À l'ouest, la rue d'Espagnet menait aux quelques fermes perdues dans le coin du « Bouchon-Vaseux ».

À l'est du village, au-delà du ponceau du Canal, on s'enfonçait dans la vallée de la Garonne. Connue sous le nom de Palud du Marronnage, les locaux la désignaient parfois comme «les marais de la Liberté». Liberté, tout un symbole pour Prudence Poivert qui devenait, huit mois après le divorce, l'heureuse propriétaire d'une résidence au cœur du Palud, «offerte» par son ex-époux.

Après avoir stationné la 2 CV jaune dans la cour à gravillons devant la maison, elle quitta le véhicule pour découvrir les lieux. Prudence s'émerveilla devant le mur pignon. La façade en moellons d'époque. Les fenêtres à huit carreaux, aux huisseries peintes en beige. Les panneaux photovoltaïques orientés au sud. Le récupérateur d'eau de pluie enfoui près du potager. La toiture végétale. La pompe à chaleur et le triple vitrage. Elle croisa les bras et constata que rien n'avait été oublié pour rendre cette demeure d'époque écologique et idyllique !

Elle entra et tomba sous le charme des 98 mètres carrés de surface au sol recouvert d'un parquet verni. D'une décoration intérieure luxueuse et cosy – style « campagne chic » –, d'une vaste salle à manger. D'une cuisine américaine ouverte et moderne. D'un salon pensé avec goût. À l'étage, une immense salle de bains, deux chambres et un large dressing l'enchantèrent. À l'extérieur, un jardin aménagé de 600 mètres carrés avec piscine. Un garage couvert construit à l'écart. Le tout, entouré d'une palissade en teck suffisamment haute pour garantir l'intimité finit de la séduire. Le portail électrique, totalement sécurisé par une alarme, offrait même la possibilité d'ajouter une caméra à l'entrée, reliée à un visiophone intérieur. Information que Prudence enregistra, mais qui pour elle n'avait aucune utilité. Une petite merveille !

En posant ses valises, elle soupira. Enfin, elle quittait l'agitation d'une ville comme Bordeaux pour le repos d'un village de Gironde. Y avait-il meilleur endroit pour se sentir en sécurité qu'à Supplicy-sur-l'Isle ?

Les deux pieds sur son nouveau parquet, elle ne regrettait pas son choix lors des négociations avec Arthur Mercado. Monsieur son ex-mari avait du goût, un sens acéré de l'écoresponsabilité et une étrange propension au « tout-sécuritaire ».

Elle laissa ses bagages en plan et se dirigea, le pas léger, vers sa pièce de prédilection. Dans la cuisine, elle sourit un peu bêtement. Cet endroit ressemblait au paradis. Elle en fit le tour, la main posée sur chaque meuble. Un piano de cuisson somptueux. Un immense réfrigérateur multiportes à air ventilé. Une hotte aspirante. Un plan de travail stratifié en merisier.

Elle possédait mille ustensiles : des plats, des casseroles, des gadgets, des robots. Tout ce que l'on pouvait voir dans la cuisine d'un restaurant. On y retrouvait toutes les formes. Toutes les matières. De la céramique à la fonte. De l'inox à l'acier. Du fouet électrique au robot cuiseur multifonctions.

Elle consulta sa montre. 9 heures 30. Elle savait qu'aujourd'hui on était vendredi. Elle se précipita dans l'entrée et saisit un panier à provisions en osier « countryside ». Le rangement des valises attendrait. Elle avait plus important à faire : le marché et sa foison de produits locaux. Priorité de sa première journée à Supplicy : remplir le frigo avec du bio !

Elle récupéra les clés de la deudeuche quand elle aperçut son reflet dans le miroir de l'entrée. Machinalement, elle remit une mèche de cheveux en place. Cette baraque n'était-elle pas trop grande pour elle ? La femme divorcée. Abandonnée. Seule au monde.

Son enthousiasme s'effondra. Elle sentait qu'elle allait s'ennuyer ferme à Supplicy. Quelle mouche l'avait piquée, de négocier la maison de campagne ? Prudence se mit à se lamenter et à maugréer.

Ici, aucun bruit de circulation. Pas de trains ni de trams. Pas de sirènes hurlantes. Adieu vacarme citadin. Tumulte urbain.

Le chant des oiseaux et le bruit du vent dans les arbres allaient vite avoir raison de sa bonne humeur !

3

Vers 14 heures, Prudence déprima. Déjà ! Elle avait occupé sa matinée à ranger provisions et autres achats du marché. Depuis, l'ennui la submergeait. Elle chercha à s'occuper. Elle parcourut les blogs des grands voyageurs. Très vite, ça l'assomma. Elle prit un abonnement pour la chaîne Voyage et tenta de calmer le fourmillement dans ses jambes. Là encore, fiasco. Les images télévisées ne remplaceront jamais les odeurs, l'énergie du réel et ces rencontres qui nous font nous sentir appartenir à une humanité.

À défaut d'être divertie, elle dégringolait dans la nostalgie. Elle adorait déguster les épices. Utiliser les gestes pour se faire comprendre. Ressentir la chaleur du soleil et la caresse d'une brise. Respirer les effluves d'un café trop corsé. Souiller ses chaussures dans la poussière. Se réveiller sous un ciel étranger avec la sensation d'avoir toujours vécu là.

Après deux heures de visionnage intensif d'un trekking au Groenland – sa sœur y vivait depuis six mois –, elle capitula. Affalée dans son fauteuil Cottage aux motifs à fleurs, elle fixa le plafond, à la recherche d'une solution. Afin de déclencher une fulgurance, elle se leva et commença à faire les cent pas. Elle s'immobilisa derrière une fenêtre et souleva les rideaux. Bon sang ! Ne vivait-elle pas à la campagne ? Elle avait ramassé un prospectus sous sa porte, en arrivant, et l'avait posé sur le comptoir de la cuisine. Elle s'y précipita.

« Sur la rive gauche de Supplicy-sur-l'Isle, venez découvrir le chef-d'œuvre hydraulique du canal de Garonne : l'écluse du Léoguille. Impossible de passer à côté ! Promenades pédestres ou équestres en forêt et sur les berges. Circuits débutants ou experts. »

Aujourd'hui, Prudence Poivert tuera sa neurasthénie soudaine devant un ouvrage fluvial. Bottes en plastique vert – qu'elle s'était achetées lors de la grande crue au Venezuela. Jean brut de marque. Pull effet fourrure bleu nuit. Doudoune noire sans manches. Paire de gants gris. Sac kaki à bandoulière. Et l'excitante sensation de partir à l'aventure. Enfin !

*

À l'approche du bois du canal, elle remarqua une zone de parking. Aïe ! On était à mille lieues des photos du prospectus. Elle espérait que l'endroit avait gardé un aspect sauvage. Réticente, elle enfila sa besace en bandoulière en râlant. Direction : l'entrée du parc.

Une première partie, aménagée de sentiers plats, accueillait les familles avec enfants et poussettes. Le reste du bois se voulait sans entretien, indompté, touffu et envahi de fougères et de lichen sur les arbres. La forêt dégageait l'odeur d'un sol détrempé par l'averse matinale de ce mois de septembre.

Aux anges, Prudence s'enfonça dans la nature. Elle y perdit toute notion de temps. Pendant presque une heure et demie, elle chemina, çà et là, quand elle repéra, du haut d'un talus, le fameux canal et son écluse.

L'ouvrage d'art, perfectionné par Léonard de Vinci, semblait à l'abandon. Érigés en 1844 – comme inscrit sur la plaque descriptive de l'entrée du parc –, les portes, la maçonnerie et les ponts-canaux se dissimulaient sous d'affreux graffitis. Un peu déçue, la randonneuse hésita à poursuivre. Trop bétonné. Trop austère. Trop insipide.

Tous les sentiers menaient à l'écluse, elle devait faire demi-tour. Elle rebroussa chemin pour rejoindre le bois. Son pied dérapa sur les amas de boue d'une pente. Par réflexe, elle agrippa un pauvre frêne des deux bras pour éviter la chute. Son autre pied, en raison de ce foutu phénomène de gravité, se déroba à son tour. La joue plaquée contre l'écorce, la presque quasi-quinqua ne parvenait pas à se redresser. Maudites bottes en plastique !

Elle plia les genoux. Geste malheureux ! Elle se mit à patiner, comme une dératée, sans savoir comment s'arrêter. Elle trouva un équilibre en remontant les fesses à l'horizontale, mais resta coincée. Position affligeante.

Pourtant, il lui fallait bouger. Elle remua une jambe. Les lois de la physique poursuivirent leurs œuvres. Ses bras glissèrent inexorablement le long du tronc. Elle accéléra le mouvement des pieds. Un monceau d'argile se détacha, entraînant dans sa chute une Prudence essoufflée. Elle atterrit, le fessier le premier, dans une flaque boueuse et vaseuse. À deux centimètres du bord le plus déclive de la berge.

Tartinée de gadoue jusqu'au cou, elle pesta, les bras en l'air. Le liquide poisseux semblait se frayer un chemin sous la toile de jean de son pantalon. Pourquoi avait-elle choisi de vivre à la campagne ? Mouillée, crasseuse et collante, elle fit quelques pas. Splotch ! Splotch ! Cambrousse de merde ! Jamais plus elle ne foutrait les pieds dans ce bois !

N'ayant plus le choix, elle devait rattraper le sentier nord pour rejoindre le parking. Il lui fallait longer le canal et franchir l'écluse. Hors de question qu'on l'aperçoive dans cet état ! Elle avançait avec lenteur, émettant des grognements à chaque pas. Un silence dérangeant régnait. Le vent charriait des relents d'humus, de pollens, de terre et de… fer. Une troublante odeur métallique.

Prudence se raidit. Il lui semblait avoir aperçu une forme derrière le pont-canal en aval.

Elle plissa les yeux, cherchant à améliorer sa vue. Une acuité visuelle de dix dixièmes à chaque œil ne faisait pas tout. Rien ! Il devait s'agir de bois flottés. Prudence hallucinait. Après tout, elle venait de se prendre le gadin du siècle. Elle se concentra sur son retour au bercail et se remit en route. Elle fit quelques pas et se figea.

Il y avait bien une masse, là-bas, cognant contre les portes du sas de l'écluse. Prudence se dressa sur la pointe des pieds et tendit le cou. Ce qu'elle vit lui glaça le sang.

Sans réfléchir, elle partit en courant.

4

Ce qu'elle avait pris pour du bois flotté était, en réalité, un individu retourné sur le ventre. Sa tête rebondissait contre les portes du sas au gré des mouvements de l'eau de l'écluse.

Par réflexe, elle s'agenouilla sur la berge et tendit la main vers lui. Prudence possédait de bonnes notions de secourisme. Elle se dit, presque naïvement, qu'elle pourrait faire quelque chose – oubliant même qu'elle était couverte de boue et de feuillages. Elle se pencha, mais stoppa son geste.

À une telle proximité du corps, elle sut qu'elle ne pouvait plus rien faire. Horrifiée, elle bascula en arrière et retomba sur les fesses. Devant elle, le visage d'un homme émergea de l'eau de l'écluse teintée de rouge. Prudence posa une main sur sa bouche pour étouffer un cri.

Au prix d'un douloureux effort, elle se releva. Sans attendre, elle fouilla sa besace. Son téléphone portable, vite ! Elle composa le 17. Une opératrice répondit. Prudence tenta d'être concise et de ne rien oublier :

— … un homme, plus de trente ans, se trouve dans l'écluse du Léoguille. Il flotte… sans vie. Il y a du sang partout ! C'est épouvantable, épouvantable, répéta Prudence, bouleversée.

— Des plaies apparentes, Madame ?

— Je ne vois rien. Mains devenues bleues comme ses lèvres. Il porte un costume sur mesure et un bracelet en or sur lequel on peut lire : AG, détailla le témoin novice.

Prudence tenta d'être claire dans ses explications. Elle précisa les lieux, décrivit les environs et raconta les circonstances de sa découverte. Elle fit de son mieux. Précision. Efficacité. Sang-froid. Elle se débrouillait bien, malgré le choc et la terreur. L'opératrice la remercia et expliqua que les secours étaient en route.

Prudence en avait vu, des horreurs, lors de ses voyages, mais un cadavre en France, c'était une première. Elle raccrocha, remit le téléphone dans la besace et posa son regard sur le jeune homme. Elle l'examina sous tous les angles. Réflexe d'une ex-femme d'archéologue, sûrement ! Elle avait même l'impression qu'Arthur allait débarquer avec ses gants blancs et ses sacs en plastique.

Elle jeta un coup d'œil aux environs. Atmosphère étrange. Tout y était immobile. Serein. Elle retourna sur ses pas à la recherche d'indices. Elle ne trouva rien. Elle décida de traverser le pont de l'écluse jusqu'à l'autre rive pour examiner les lieux sous un nouvel angle. Elle nota la position du corps et observa les alentours. Pas le moindre élément. Aucun effet personnel, seulement un dernier smartphone de la marque Apple, flambant neuf, posé sur la berge. Elle s'en approcha et posa un genou à terre. Là encore, pas de tache. Ni de trace d'impacts. Ni d'égratignures. Une brise se leva, transportant une désagréable odeur rance et acide. Odeur caractéristique d'un contenu gastro-intestinal.

Prudence se retourna vers les berges. Puis vers le bois. À nouveau, vers l'écluse. Il n'y avait qu'un chemin possible. Tous les sentiers du bois menaient ici. Le reste n'était que forêt et eaux du canal. Eaux du canal et forêt.

Prudence se mit à réfléchir aux circonstances. Il existait maintes possibilités. Meurtre ou suicide ? Disputes amicales, voire familiales ? Règlement de comptes ? Et pourquoi pas un accident ? Une chute mortelle ? Une noyade ? Et si c'était un homicide ? Qui choisirait un endroit touristique pour commettre un crime ? Un psychopathe ? Un pervers ? Où pouvait-il bien être, à cette heure-ci ? S'agissait-il d'un habitant de Supplicy ?

Elle se gratta la tête. Quelque chose la chiffonnait. Pourtant, impossible de mettre le doigt dessus.

Tout à coup, elle entendit, au loin, l'arrivée des secours à grands coups de sirènes. Les renforts débarquaient.

Elle décida de rejoindre la berge opposée. Elle franchit le pont-canal quand elle buta sur un objet métallique. Elle se baissa. Elle venait de trébucher sur un bracelet de breloques en forme de crocodile. Elle râla. Quand est-ce que les gens comprendraient que leurs déchets finissent toujours par revenir dans leurs assiettes ?

Pendant la prise en charge des équipes scientifiques, qui dura une vingtaine de minutes, Prudence patienta, témoin unique, droite comme un I. Les gendarmes et les experts travaillaient avec acharnement. La victime, Antonin Gravis, le dentiste de Supplicy – d'après un médecin légiste –, serait morte depuis quelques heures seulement. Une enquête fut ouverte sans attendre.

Le capitaine Hasis dirigeait les investigations. Elles commençaient par l'interrogatoire d'une certaine Prudence Poivert.

— Magnifique journée ! Il faut profiter des derniers jours de l'été. L'automne arrive vite chez nous. Merci pour votre patience, madame Poivert.

— Ce n'est rien !

L'officier lui sourit et lui tendit la main :

— Capitaine Farid Hasis, gendarmerie nationale. J'ai deux ou trois questions à vous poser. Eu égard à la situation présente, on ne peut se passer de telles formalités.

Elle lui serra la main et opina.

— Que souhaitez-vous savoir, Capitaine ?

5

— Tout ! Débutons par ce qui vous est arrivé. Vous vous êtes échappée d'un institut de beauté après un bain de boue thermale ? se moqua l'officier.

Prudence avait presque oublié son état. La gadoue s'était solidifiée.

— Chute du haut d'un talus. J'ai atterri dans une flaque, en amont.

Elle désigna du doigt l'endroit. Son sérieux contrastait avec la jovialité du capitaine. Prudence présuma que l'humour devait être un bon moyen pour endurer les horreurs de ce métier.

— Hum, hum ! Je le conçois. Je le concède.

Il nota une phrase dans son carnet noir, format A5. Prudence l'observa avec attention. L'enjoué escogriffe devait avoir plus de trente-cinq ans. Le visage émacié et la mine fatiguée, il portait un manteau Brixton de type parka beige sur un jean brut parfaitement repassé. Ce qui le rendait presque invisible. Ses traits tirés et ses yeux noirs cernés renvoyaient l'image d'un homme accumulant les nuits blanches. Heureusement, sa chevelure charbon, abondante et disciplinée, sa bouche charnue et rieuse et son nez retroussé faisaient de lui un être séduisant. Il devait avoir du succès – surtout auprès des jeunes femmes. Il recula d'un pas et demanda :

— Que faisiez-vous, seule, sur le sentier ?

— Une promenade !

— Au milieu de l'après-midi, un jour de semaine ?

— Oui !

— Vous ne travaillez pas, madame Poivert ?

— Pourquoi toutes ces questions ?

Quel était le lien avec la découverte macabre ? La légèreté du ton de l'officier semblait disparaître au profit d'un rigoureux interrogatoire. Elle le dévisagea :

— Non, Capitaine. J'ai la chance de ne pas y être obligée.

— Un mariage heureux ?

— Un divorce avantageux !

Le haut gradé sortit le nez de son calepin et lui sourit. Le sympathique Hasis était de retour. Il venait de comprendre qui était en face de lui.

— Vous êtes la nouvelle propriétaire, chemin de l'Étang, dans le Palud ?

— Exact !

— Supplicy est un petit village. Ne vous en formalisez pas ! Dans le but de pallier un certain ennui, les gens parlent. Quoi de plus humain ?

Elle fronça les sourcils. Il confia :

— Les gens babillent, ici. Vous devez en avoir vu, des choses en suivant votre ex-mari archéologue. Un divorce n'est jamais chose aisée. Voyez-vous, ma voisine, Marie, a été mariée pendant quarante-trois ans. Vous rendez-vous compte ? Quarante-trois ans. Jamais travaillé. Femme au foyer modèle, sans travail ni amis. Aujourd'hui, elle vit avec une minuscule retraite, mais savoure une liberté jusqu'alors inconnue.

Jolie histoire, songea Prudence. En attendant, tout se sait dans ce village ! Pour abréger l'inconfort grandissant, elle enchaîna :

— Écoutez, Capitaine ! Je me baladais dans le bois quand j'ai glissé. Stupide accident. Arrivée sur les berges, j'ai voulu rejoindre mon véhicule…

Nouvelle interruption.

— Ah bien sûr ! Votre 2 CV jaune. Une collection, ce me semble. Savez-vous qu'un véhicule de plus de trente ans bénéficie de l'appellation « collection » ?

— Non, je l'ignorais, dit-elle, décontenancée.

— Les gens parlent pour ne rien dire, ici !

Il s'esclaffa. Tout chez lui inspirait la cordialité. Le comportement « mi-flic, mi-copain » perturbait Prudence. Où voulait-il en venir ? Elle continua, déterminée à en finir pour rentrer chez elle. Elle tuerait pour une douche brûlante – peut-être qu'elle devrait éviter de dire ça à voix haute.

— Je me dirigeais vers le parking quand j'ai vu quelqu'un flotter dans l'écluse.

— Vous pouviez le voir de l'autre bout de la berge ? Du fait de l'orientation conjoncturelle, je n'exclus pas la possibilité de la tâche. Néanmoins, cela reste fort étonnant.

Le témoin ne pipait mot. Orientation conjoncturelle de quoi ? Prudence doutait que le capitaine se comprît lui-même. Elle répliqua, tant bien que mal :

— Pas vraiment. Euh ! Disons que j'ai aperçu quelque chose d'inhabituel.

— Hum, hum ! Je le conçois. Je le concède.

Il écrivit deux lignes et l'encouragea à poursuivre.

— Je me suis approchée. J'ai remarqué qu'il ne bougeait pas et j'ai appelé les secours.

— Pourquoi venir aussi près ? N'aviez-vous pas vu qu'il était mort depuis la berge ?

Tout à coup, Prudence eut la désagréable impression d'être coupable. Derrière les phrases alambiquées de l'officier se cachaient des questions d'une grande précision. D'un solide professionnalisme. D'une effrayante sagacité.

Elle ne se démonta pas. Elle le toisa et lança :

— Je voulais porter secours. Je n'avais pas remarqué qu'il était…

— Madame Poivert, voyons ! En prenant toutes les précautions qui s'imposent, où que nous mène la complexité des faits, nous sommes contraints de supposer que vous avez, bel et bien, vu un corps flotter dans le sas. La mode étant aux polars et autres séries policières, l'idée de trouver un cadavre vous a excitée. À force de vous étirer pour « mieux voir », vous avez glissé puis dévalé le talus sur le séant. Une fois sur la berge, dévorée de curiosité, vous vous êtes précipitée vers l'écluse. La mort du riche dentiste de Supplicy va devenir, pour le coup, la prochaine anecdote de vos repas de Noël.

La colère fit rosir les joues de la pas tout à fait quinqua. D'un ton ferme, elle s'écria :

— Je ne vous permets pas…

Le capitaine de gendarmerie l'interrompit en se mettant à rire.

6

— Je plaisante, madame Poivert. Humour de Supplicy. Vous allez finir par vous y habituer, à n'en pas douter. Ne m'en voulez pas ! Je suis de garde depuis avant-hier. Quoi qu'on dise concernant la baisse de confiance contextuelle, on ne peut pas se passer de faire notre métier dans la correction. Auriez-vous croisé quelqu'un à proximité pendant votre randonnée ?

Absorbée par sa marche, elle n'avait pas fait attention.

— Non, répondit-elle vaguement.

— Hum, hum ! Je le conçois. Je le concède. Avez-vous entendu un bruit particulier ? Des pas ? Des voix ?

Cette fois-ci, Prudence affirma avec certitude.

— Rien ni personne.

— L'endroit est étendu, exposa Hasis en faisant les cent pas. Abondant. Sauvage. Impossible de ne pas emprunter les berges aménagées. À moins de couper à travers bois… Et là, il apparaît préférable de connaître l'endroit comme sa poche. À la fougère près. Densité de végétation rime avec perte d'orientation. Seul un enfant du pays pourrait s'y retrouver.

Il soupira, visiblement mécontent de ses réflexions, et s'écria :

— Excluons les générations actuelles qui fuient « dame Nature » au profit du « dieu Téléphone portable ».

Il marmonnait maintenant. Si notre coureur des bois débute, il pourrait s'égarer et une battue le débusquerait. Ou pas. À l'inverse, un homme aguerri pourrait rejoindre le parking sans paniquer. Avantage pour nous : caméras de surveillance. Nonobstant, pourquoi laisser le corps en évidence ?

Prudence ne disait rien. Cet officier semblait singulier. Qu'avait-elle fait pour tomber sur un type pareil ? Il sortit de sa réflexion en hurlant :

— Que fait une femme d'archéologue sur un chantier de fouilles ?

À nouveau, il empruntait des chemins de traverse. Vidée, Prudence souffla :

— Précisez votre pensée.

— Malgré le fait que tel n'était pas votre métier, je subodore qu'il vous est familier, en comparaison avec le commun des mortels. Un archéologue cherche les traces du passé. Il déniche. Il inventorie. Il examine, même la plus insignifiante marque des temps anciens.

— Arthur, enfin mon ex-mari, est spécialiste en céramologie… La datation des tessons de céramique…

Le capitaine croisa les bras :

— Donnez-moi un détail qui vous a troublée, madame Poivert. N'importe quoi. Parfois, l'œil retient des informations qui peuvent servir une enquête. Dans le cas particulier de la situation qui nous concerne, je vous demande d'analyser l'ensemble des solutions pertinentes capté par votre regard d'experte.

Bien sûr, Prudence avait observé. Analysé. Étudié les lieux autour de ce monsieur Antonin Gravis, dentiste de Supplicy. Sans nul doute, elle s'était forgé une opinion – que des fadaises, selon elle.

Il insista :

— Avez-vous senti une odeur de parfum ? Entendu le bruit d'une voiture dans le lointain ?

— Le calme, révéla-t-elle, concentrée. Rien ne semblait avoir été dérangé. Tout était en ordre autour de lui.

Prudence repensa à « dame Nature » et au « dieu Téléphone portable ». Elle lâcha :

— Et un smartphone, dernière génération, posé sur l'autre berge avec soin. Il n'avait reçu aucun choc. Aucun traumatisme. Pas la moindre éraflure…

Elle s'interrompit, se trouvant ridicule. L'officier de la gendarmerie hocha la tête.

— Vous pouvez partir, madame Poivert. Si j'étais dans vos souliers, je tuerais pour prendre une douche décapante.

Il partit dans un éclat de rire communicatif. Prudence sourit avec difficulté. Cette conversation, inconfortable, déplaisante, presque humiliante, l'avait lessivée. À plusieurs reprises, il l'avait traitée comme une criminelle. Elle qui n'était là que pour aider.

— Une dernière chose, madame Poivert !

— Quoi ?

— Merci d'avoir répondu à mes questions avec tant de patience. Ne vous formalisez pas des rumeurs qui courent à Supplicy. Au vu des circonstances, particulièrement du fait de cet épisode, vous risquez d'être le centre d'attraction. J'espère que le calme de la campagne vous aidera à oublier.

— Je l'espère aussi.

— Vous verrez ! Supplicy est parmi les endroits les plus paisibles de France.

Sur ces belles paroles, l'officier au manteau Brixton beige s'éloigna, simulant une légère révérence. Prudence ressentit une profonde lassitude. Ce n'était pas un capitaine de gendarmerie. C'était un poète. Un illuminé. Un génie. Elle prit conscience que sa venue à Supplicy se classait dans la catégorie : curiosité de l'année. Si un homme occupé comme Hasis connaissait son adresse, sa situation maritale, la marque de sa voiture, elle n'osait imaginer ce qu'il en était pour les autres : les familiers du bistrot, les étudiants, les femmes au foyer, les employés de la mairie, les commerçants du centre et d'ailleurs. En somme, tout Supplicy-sur-l'Isle.

Son portable vibra. Elle le sortit de la poche de sa doudoune sans manches. Un message de son neveu, Amaury. Elle l'avait oublié, celui-là. Le garnement – terme qui lui convenait à merveille – cherchait à s'incruster chez elle depuis des mois. À l'annonce du divorce, après plusieurs tentatives, il avait obtenu une invitation : demain à 10 heures.

Malgré sa réticence – et surtout en l'absence d'une excuse valable –, Prudence avait fini par accepter. D'abord, pour faire plaisir à sa sœur chérie et à son beau-frère adoré exilés dans le Grand Nord. Ensuite, car on n'échappe pas à la famille Poivert. Ce n'était pas faute d'avoir essayé !

Cette pensée lui arracha un sourire. Un vrai cette fois-ci ! Elle secoua la tête et déclama :

— Les Poivert, difficile de vivre avec, mais impossible de vivre sans, comme disait mon grand-père.

Après avoir recouvré ses forces, Prudence prit le chemin de sa deudeuche jaune mimosa. L'agitation était à son comble. Le maire venait d'arriver, accompagné de sa cour. Les agents municipaux du bois se bousculaient pour mieux voir. Une bande de jeunes observait du bout du sentier, les mines réjouies. Les gendarmes tentaient de maintenir l'ordre.

En quittant le bois du Canal, Prudence accéléra le pas. Une fois dans son véhicule, elle fit vrombir le moteur et déguerpit le plus vite possible – du moins, aussi vite que sa 2 CV fatiguée le lui permettait.

Pendant qu'elle fuyait le parking de l'écluse du Léoguille, dans le très cossu quartier du Ripassou, l'illustre reporter parisien Richard Boileau posait ses valises à Supplicy, pour la première fois.

7

Debout, devant la porte ouverte de sa demeure du dix-septième siècle, le célèbre journaliste récupéra ses lourds bagages et pénétra dans la fraîcheur que seules les vieilles maisons peuvent apporter. Enfin ! Il allait pouvoir profiter d'un repos bien mérité. Il s'étira et observa sa nouvelle maison de campagne. Somptueuse. Élégante. Un ravissement !

Richard n'avait pas vu arriver ce que tout bon reporter tente d'éviter. L'enchaînement des enquêtes. Les faits divers toujours plus infâmes. Sa hiérarchie lui en demandant toujours plus. Ces vingt dernières années avaient filé à toute vitesse.

Jusqu'au matin du 16 janvier 2012 où Boileau comprit que, dans à peine douze ans, il ne se rendrait plus au bureau. Fini le café brûlant déposé dans son box par un nouveau bleu au garde à vous. Fini les réunions interminables avec son directeur de rédaction et son habitude de tout ramener à lui. Terminé les filatures. Les investigations. Les sources d'information. Et la confrontation quotidienne avec un monde ultra violent dont nul ne revient indemne. Bientôt, tout cela serait derrière lui.

Il lui fallait, à présent, songer à la suite. Parmi les centaines d'options, l'excellent reporter, aux nombreuses distinctions, choisit de vouer son temps libre à sa passion : le bricolage. Et sa future retraite : derrière un établi !

Pour un homme avec son palmarès, hors de question de se lancer dans le jardinage ou encore dans la pêche. Il ne parcourrait plus le monde. Il ne visiterait plus les endroits les plus reculés de la planète. Une seule chose l'animerait : l'art de transformer une lampe de bureau en un chef-d'œuvre décoratif.

Richard se souvenait précisément de l'instant où il s'était décidé à faire de sa période « post-journalistique » un retrait du monde. Il enquêtait sur un double homicide. Pendant neuf mois, un couple dans les Yvelines s'était empoisonné mutuellement – chacun ignorant que l'autre cherchait à le tuer. Le mari vivait une aventure extraconjugale depuis deux ans et souhaitait récupérer la maison – qu'il n'avait pas fini de payer.

Cette affaire défraya la chronique et valut à Richard un bon papier. Sauf que, cette fois-ci, le grand journaliste rentra chez lui, blasé – ce qui dans son cas était rare, voire saugrenu —! Et ce fut là, à cet instant, qu'il opéra un changement de vie. Il devait se dégoter un havre de paix avant de perdre la boule.

Le département de la Gironde lui apparut comme une évidence. En fin gourmet, il se rêvait spécialiste des produits nobles, issus d'une des régions les plus raffinées – selon Boileau. Authentique Parisien d'adoption, le journaliste ne pouvait concevoir de finir sa vie dans la Ville Lumière. Il aspirait au calme, à la simplicité, à la douceur et – pourquoi pas, à l'amour.

À presque cinquante ans, Richard Boileau était un bel homme. Épaisse chevelure cendrée, impeccablement rejetée en arrière. Visage à peine ridé. Cicatrice sur le menton en guise de fossette dissimulée derrière une barbe élégante. Yeux bleu clair, scrutateurs, faisant fureur sur la gent féminine. Grand marcheur, le reporter possédait un corps athlétique. Sémillant et preste, il plaisait immédiatement.

Devait-il changer de tenue pour aller au supermarché du coin ? On ne savait jamais sur qui on pouvait tomber chez le primeur. Une douce quinqua pourrait être intéressée par un titi parisien expert en bricolage !

Il s'habilla en conséquence. Adieu pantalon marron en velours côtelé, chemise à carreaux en coton H&M et charentaises aux pieds. Bonjour jean Levis ajusté, chemise blanche unie en popeline et mocassins noirs vernis.

Devant le miroir de l'entrée, il s'observa une dernière fois et hocha la tête. Convaincu par son allure, il se sentait prêt à conquérir le cœur d'une villageoise. Il saisit la poignée de la porte et l'ouvrit. Le téléphone sonna. Qui pouvait bien l'appeler un vendredi après-midi ? La sonnerie retentit à nouveau.

Seuls ses proches connaissaient son nouveau numéro. Il claqua la porte et se jeta sur le téléphone placé sur la console de l'entrée.

8

— Allô ! Oui.

— Papou, c'est Léa. Ta filleule et accessoirement ton assistante de rédaction préférée !

Rassuré, il se détendit un peu :

— Comment se porte le monde de l'investigation à Paris sans moi ?

— Comme d'hab' ! À boire des cafés et à traquer les pires ordures au nom de l'information ! Par contre, ce n'est pas pour ça que je t'appelle, Papou.

Il tira le tabouret de l'entrée vers lui et s'assit. La conversation risquait d'être longue.

— Si c'est pour le boulot, la petite Solène me remplace. Elle gère mes dossiers. Je reste dans ma maison de campagne pendant trois semaines.

— Je sais ! Tu es dans le Sud pour profiter de la maison de tes rêves. Je n'ose pas trop te demander un service.

Il eut un sourire en coin :

— Parfait ! Passe le bonjour à la famille. On se contacte à mon retour.

Il entendit sa filleule soupirer :

— OK ! OK ! Tu as gagné. Je résume ou tu veux les détails ?

Il jubila et s'esclaffa :

— Débriefing rapide, juste pour voir ce que je peux faire…

— Un de nos contacts à la gendarmerie vient de nous informer de la découverte d'un corps… disons « intéressant ».

Elle cherchait à créer un suspense. Chose étonnante. Léa Boileau était du genre : directe.

— Intéressant pour qui ?

— Le nouveau chef.

Richard, parti en congé après le pot de départ à la retraite de son directeur et ami Patrick, ignorait encore qui le succédait à la tête du journal.

— Le remplaçant de Patoche est déjà en place ?

Léa chuchota – comme pour avouer un lourd secret.

— C'est Éric Wilkie, Papou !

Pas loupé ! Il hurla :

— Ce petit merdeux est notre nouveau chef ! Tu te fous de moi ?

Le reporter émérite voyait d'un mauvais œil l'arrivée massive de ces jeunes loups carriéristes. Issus de la grande bourgeoisie, ces mômes nourrissaient l'ambition du pouvoir au profit de l'information. Pour Richard, la méfiance de la population envers les « journaleux » venait de là. La connivence de ces blancs-becs avec les politicards et les patrons du CAC 40 foutait tout en l'air. Leur crédibilité. Leur intégrité. Leur honneur. Que savaient-ils des vraies gens ? De la réalité de leur pays ?

Que dalle ! Il leur était tellement plus facile de les prendre de haut, du haut de leur connerie monumentale. Leur arrogance le mettait hors de lui. Richard, lui, s'était fait seul. Élevé dans un quartier populaire de province, par des parents ouvriers, il avait gravi les échelons avec dignité et probité. Fait ses preuves. Montré qu'il avait ça dans le sang. Alors que ces gamins, avec leurs écoles de journalisme élitiste, que prouvaient-ils ? Que l'argent achetait tout ? Même leur déontologie ?

— Au vu des états de service de Wilkie à New York, Washington et Londres, ils lui ont proposé la direction nationale. Ce qui est une très bonne chose, si tu veux mon avis ! ironisa sa filleule.

— Tu plaisantes ! Tu n'as jamais pu le sentir.

— Arrête, Papou. Tu dois confondre.

Léa avait le sourire jusqu'aux oreilles.

— À l'école de journalisme, tu lui faisais vivre l'enfer quand il fréquentait ta copine de chambrée. Tu l'appelais le petit nigaud. Gros gosse de riche. Ah ! oui et l'enfoir…

— Je ne le porte pas dans mon cœur, c'est vrai. Néanmoins, je sais être professionnelle.

— Les gamins de ta génération sont durs entre eux, si tu veux mon avis.

Il fallait que Léa l'arrête sinon Richard risquait de sortir sa théorie – cent fois rabâchée – sur « l'incapacité de ces générations hyperconnectées au monde virtuel à créer des liens sincères ».

— Bon ! Je te raconte ?

— Vas-y ! Mais essaie d'épargner notre nouveau chef. Wilkie était un crétin à dix-huit ans. Il le restera à trente, et ce n'est pas de sa faute.

— Donc ! La mère du gros gosse de riche, enfin de notre directeur, semble l'inquiéter beaucoup…

— La baronne ?

Elle étouffa ses rires.

— Elle n'est pas baronne, Papou. Elle est friquée, c'est tout.

— Si tu veux !

— J'ai appris, je ne cite jamais mes sources, qu'elle a disparu pendant cinq jours. Elle jure ne se souvenir de rien. Son fils lui téléphone tous les lundis. Il y a deux semaines, elle n'a pas répondu. Le mardi, il a laissé un message. Rien. Le mercredi, rebelote. Elle restait introuvable. Lui était trop occupé par son déménagement et les jours ont filé jusqu'à ce qu'elle le contacte le vendredi. Tandis qu'il l'interrogeait, elle a avoué n'avoir aucune souvenance de ces derniers jours.

— Sa mère a sûrement Alzheimer. Il n'y a pas de quoi se réjouir !

— Attends la suite, Papou.

La voix de Léa changea. Ça devenait sérieux.

— Dis-moi tout !

— Sa mère semble être « très proche » de l'homme retrouvé mort aujourd'hui. Ils fréquentaient le même club communautaire ou je ne sais quoi. Avec toutes les responsabilités qu'il a en ce moment, Wilkie se doit d'être discret. Sauf qu'il n'est pas au meilleur de sa forme avec cette histoire en tête. Si tu vois où je veux en venir.

— Pauvre gamin ! La tornade Léa va encore frapper !

Richard connaissait sa filleule. Quand elle tenait un os, elle ne le lâchait jamais. Éric Wilkie était un sacré morceau pour elle.

— Papou ! S'il te plaît ! Nous sommes les seuls à être au courant, en dehors de son fils. Peux-tu faire quelque chose ?

— J'aurais adoré ! Sauf que là, je n'ai pas envie de repartir pour Paris, juste pour t'aider à pousser notre nouveau chef à la démission !

— La victime retrouvée aujourd'hui vit à Supplicy-sur-l'Isle. À deux minutes de chez toi.

— Je comprends mieux !

Sa nièce avait de la suite dans les idées.

— Papou ! Tu pourrais te renseigner ? Vérifier les liens de sa mère avec le mort ? Cette histoire d'amnésie soudaine ? Voir s'il y a matière à s'impliquer… et à faire du buzz ?

— Donne-moi l'adresse et le numéro de ton contact à la gendarmerie. Je te fais ça dans la semaine.

— Merci, Papou ! Tu es le meilleur. La presse locale doit être dans les starting-blocks. Surtout, sois discret !

— Petite ! Je suis le roi de la discrétion. Je t'écoute.

Richard nota avec soin les informations livrées par Léa quand il se figea. Le nom d'un témoin l'interpella. Il lui demanda de répéter :

— Oui, c'est bien ça ! Prudence Poivert, domiciliée à Supplicy. Attends, je dois avoir son adresse. Ah ! 2 chemin de l'Étang, dans le Palud.

Le placide reporter en laissa échapper son stylo. Dans un souffle, il lâcha :

— Prudence Poivert.

Se pouvait-il qu'il s'agisse de la femme qu'il avait toujours aimée ?

Pour en avoir le cœur net, il lui fallait son numéro pour la contacter et lui fixer un rendez-vous.

9

Le lendemain, installée dans son fauteuil au tissu fleuri, Prudence, exaspérée, grattait l'accotoir rembourré. Le son d'une conversation lui parvint. Elle y prêta attention. Aussitôt, elle reconnut la voix aiguë et grinçante de son neveu.

— Voilà l'origine de mon stress ! grommela-t-elle.

Assis sur le canapé blanc en cuir flambant neuf, le jeune trentenaire ne se lassait pas de s'écouter parler. Fluet, une chevelure blonde coiffée-décoiffée, un sourire ultra brillant, il affichait tous les codes du bourgeois bordelais. Le jean délavé clair et les mocassins en daim marron. La chemise ouverte jusqu'au deuxième bouton. Le gilet de costume sous le blazer tendance. Le bonnet gris, en fines mailles, tombant. Enfin, le ridicule cabas en cuir en guise de sac à main.

Marié depuis cinq ans, Amaury Térurier vivait dans le quartier bobo des Chartrons, à Bordeaux – dans un loft, pas loin du CAPC, le musée d'art contemporain. Écolo convaincant (mais peu convaincu), il ne se déplaçait qu'à vélo. Gestionnaire de fortune pour un groupe bancaire européen, sa vie reprenait les clichés d'un spot publicitaire vantant la parfaite famille française : appartement conçu par des designers. Une tête blonde arrogante. Une épouse, Marianne, malingre et insignifiante, fonctionnaire à la mairie de Bordeaux – à ses yeux, la bourgeoise de ses rêves.

Dans le tableau de sa vie – frôlant la perfection –, une chose péchait : sa tante Prudence !

Libre, aventurière et bonne vivante assumée, elle ne ressemblait en rien à la « tatie idéale ». À vingt ans, elle tomba amoureuse d'un étudiant en archéologie et prit le large. Elle découvrit le monde, tomba raide dingue de l'Afrique, s'émerveilla en Asie, remplit son cœur des couleurs de l'Amérique du Sud et s'empâta en Amérique du Nord. Elle suivit son époux archéologue à travers le globe, sans jamais regretter son choix.

Trente années passèrent pendant lesquelles elle apprit plus sur la vie et sur les autres qu'elle n'aurait osé imaginer. Puis un matin, son mari archéologue devint un ponte dans sa discipline : *la sémiologie. La céramologie. La cera-truc-bidule.* Amaury ne parvenait jamais à retenir le terme.

Avec la notoriété d'Arthur vint la tentation. Elle avait vingt-trois ans. Rousse. Un mètre soixante-dix-neuf. Douée, mais pas trop. Ingénue, mais effrontée. En somme, en adéquation avec le récent standing de l'universitaire. Celui-là, Amaury ne le supportait pas !

Quant à Prudence, la seule présence de son neveu l'agaçait. En attendant qu'il daigne libérer son salon, elle feignait de l'écouter. La vie du gamin paraissait aussi mouvementée que celle d'un nénuphar par une journée sans vent.

— Marianne a été convoquée par la directrice de la crèche. Imagine ! Soi-disant parce que notre fils Marcel bat et humilie ses camarades de classe. Quel mal y a-t-il à avoir du caractère ? Heureusement que notre enfant sait s'imposer. Ma femme a tenté de lui expliquer qu'il n'y avait pas de problème. Depuis son plus jeune âge, Marcel nous frappe aussi. Nous évoluons dans un monde où il vaut mieux bouffer que d'être bouffé !

— Pff ! Eh ben ! laissa échapper Prudence.

— Ce à quoi la directrice a eu le toupet de rétorquer : « Madame, à moins de vivre au milieu des hyènes, je ne vois pas l'intérêt d'apprendre cela à votre enfant. Dans la société des hommes, il existe des règles. Si vous êtes incapable de lui apprendre le respect et un minimum d'humanité, notre crèche se verra dans l'obligation de l'expulser. »

— Bien dit ! Vive les femmes de tempérament.

Sa tante le provoquait. Si seulement il pouvait se vexer et ne plus chercher à la revoir !

— Bannir un enfant de trois ans d'une crèche, c'est du jamais-vu ! Marianne va en parler au maire.

— Oh ! Carrément ! Un peu expéditif, non ?

Son neveu ne réagissait pas aux attaques. Coriace, le bougre. Prudence devait changer de tactique. Pourquoi pas l'indifférence ? Il continua :

— Avec un peu de chance, d'ici peu, la directrice sera virée. Illico presto !

Atterrée, Prudence se demanda comment sa sœur cadette avait fait pour rater l'éducation de son fils. Amaury n'avait hérité ni de la bonté de sa mère ni de l'humanisme de son père. Pire que tout, le gamin n'avait même pas la décence de faire semblant d'être quelqu'un de bien.

Il remua les épaules et questionna sa tante :

— Je parle. Je parle. Et toi, alors ! À quoi occupes-tu tes journées ?

— Ranger mes affaires. Les déménagements, tu sais…

— Mamoune m'a dit que tu voulais passer l'année en France ?

— Pas vraiment, je pense aller voir ta cousine, à Montréal.

Prudence nourrissait le projet de rendre visite à sa nièce, Maélis Doucet, au Canada. Elle venait d'avoir un second enfant avec son beau Gaspésien Andrew Wynter, producteur de musique. Prudence éprouvait une tendresse particulière pour Maélis. Elles avaient tant en commun : leur goût pour les voyages, leur nécessité de s'évader et leur besoin de liberté.

La fille de sa sœur aînée vivait là-bas depuis dix ans maintenant. Prudence était allée leur rendre visite à la naissance du premier. Il y avait quatre ans de cela. Elle n'attendait qu'une chose : rencontrer la petite dernière.

— Maélis, la pseudo-muséologue épouse d'un hippie guitariste, peut bien attendre que tu sois installée ici. Ça ne te fera pas de mal de rester plus de six mois au même endroit. Surtout à ton âge.

— J'ai deux ans de moins que ta mère.

— C'est bien ce que je dis !

Encore un mot sur son âge et Prudence lui ferait passer l'envie de revenir à Supplicy-sur-l'Isle.

10

Elle se modéra. Après tout, elle ne le voyait qu'une fois tous les dix ans ! Elle reprit avec calme :

— Dès que je reçois mon nouveau passeport, je décampe d'ici !

— Nous pensons que ce n'est pas raisonnable ! Nous en avons discuté, Marianne et moi. Nous trouvons ça étrange que tu n'aies pas d'amis… de ton âge.

Prudence remonta les manches de son pull en cachemire et serra les poings.

— J'ai beaucoup d'amis… de mon âge, même s'ils ne vivent pas à côté.

Amaury se cala dans le canapé. Mielleux. Amène. Poli.

— Nous voulons dire « d'amis normaux » de ta génération. Des gens qui jouent à la belote. Qui marchent dans les parcs. Qui font des trucs de personnes matures ! Non pas des amis artistes…

Il compta sur les doigts :

— … des chercheurs de momies. Des éleveurs d'alpagas. Des bâtisseurs d'igloos. Des défenseurs des droits de l'homme. Des navigateurs en eau chaude. Ou des collectionneurs de carottes de glace…

— Crache le morceau ! rugit Prudence.

Encore un mot sur son « âge » et elle le foutait à la porte. Un peu vexé – et ne comprenant pas les réactions de sa tantine –, Amaury fit la moue. Il tira de la poche de son jean troué un dépliant qu'il glissa sur la table basse. Il ne s'avouait pas vaincu, bien décidé à calmer les ardeurs de voyage de Prudence.

— On a cherché une activité qui pourrait allier « artistique » et « senior ». Nous connaissons tes goûts pour les voyages. À l'approche de tes cinquante ans, nous avons opté pour un truc sur mesure.

— Vous m'avez payé une randonnée dans les Rocheuses ? J'ai un ami en Colombie-Britannique qui est guide de haute montagne…

— Eh là ! Non ! Pas d'activités dangereuses ! Nous t'avons inscrite dans la compagnie théâtrale du village.

— Du théâtre ?

— Avec une représentation en fin d'année. Comme les pros !

— Une kermesse, tu veux dire.

Il ne releva pas. Le sourire aux lèvres, il déclama :

— Ils vont jouer la pièce d'un type que personne ne connaît, *Huis clos* de Jean-Patrick Sarpre ou Saptre.

— Jean-Paul Sartre, peut-être ?

— Sûrement ! Un inconnu, quoi.

— Si tu le dis !

— Les auditions commencent jeudi prochain. Avec un peu de chance, tu décrocheras le premier rôle.

Il fallait qu'elle accepte ! Amaury n'aspirait qu'à une chose : se rapprocher d'elle et de son tout nouveau patrimoine : la baraque de Supplicy. Une authentique merveille, pleine de cachet. Accueillante, bourgeoise, moderne et pittoresque. Il se voyait déjà hériter de la résidence pour ses week-ends en famille. Cela le changerait de l'ancien appartement de sa tante et de son ex-mari, rue Sainte-Croix. Le quartier lui faisait horreur presque autant que leur logement.

Toujours par monts et par vaux, le couple d'explorateurs ne se posait à Bordeaux que quelquefois dans l'année : monsieur l'universitaire pour y faire des conférences et madame sa tantine pour y préparer leur prochaine expédition. Amaury n'avait jamais compris leur goût du voyage. Pas plus qu'il ne saisissait l'intérêt d'exhiber des pointes de flèches. Des masques africains. Des poteries endommagées. Ou des manuscrits poussiéreux.

Quand on lui parlait des Sumériens, Amaury Térurier comprenait les suricates. Quand on discutait du Tigre et de l'Euphrate, il évoquait l'Inde et *Le Livre de la Jungle*. Et quand l'archéologue lui expliquait l'importance des tessons de céramique comme révélateurs des sociétés anciennes, quand il lui démontrait qu'une poterie pouvait être le témoin du niveau de vie des hommes qui l'avaient utilisée, Amaury se retranchait systématiquement derrière son argument :

— C'est vieux ! Tout le monde s'en fout !

À l'annonce du divorce de sa tante, Amaury s'était senti soulagé. Tata allait emménager à Supplicy-sur-l'Isle, en Gironde. Son neveu avait sauté sur l'occasion pour la voir. Il fallait qu'elle entre dans le moule, une fois pour toutes. Il en avait un besoin urgent.

Grâce à une inscription au club de théâtre et un abonnement annuel – avec un cours tous les jeudis à 10 heures – entièrement payés sur les économies du couple, Amaury était persuadé d'avoir réussi son coup.

C'était bien mal connaître Prudence Poivert et son aversion pour les clubs seniors !

11

Fin et élancé. Le visage carré et la bouche pulpeuse. Une tignasse châtain clair toujours en bataille. Une cicatrice sur le menton. Et cette voix : mature et grave pour un gamin d'à peine vingt ans. Richard Boileau avait-il beaucoup changé ? Prudence se le demandait. Elle sourit en se remémorant ses années de fac. Son ami passait son temps à interpeller les universitaires – pour ne pas dire à les harceler. Les questions fusaient, une manie qu'il avait gardée en devenant journaliste. Prudence n'en revenait pas. Son vieux pote l'avait retrouvée. Quelle pouvait être la probabilité qu'ils se retrouvent dans le même village trente ans après ?

Les compères. Les complices. À l'époque, Arthur Mercado les surnommait : les inséparables. Prudence avait feint de ne pas voir la concurrence entre les deux hommes. À ses yeux, seul son archéologue comptait et la mini-jalousie de Richard trahissait l'angoisse de perdre une bonne amie. Rien de plus. Ce qu'Arthur avait toujours réfuté.

Richard avait-il gardé son regard curieux ? Son esprit aiguisé pour la contradiction ? Cette timidité habilement dissimulée auprès des femmes ? Avec Prudence, aucun problème. Richard Boileau n'avait jamais ressenti de gêne. Bien au contraire ! Ils s'étaient entendus dès la première journée à l'université de Bordeaux. De quel cours s'agissait-il? La découpe des grandes phases historiques? L'avènement de l'histoire avec l'arrivée de l'écriture? Prudence ne savait plus. Peu importait, elle associerait toujours ses études en histoire à son amitié fusionnelle avec Richard Boileau.

Ils étaient convenus de se retrouver à 10 heures au pied de l'église Saint-Martin, dans le centre-ville. Prudence devait se hâter. Elle voulait prendre un bain. L'horloge affichait 9 heures 15. Relaxée à l'extrême, la quasi-quinqua sombra dans son eau chaude parfumée à la lavande. La somnolence devint un roupillon bruyant. Depuis quelques jours – après la découverte d'un homme mort dans l'écluse, l'interrogatoire surréaliste d'un capitaine de gendarmerie et la visite pompeuse de son neveu –, elle n'arrivait plus à trouver le sommeil. Dans son bain, elle rattrapa, malgré elle, les heures perdues. Elle rêvait d'une balade en forêt quand le téléphone sonna. Elle se réveilla en sursaut et râla. Après tout, les répondeurs n'étaient pas faits pour les chiens. Elle ouvrit le robinet d'eau chaude pour remettre l'eau à température quand elle se figea.

Nom de nom! Son rendez-vous avec Richard ! Elle bondit de la baignoire et saisit une serviette. Elle s'y enroula et courut vers la chambre. Ni une ni deux, elle récupérera sous-vêtements, jean slim taille haute, sous-pull gris en coton, chandail rose en cachemire et chaussettes noires. Elle s'habilla quand elle remarqua l'heure sur le réveil. 9 heures 55. Prudence aurait beau se dépêcher, elle serait en retard.

Une fois vêtue, elle descendit l'escalier en courant. Un message clignotait sur le répondeur. Cela attendrait! Elle récupéra son sac pendu à la patère de l'entrée et partit à la recherche d'une paire de chaussures – à la fois féminine et sportswear. Une paire de tennis. Elle en trouva des noires. Elle enfilait le pied droit quand on sonna à la porte.

Elle n'eut qu'à tendre la main pour tourner la poignée. Arthur Mercado, nouvellement son ex-mari, se tenait sur le seuil, le visage défait. Sans trop savoir comment réagir, Prudence ouvrit la bouche quand il s'avança sans y être invité.

— Tu as eu la police au téléphone ?

Vexée par l'intrusion malpolie du dernier homme dont Prudence voulait avoir la visite, elle lança :

— Non, mais entre, je t'en prie. Fais comme chez toi ! Ah non, pardon. Depuis le divorce, il me semble que je suis chez moi. Fais comme chez moi !

Son ex-compagnon faisait les cent pas dans le salon :

— Ils t'ont expliqué ? As-tu réussi à en savoir davantage ? Ils ont refusé de me parler, n'étant pas de la famille proche.

Prudence enfila sa seconde chaussure et s'approcha. Il commençait à lui donner le tournis à s'agiter :

— Bonjour à toi ! Si tu pouvais reprendre depuis le début, je pourrais te répondre.

Il la fixa et s'énerva :

— Ne dis pas que tu n'es pas au courant ? Comment fais-tu pour être toujours à côté de la plaque ? C'est grave ce qui se passe, Prudy !

Elle perdit son sang-froid et pointa le doigt vers lui :

— De quel droit te radines-tu chez moi, sans prévenir, pour m'insulter ?

— Dire que tu es toujours à côté de la plaque n'est pas une insulte ! Préférerais-tu que je dise que tu es dans la lune ? Cela te semble plus poétique ?

— Tu m'emmerdes, monsieur le professeur d'archéologie.

— Et toi, tu es insupportable. Après tout, c'est TA famille. Débrouille-toi avec eux.

Il enfonça les mains dans les poches de son pantalon à velours côtelé et la fixa. Elle, folle de rage, lui désigna la porte :

— Je ne te raccompagne pas. Tu connais les lieux.

Il se dirigea vers l'entrée sans la lâcher du regard. En dépassant son ex-femme, il remarqua un voyant clignoter sur le répondeur :

— Écoute tes messages, au moins.

Il ouvrit la porte et sortit. Prudence lui lança un «Ouais, OK, c'est ça» avant de se précipiter sur son répondeur.

— *Madame Poivert, ici le capitaine Hasis, de la gendarmerie de Supplicy. Votre neveu, Amaury Térurier, est en garde à vue chez nous. Vous êtes le seul membre de la famille que j'arrive à joindre. Merci de prévenir ses parents. Bonne journée Prudence... euh madame Poivert.*

Estomaquée, elle ouvrit grand la porte et hurla :

— Arthur ! Qu'est-ce qui se passe avec le garnement ?

Il éteignit le moteur de sa berline de luxe et ouvrit la portière en soupirant. Il rejoignit Prudence, désormais calmée, mais inquiète, et lui saisit la main :

— Ton neveu est suspecté d'avoir tué un notable de Supplicy, d'après la boulangère... enfin, mon ancienne nounou !

Prudence en bafouilla :

— Amaury, un tueur ? Impossible. Ma sœur ne s'en remettra pas. Mais quand ? Comment ? Qui ?

Avec une voix douce, il lui expliqua :

— Je n'ai pas tout compris, mais je pense qu'il s'agit du dentiste. Un certain Antonin Gravis !

Choquée, Prudence s'effondra sur le tapis « Welcome » du seuil. Elle articula avec peine :

— Quoi ? Il aurait assassiné l'homme que j'ai retrouvé dans l'écluse du Léoguille ?

12

— Il doit y avoir une erreur. Ils en commettent constamment. Regarde les affaires de ces dernières années.

Au téléphone, Prudence ne trouvait pas les mots pour calmer l'angoisse de sa sœur et de son beau-frère. Elle ne comprenait pas comment leur fils pouvait être impliqué dans une histoire de meurtre.

Sa sœur insista : sans personne à ses côtés, Amaury était foutu. Bloqués à 7600 kilomètres de Bordeaux, ni son mari ni elle ne pouvaient intervenir. Prudence devait les aider.

— Tu sais qu'il nous est impossible de rentrer, répéta sa frangine. Le boss ne nous autorise aucun congé. C'est ça, être ingénieur dans une compagnie pétrolière, et ce n'est pas près de changer.

Prudence soupira :

— Écoute, Alexandrine. Amaury est incapable de faire ça. Maintenant, que puis-je faire d'ici, toute seule? Je ne le connais pas vraiment…

— Il est le même gamin qui trépignait derrière la porte en attendant ton retour de fin de mission de fouilles. Le même qui s'émerveillait devant le moindre grigri que tu lui apportais. Tu te souviens du lama en macramé ? Il l'a gardé jusqu'à ses vingt ans. Je sais que depuis qu'il a épousé sa bourgeoise… enfin, Marianne, il a beaucoup changé. Mais dans le fond, c'est un gentil garçon.

Prudence se grattait la tête. Elle n'avait qu'une option : s'en occuper. Elle pouvait engager un avocat, mais n'y connaissait rien en justice, en procédure ou en crime. Elle paniquait, perdait pied quand sa sœur trouva la motivation suprême :

— C'est un gentil garçon parce que c'est un Poivert. Tu sais ce que pépé disait ?

Elle le savait. Désuet pour certains et honorable pour d'autres, un serment familial restait sacré. On pouvait se déchirer. On pouvait s'ignorer pendant des décennies. On pouvait se disputer, voire se critiquer. Mais jamais on ne devait oublier qu'on était un Poivert. *Difficile de vivre avec, mais impossible de vivre sans.* Amaury demeurait son neveu, lié à elle par l'amour de sa sœur adorée. Foi de Poivert, Prudence ne serait pas la première de la fratrie à abandonner l'un des siens.

— Je vais me renseigner et faire mon possible pour l'aider. Je vous appellerai toutes les semaines. Je vais lui trouver un avocat, quitte à le payer sur mes deniers…

— Impensable ! Lilian et moi ne…

— Rien du tout, trancha Prudence. On en parlera à votre retour. Vous avez suffisamment de soucis à gérer au Groenland. Mon divorce m'apporte quelques avantages, si je peux dire…

Elle chuchota. Arthur, toujours dans le salon, se rongeait les ongles. L'archéologue se sentait responsable de la venue d'Amaury à Supplicy.

*

Avant que Prudence n'appelle sa sœur, l'universitaire avait vidé son sac. En pleine procédure de divorce, il avait dû gérer la honteuse séparation du neveu de Prudence.

Le garnement, comme aimait à l'appeler sa tante, s'était fait plaquer par sa chère Marianne. Ayant trouvé un meilleur parti – dans les bras d'un élu local –, elle l'avait mis à la porte. Elle avait invoqué son mauvais caractère. Son manque d'ambition. Sa manie de tout faire à vélo. Sa lâcheté pour défendre son fils à la crèche. Sa famille. Ceux qui ne l'avaient jamais acceptée. Ceux-là mêmes qui avaient encouragé leur séparation. Ils venaient de gagner, lui avait-elle lancé, triomphante.

Désemparé, Amaury s'était retourné vers l'unique personne susceptible de ne pas le juger : son oncle archéologue. Le coureur de jupons. Le traître. Le fourbe, selon les dires de la famille Poivert. Arthur connaissait une maison à louer dans un quartier populaire du village de son enfance. S'il avait su que Prudence demanderait la maison de Supplicy, il aurait mis le gamin ailleurs !

Le neveu vivait là depuis presque deux ans, sans que ni ses parents ni sa proche famille n'en soient informés. Au chômage depuis un an, Amaury soignait une dépression cyclique. Que faisait-il de ses journées ? Voyait-il son fils ? Sa femme ? Quel pouvait être le lien avec le dentiste du village ?

Elle tomba de haut après ces révélations. Hier encore, le garnement étalait le bonheur de sa vie de couple. Il vantait son emploi de banquier. Il n'avait fait que mentir. Dissimuler. Simuler. Pourtant, elle n'envisageait pas une seconde sa culpabilité. Mythomanes, nous le sommes tous un peu. Cachottiers aussi – une seconde nature chez l'homme. Meurtriers, seuls quelques-uns, un faible pourcentage de la population, en étaient capables. Il fallait espérer qu'Amaury ne rentre pas dans cette catégorie.

*

Elle acheva sa conversation téléphonique avec sa sœur en cachant la situation d'Amaury. Elle l'apprendrait assez tôt ! Il lui fallait dans un premier temps digérer les accusations et la garde à vue du « bébé » de sa sœurette.

De retour au salon, elle posa un regard attendri sur Arthur. Elle ne parvenait pas à lui en vouloir. Après tout, son dévouement pour Amaury forçait le respect. Elle lui expliqua qu'elle était désormais la seule à pouvoir sortir le petit de cet enfer. Du moins, essayer de le sortir. Arthur s'approcha et lui caressa l'épaule :

— Je suis là, moi. Je l'ai toujours été, et ce n'est pas près de changer !

Elle lui sourit, presque comme avant. Il s'approcha, en douceur, et posa une main sur sa joue. Elle le dévisagea, reconnaissante. La chaleur de sa main l'apaisait. Ce soutien, elle en avait besoin. Prudence perdait pied et Arthur restait le seul à qui elle pouvait se raccrocher. Il se pencha vers elle. Elle s'approcha bêtement, prête à…

On sonna à la porte. Un peu plus et Prudence Poivert commettait la plus grosse erreur de sa vie. Avec habileté, elle contourna son ex-mari et courut vers la porte d'entrée. Elle ouvrit en grand et s'écria :

— Oh, Richard ! Si tu savais ce qui m'arrive.

Elle lui tomba dans les bras, heureuse et rassurée d'avoir retrouvé un ami si précieux.

13

Assise sur une chaise en métal, Prudence patientait dans le hall d'accueil de la gendarmerie. Signe d'une grande nervosité, son talon martelait le sol en attendant l'arrivée du capitaine Hasis. Au bout d'une vingtaine de minutes, l'officier fit son entrée. Souriant et aimable, il l'invita à le suivre dans les couloirs défraîchis de la vieille bâtisse. Au numéro 42, il poussa une porte orange et proposa à Prudence un fauteuil rembourré aux accoudoirs déchirés. Elle s'y installa et recommença, sans le vouloir, sa danse nerveuse.

Après s'être affalé sur son siège, le capitaine la regarda en croisant les bras :

— Eu égard à la présente situation, je regrette de vous revoir en pareilles circonstances.

— Eh moi donc ! s'écria Prudence, folle d'angoisse. Merci de me recevoir, Capitaine.

Il hocha la tête. Il n'était pas obligé de la recevoir pourtant, il n'avait pu lui refuser sa requête. Farid Hasis était un bon gars.

— Je vous en prie ! Nonobstant, la situation actuelle nous oblige à prendre en compte, très attentivement, toutes les problématiques s'offrant à nous.

À nouveau, la presque quinquagénaire se sentait larguée :

— Soit ! Comme vous le savez, les parents d'Amaury vivent au Groenland. Je suis donc sa plus proche famille. Pouvez-vous m'éclairer ? Que se passe-t-il ? Je veux dire, mon neveu ne peut pas avoir fait ce dont il est accusé. Tuer le dentiste, Antonin Gravis ? On parle d'un gamin qui a pour unique passion le recyclage et les balades à vélo dans Bordeaux ! Il est en garde à vue pour un meurtre. Je…

Farid Hasis se pencha et chuchota :

— Les accusations sont exactes. Pourtant, impossible de parler des éléments de l'enquête pour l'instant. Trouvez-lui un bon avocat.

Pour une fois, le capitaine faisait simple. Il voulait aider Prudence. Sans se l'expliquer, il l'aimait bien. Il fallait qu'elle comprenne la gravité de la situation. Situation ô combien délicate, suites aux dernières investigations ! Il insista :

— Si votre neveu est déféré, demandez un droit de visite hebdomadaire. Ne le laissez pas seul. Nous nous comprenons ?

— Déféré ? Cela signifie qu'il va être mis en prison pour une accusation de meurtre. Vous détenez autant de preuves que ça ! Comment Amaury peut-il être mêlé à une histoire aussi sordide ?

Le capitaine susurra presque :

— C'est grave, madame Poivert ! Assurez-vous qu'il bénéficie d'une bonne défense. Organisez-vous pour le voir chaque semaine. Il n'aura pas la force de supporter la prison sans vous. Prudence, ne le lâchez pas.

On frappa à la porte. L'officier se redressa dans un sursaut :

— Entrez !

Un agent vêtu de bleu glissa la tête et annonça :

— La PJ de Bordeaux est arrivée, Capitaine.

— Dans le cas particulier de notre entrevue désormais achevée, je vous laisse avec le sergent. Il va vous raccompagner. Merci de vous être déplacée, madame Poivert.

Il se leva, contourna le bureau et adressa un dernier sourire, plein de compassion, à Prudence. Amaury se trouvait dans un sacré merdier. Sans s'y connaître beaucoup, Prudence savait qu'une garde à vue qui s'achevait sur un séjour en prison ne sentait pas bon. Son neveu devenait le principal suspect.

Elle s'effondra. Jamais elle ne trouverait le courage de l'annoncer à sa sœur. Groggy, elle suivit docilement le sous-officier jusqu'à la sortie. Elle le remercia, sans grandes formalités, et tira la porte. Sur les marches de la gendarmerie, deux couples de sexagénaires discutaient avec vigueur. Elle les contournait quand elle entendit le nom d'Antonin Gravis. Elle s'arrêta net et posa un genou à terre, feignant de refaire le lacet de sa basket droite. L'homme, le plus âgé des quatre, répéta :

— Bien fait pour ce salaud de Gravis. Je ne sais pas si le petit banquier est dans le coup, mais ça rend service à tout le monde.

— Ne parle pas comme ça, veux-tu ! s'écria la femme aux bas de contention, pendue à son bras. Il était un homme important.

— Aussi pourri que son père, son grand-père et son arrière-grand-père avant lui.

Elle le pinça et s'adressa au couple en face d'eux.

— N'écoutez pas ! Robert est un vieux grincheux qui n'a jamais porté la famille Gravis dans son cœur.

La seconde femme, au béret noir et vert, la rassura :

— Je crains que le dentiste ne manque à personne. Peut-être aux membres du club de théâtre ?

L'homme à la cigarette roulée, debout à ses côtés, se mit à rire :

— Et encore ! Je crois que la vieille Wilkie et son excentrique de metteur en scène doivent être soulagés. Antonin Gravis, en vice-président du club, leur pourrissait la vie. Bon débarras.

— Chut ! Taisez-vous donc. Nous parlons d'un mort, s'offusqua la mamie aux bas.

Le téléphone de Prudence vibra dans sa poche. Elle se releva et s'éloigna à toute vitesse. Elle venait de recevoir un message. Le juge Landrin l'avait recommandée à un très proche ami, célèbre avocat des assises. Elle le remercia par un aimable texto et fila vers sa deudeuche jaune mimosa.

Elle ressassait sa conversation avec le capitaine Hasis. *Ne le lâchez pas*, avait-il dit. *Il n'aura pas la force de supporter la prison.* Bon sang, Prudence ne pouvait pas rester sans bouger. La lourde machine judiciaire se mettait en marche et risquait de broyer un Poivert. Puisque Amaury avait inscrit sa tante au club de théâtre du village Supplicy, eh bien sa tante pratiquerait du théâtre.

Elle en profiterait pour découvrir qui était vraiment le docteur Gravis et pourquoi personne ne le pleurait ! Elle sauta dans son véhicule et démarra en trombe, décidée à trouver les preuves qui sauveraient son neveu.

14

Pour son premier jour de théâtre, Prudence Poivert sortit le grand jeu. Cheveux plaqués à la laque. Jean et marinière lavés et repassés – une première, pour une adepte du faux pli. Gilet long en laine d'alpaga, d'un beige très chic. Escarpins à talons de six cm, en cuir véritable. Trench bleu assorti aux rayures de sa marinière. Elle avait choisi un sac Séquoia offert par son ex en 2008 – qu'elle ne sortait que dans les grandes occasions. Elle préférait, de loin, sa besace marron fourre-tout, qu'elle portait en bandoulière. Or là, elle désirait paraître « champêtre-décontracte » plutôt que « baroudeuse débraillée ». Elle avait même fait nettoyer sa 2 CV jaune, – extérieur et intérieur. Depuis son achat en 2015, le pauvre véhicule n'avait connu que la pluie comme moyen de décrassage.

Comme indiqué sur la brochure, elle devait se présenter à la salle des fêtes de la mairie à 11 heures pétantes. Devant la porte principale, il lui faudrait contourner le bâtiment par la gauche, passer devant le local des poubelles, rejoindre l'angle et prendre à droite. Là, elle emprunterait l'escalier menant aux anciennes cuisines. Enfin, elle pousserait la porte vers l'activité qui occuperait ses jeudis matin pendant les dix prochains mois.

À bord de sa voiture qui sentait bon le produit à vitres, Prudence quitta sa propriété. Elle jeta un regard vers l'unique maison voisine du chemin de l'Étang. Elle se promit de venir se présenter à eux – Prudence adorait rencontrer de nouvelles personnes. Située à l'embranchement du chemin, la demeure des voisins foisonnait de fleurs : lierres grimpant sur les pignons, rosiers en bas des murs, jardinières de géraniums aux fenêtres. Parterre de tulipes dans l'avant-cour. Haies parfaitement taillées. Prudence pensa que les maîtres des lieux devaient posséder un talent rare pour le jardinage.

Elle ralentit aux abords de la résidence fleurie. Un effroyable nid-de-poule, gorgé d'eau, coupait la route en deux. Prudence avait pris l'habitude de le contourner du côté ravin pour ne pas empiéter sur la bordure de ses seuls voisins. Pourtant, aujourd'hui, sans savoir pourquoi, elle changea sa technique d'évitement. Elle mordit de quelques centimètres le bord, rasant ainsi le portail de la maison fleurie. La manœuvre s'avéra plus pratique et sécurisée que celle du bas-côté pentu. Elle s'imaginait déjà le refaire au retour quand un projectile vint heurter la vitre arrière de sa deudeuche. Elle freina d'un coup sec. Un second projectile s'écrasa sur le toit. Bon sang, mais que se… ?

Elle jeta un œil dans son rétroviseur. Un homme, de plus de soixante-cinq ans, vociférait en tenant, dans chaque main, deux betteraves juteuses. Prudence quitta son véhicule, folle de rage. Une troisième ogive explosa sur la jante arrière.

— Nom de nom ! Vous êtes malade.

Des morceaux de betterave dégoulinaient du toit fraîchement nettoyé de la petite voiture de collection. Une odeur de pourriture complétait le tableau. Prudence devint aussi écarlate que les taches sur son véhicule. Elle s'élança vers le voisin pour lui expliquer de quel bois elle se chauffait. Il la menaça d'une nouvelle attaque. Elle se figea et mit les mains en l'air.

— Posez cette betterave au sol !

— Personne ne roule sur mes *Bellis perennis.*

Il pointa son index vers le sol. Prudence s'agaça :

— Vos quoi ?

— Mes pâquerettes.

— Quelles pâquerettes ?

Il désigna une zone de terre à l'avant de sa barrière de haies.

— J'ai planté mes semis. Espèce de punk !

— Les pâquerettes poussent toutes seules dans les champs. Qui fout des plants devant son portail ?

— Ignorante ! Foutez-moi le camp d'ici si vous ne voulez pas que je repeigne votre affreuse bagnole ! Jaune ! C'est bien une couleur d'anarchiste, ça ! C'est à cause de gens comme vous si le pays va si mal ! Vous ne respectez rien ! Gauchiste !

Prudence avait affaire à un sacré personnage. Persuadée que le vieux devait perdre la boule, elle lança :

— On se calme, monsieur ?

— Albert Garonnet, ex-directeur de l'école de Supplicy.

— OK, monsieur Garonnet ! Je vais remonter dans mon véhicule et partir d'ici.

— Extrémiste ! Si je vous surprends à piétiner mes pâquerettes une nouvelle fois, c'est un seau de betteraves que je déverse sur votre carrosse de beatnik !

Il se retourna, les bombes rouges toujours en main, et rentra aussi vitc qu'il était sorti. Aucun doute. Son unique voisin était un réactionnaire qui devait s'ennuyer à mourir. Plus besoin de se présenter. Elle savait désormais quel genre d'énergumène vivait au bout du chemin.

Elle rejoignit le bourg en moins de vingt minutes. Elle se gara sur le parking réservé à la salle des fêtes, retira sa ceinture, ouvrit la porte, récupéra son trench qu'elle enfila et qu'elle défroissa avant de verrouiller sa portière. L'odeur de betterave pourrie ne la lâchait pas. Elle inspecta le parking. Elle n'aperçut que deux voitures. Prudence pria pour que la compagnie de théâtre compte plus de deux membres. Elle sortit de son sac le dépliant laissé par son neveu et gravit les cinq marches menant à l'entrée principale.

Quand elle leva le nez, elle remarqua une affichette, sur laquelle était inscrit : « La rentrée de la compagnie de théâtre, prévue à 11 heures, est décalée à 12 heures, pour raisons personnelles. Un buffet de bienvenue vous sera proposé ! Ceci est un message du metteur en scène. »

Pour une fois que Prudence Poivert arrivait à l'heure à un rendez-vous. Peu importait ! Elle mourait d'envie de mettre les pieds dans la brasserie du village.

Quel meilleur endroit pour glaner des informations sur le mort de l'écluse ?

15

Chaque fois que Prudence entrait dans un bar de village, elle vivait la même expérience. Cosy, feutré et jovialement bruyant, malodorant et mal agencé. Même en ayant traversé plusieurs continents, elle ne se lassait jamais d'aller boire un verre dans les établissements locaux. Ceux qui ont gardé une odeur de bois humide et une moquette souillée par les nombreux verres renversés. Pour elle, qui disait « brasserie », disait « chardonnay ». Son petit vin blanc frappé était devenu, au fil des années, son péché mignon.

En passant les portes du Bar de l'Estuaire, elle ne s'attendait pas à voir grand monde accoudé au comptoir. Après tout, on était jeudi. Il était 11 heures du matin. Elle pensait avoir tout le loisir de poser des questions au barman.

Pourtant, deux hommes du village semblaient tenir une conversation passionnante avec le tenancier du bar. Un groupe de jeunes occupait une banquette au fond de la salle et un couple dégustait une bière près de la fenêtre, côté jardin. Prudence s'installa au comptoir où elle attendit qu'on vienne prendre sa commande. Le barman la repéra du coin de l'œil et lui lança :

— Je vous sers quoi, ma petite dame ?

— Je vous aurais bien commandé un chardonnay, mais je vais être raisonnable ! Ce sera un café noir.

Elle tourna la tête pour contempler les lieux. Le discret débit de boissons était décoré aux couleurs de bords de mer. Les murs exhibaient des drapeaux bleu et blanc et des cordes de pêcheurs. Il ne manquait rien. Prudence adora, presque immédiatement, ce petit bar. La musique à tendance pop-rock, jouée en fond sonore, était de qualité. Les alcools, variés et de marques réputées. Le barman, charmant et toujours prêt à écouter ses clients éméchés. Les clients, mus par un respect et une complicité propres à l'esprit d'un village, se voulaient accueillants. Ouvert à tous, chacun y était reçu avec simplicité.

Elle régla son café crème sans se rendre compte que quelqu'un l'observait depuis une dizaine de minutes. Tout à coup, une jeune femme, le visage couvert de bleus et le bras en écharpe, s'approcha du comptoir. Elle se dirigea vers le barman et l'embrassa, dévoilant sans gêne son large décolleté plus proche du poulailler ouvert aux quatre vents que du pigeonnier aux charmes discrets. Pour seul bijou, un bracelet composable où se côtoyaient une tête de Néfertiti, un chat, une pyramide, un épi de blé et un christ en croix.

Les gentlemen au bar se mirent à glousser et tous la saluèrent. Le regard plongé dans l'échancrure de son chemisier, l'homme chauve, au bar, parlait d'une voix plus rauque. Il saisit la main de la jeune femme et lui fit un baisemain digne d'un film de cape et d'épée. Il ne l'embrassa pas, mais la frôla en signe de déférence.

Étonnée, Prudence observa leur manège. Que de mimiques ! Elle n'avait pas reçu un tel traitement en entrant ! D'un côté, elle s'en réjouissait. Ces messieurs semblaient juste affolés par la vision de la poitrine débordante. La jeune personne prit place à côté de Prudence :

— Une pression, Momo, s'te plaît !

— Rosita Maille, tu es sûre d'y avoir le droit avec tous les médocs que tu prends ?

— T'inquiète ! Vas-y !

La jeune femme lui sourit – sans chercher à dissimuler son incisive cassée – et jeta une mèche de cheveux en arrière, provoquant encore plus d'émoi chez la gent masculine. À l'expression niaise de leur visage, Prudence comprit que la gamine provoquait cet effet sur tous les mâles. Peut-être à cause de son jean vert taille basse, trop moulant pour elle. Ou de sa chemise rose bariolée ouverte jusqu'au nombril. À moins que cela ne vienne de ses extensions de cheveux, bouclées à l'anglaise. Ou de son maquillage, chargé et flashy, qui la vieillissait d'au moins quinze ans, alors qu'elle devait frôler les vingt-cinq.

— Ravi de voir que tu vas mieux ! lança le barman en lui tendant la bière.

— J'en ai vu d'autres, tu sais ! Moi, au moins, je ne me suis pas fait buter, comme mon patron !

— Qu'en est-il de tes agresseurs ? Les gendarmes ont-ils des pistes ? Le banquier est mêlé à ça aussi ?

La jeune femme baissa la tête et ricana.

— Amaury le péteux ! Tu déconnes ? Je souffre peut-être d'une amnésie provisoire, mais il ne faut pas me prendre pour une débile. Ils ont intérêt à trouver le bâtard qui m'a fait ça et pas de s'arrêter au premier con venu.

— Pour toi, il n'a pas tué ton boss ?

— Je n'en sais rien, mais ça m'étonnerait ! J'habite ici depuis trois ans. J'ai un peu galéré au début jusqu'à ce que ce taré de Gravis m'engage comme assistante. Je m'entends plutôt bien avec les jeunes du village. On est entre nous. Je ne sais pas ce qu'il y avait entre le banquier et le dentiste ! Je m'en fous ! J'ai toujours vécu dans les grandes villes. Je n'ai jamais été tabassée. Il faut que je vienne dans un petit village au trou du cul du monde pour tomber sur un dégénéré. Deux semaines d'hosto, Bam ! Gravis se fait buter. Boum !

Prudence l'observa et perçut une dureté qui ne devrait pas exister chez une fille de son âge. Un homme interpella la jeune Rosita, au fond du bar, du côté des banquettes. Elle remercia le barman et quitta le tabouret. Prudence avala le reste de sa tasse d'une traite. Elle venait de jeter un œil à sa montre. 12 heures 15. Être en retard le premier jour, c'était du Prudence tout craché !

Elle salua les hommes au comptoir et déclara qu'elle reviendrait avec grand plaisir. Elle sortit et fouilla son sac à la recherche de son inscription au théâtre. Elle toucha un vieux paquet usagé de cigarettes. Prudence ne touchait plus à cette saloperie depuis neuf ans. Elle le sortit et le regarda :

— Eh bien, les filles ! Vu ce qui m'attend dans les prochaines semaines, vous risquez de devenir mes meilleures copines.

Elle posa une cigarette au coin de sa bouche et l'alluma.

16

En descendant les escaliers qui menaient au sous-sol de la salle des fêtes, Prudence aperçut deux femmes en grande discussion :

— Georgette, ton ignorance m'étonnera toujours.

La juste nommée perdit son sang-froid et lança :

— Sache, Fanny Coleman, que je préfère mon ignorance à ta petite nature. madame « j'ai toujours un brin de travers ».

— *Excuse me* d'avoir eu une vie difficile. Contrairement à certaines, qui n'ont eu pour métier que femme d'architecte.

— C'est parce que tu n'as pas connu mon mari.

— Le type avec lequel tu as vécu dans ta grande maison à Arcachon ! Celui-là même dont la mère vivait à cinq minutes de chez lui, pour garder tes enfants ! Ta belle-mère, douce et bienveillante, qui s'occupait de toi.

— On parle de mon mari l'architecte, plus radin qu'Harpagon, qui a disparu du jour au lendemain. Celui-là même qui me disait de ne pas chauffer la maison. De faire attention à l'eau. Au charbon. À la nourriture. Et j'en passe… énuméra Georgette.

— *Yep !* Mais toi, au moins, tu mangeais tous les jours à ta faim.

— Oh non ! Pas encore le refrain de *La Bohème* de Puccini. Pauvre « Mimi », la tuberculeuse.

— Les femmes de notables ne peuvent pas comprendre les difficultés de la vie des travailleuses. L'abnégation. La dureté du labeur. Les sacrifices. Le don de soi, philosopha Fanny.

— C'est sûr. Maîtresse d'artistes demande beaucoup de dons de soi !

— Tu ne sais pas ce que c'est que de vivre avec un peintre qui change d'avis comme il change de couleurs. Ou un écrivain qui te plaque en s'apercevant que tu ne ressembles pas à son héroïne de roman. Ou un comédien qui passe son temps à t'appeler Francis.

— Groupie n'est pas un métier reconnu par l'État, affirma Georgette.

— Qui est-ce que tu traites de groupie ?

— Toi !

— Georgette, ton ignorance m'étonnera toujours. Je suis une muse. Une muse ! *You know* la différence ?

— Coucher avec un artiste pour apparaître dans une de ses œuvres, c'est être une groupie !

— La muse inspire. La groupie flatte, trancha Fanny.

— Moi ce que j'en dis, c'est que toutes les deux rêvent d'une aventure avec un artiste pour vivre leur moment de gloire. Avoir leur nom inscrit à la postérité et laisser leur trace dans l'histoire de la création humaine. Et le snobisme de pouvoir dire : « Moi, j'ai été très intime avec Luis Mariano. »

— Il était gay, se mit à hurler Fanny. Je te l'ai dit cent cinquante fois.

— OK ! Avec le viril Rock Hudson !

— Gay.

— Aussi ? Enfin tu vois ce que je veux dire.

— Ce n'est pas pensable de ne pas savoir ça ! Tu as vécu dans une grotte durant ces cinquante dernières années ou quoi ?

Alors que ladite Georgette s'apprêtait à répondre, Prudence Poivert interrompit leur joute verbale en passant le seuil. Les deux femmes la saluèrent poliment et lui remirent le dépliant de présentation de la troupe.

— Bienvenue au club de théâtre de Supplicy. Je suis Fanny Coleman, comédienne. Voici Georgette Pérouse d'Angevin, figurante.

Prudence se présenta à son tour et les salua d'un signe de tête. Elle les laissa à leur conversation en faisant un pas en avant. Elle découvrit son terrain d'investigation sans faire attention aux deux hôtesses d'accueil qui reprenaient leur dispute. Georgette poursuivait :

— Qui traites-tu de figurante ? Léon m'a trouvée sublime en Ismène dans *Antigone*.

Et Fanny de rire :

— C'est sûr qu'avec trois pauvres répliques, ce n'est pas le rôle le plus compliqué au monde !

— Tu es une snob de Britannique.

— Et toi, une mégalo de Française.

La nouvelle arrivée dans la compagnie observa l'espace depuis le seuil. L'endroit, entièrement dédié au club, reprenait le plan d'une pièce rectangulaire, occupée au fond d'une estrade sur mesure qui tenait lieu de scène. À droite se trouvaient les coulisses, et derrière, le quai de déchargement.

Devant, quatre rangées doubles de cinq chaises rouges devaient accueillir les spectateurs. Prudence remarqua, à sa gauche, une console de régisseur reliée à des haut-parleurs aux quatre coins de la salle. Pour les lumières, un orgue programmable contrôlait les projecteurs.

Au plafond, quelques spots éclairaient timidement l'espace de presque 70 mètres carrés. Nul doute, on pénétrait au cœur d'une compagnie d'amateurs.

À sa droite, Prudence aperçut une table, débordant de victuailles. Toasts à la mousse de canard. Verres de vin blanc et rouge. Gougères au fromage. Brochettes tomates-mozzarella. Mini-quiches saumon-aneth. Samoussas et cigarettes en feuilles de brick. Cannelés déposés sur un plateau en argent. Et des bouteilles de jus de fruits posées là pour les amateurs de vitamine C – même si l'on sait que lors de ces pots de bienvenue, les gens ne se déplacent que pour l'alcool et la bectance.

Alors que Prudence s'avançait pour examiner la scène, elle sentit une présence à ses côtés et se retourna. Une femme, la soixantaine, lui tendit la main en souriant :

— Je suis Célia Petitmont ! C'est votre premier jour dans la compagnie ? Enchantée !

Prudence saisit sa main avec précaution – de peur de briser la gracile menotte de la dame.

17

Pendant que Célia et Prudence découvraient les préparations faites maison, avec des produits de haute qualité et le savoir-faire indéniable d'une cuisinière, les derniers invités arrivèrent avant que les portes ne soient fermées.

Dans l'ordre, Léon von Kalf, le metteur en scène. Monsieur Gérald Pouillot, le maire. La principale et unique marraine de la troupe, madame Augusta Wilkie. Les deux comédiennes : Georges Pérouse d'Angevin et Fanny Coleman.

Madame Wilkie demanda le silence et récita son texte :

— J'ai le regret de vous annoncer que notre pot de bienvenue, cette année, devient un pot d'hommage. Venez prendre un verre en souvenir de l'homme le plus influent du village : le docteur Antonin Gravis, chirurgien-dentiste de Supplicy-sur-l'Isle.

Chacun prit un visage de circonstance – forcé – et s'approcha de la table des boissons. Ils levèrent leurs verres et s'écrièrent :

— À Gravis !

Agglutinés autour du modeste buffet, les invités eurent rapidement un coup dans le nez. Guillerets, ils riaient fort et s'apostrophaient. Adieu, recueillements et condoléances. Bonjour, réjouissances et festivités. Tous félicitèrent madame Georgette Pérouse d'Angevin, le chef du buffet, pour la qualité de sa cuisine. Mis à part les cannelés qu'elle n'avait pas faits – pâtisseries réservées aux mains expertes de madame Wilkie –, le reste frôlait la perfection gastronomique. À nouveau, son talent frappa les esprits et les estomacs.

Prudence, habituée aux soirées mondaines et réunions entre spécialistes, se sentait à l'aise et discutait un peu avec tout le monde. Sa camarade de théâtre, Célia Petitmont, ne la quittait pas d'une semelle. Elle observait, avide de comprendre, les codes secrets d'une communauté qu'elle avait passé sa vie à examiner de loin. Avec Prudence, elle était servie. Des « bonjour, enchantée » par-ci, par-là. Des « comme, c'est charmant » à gauche, à droite. Des « c'est moi qui vous remercie » en veux-tu, en voilà !

Elles passaient donc un agréable déjeuner quand Prudence, n'oubliant pas la raison de sa venue, chercha à interroger sa complice de théâtre. Célia Petitmont portait bien ses soixante-trois ans. Ses rides profondes creusaient de larges sillons sur un visage à l'épiderme fin et sec. De morphologie malingre, on la pensait fragile et transparente, à l'image de sa peau diaphane. Pourtant, Célia tenait à un certain standing. Ses cheveux étaient colorés en un joli gris, tous les trois mois. Elle utilisait, matin et soir, une crème hydratante antirides à plus de quatre-vingts euros le pot. Ses ongles restaient entretenus : cuticules ramassées et découpées, base fortifiante renouvelée régulièrement, vernis rouge posé une fois par semaine. Malgré tout, ses tenues peu modernes et les traces de la vie la faisaient paraître dix ans de plus. Le fait qu'elle portait des chaussures aux coupes désuètes y participait beaucoup. Prudence adressa un large sourire à la sympathique Célia Petitmont.

— Quelle charmante réunion !

— Surtout après ce que nous avons vécu… Pardonnez-moi ! Je ne veux pas réveiller de mauvais souvenirs. Après tout, c'est vous qui avez découvert le pauvre docteur Gravis dans l'écluse de Léoguille.

Les paroles du capitaine Hasis lui revinrent en mémoire : *Les gens babillent, tout se sait !* Prudence lui sourit amicalement et la laissa continuer. Célia lui mâchait le travail.

— Vous aimez vivre chemin de l'Étang ? Votre demeure relookée est sublime ! J'imagine que la 2 CV jaune, garée sur le parking, est la vôtre ? Vous avez dû rouler dans un champ de betteraves ! Je suis nouvelle ici… comme vous. Je suis arrivée il y a un an déjà, à l'été, et je cause beaucoup trop… !

Madame Petitmont avait débité cette phrase à toute vitesse, submergée par l'angoisse et la peur. On n'avait pas idée d'être aussi timide. D'un naturel discret, Célia communiquait peu, se taisait quand on lui coupait la parole et avait cette capacité à s'excuser d'exister. Pourtant, elle possédait un talent rare – dont elle parlait peu : un sens de l'écoute et de l'observation hors norme. Tout ce qui était dit, ou évoqué, finissait dans sa mémoire. Reconnaître Prudence Poivert fut trop simple.

Prudence ne fut pas dérangée par l'enthousiasme peu naturel de Célia. Elle avait remarqué sa gêne et la rassura :

— On ne parle jamais assez, si vous voulez mon avis.

La nouvelle arrivée lui sourit. Madame Petitmont lui semblait fort sympathique. Mais terriblement bavarde. Un atout certain ! Célia se pencha doucement vers elle et ajouta :

— Vous trouverez un Lavomatic à la station essence.

Elle inspira longuement, soulagée d'arriver à tenir une conversation, et lui adressa un sourire radieux. Prudence chercha à la détendre :

— Dire que je venais juste de la faire laver. Enfin, je suis enchantée de faire votre connaissance Célia. Toute cette nourriture écrasée sur ma voiture m'a ouvert l'appétit. Pas vous ?

Célia rit de bon cœur – elle, qui d'habitude, ne faisait que voir les autres s'amuser. Prudence lui adressa un amical clin d'œil, la saisit par le bras et leva son verre. Elles trinquèrent en prenant des gougères au fromage. Célia n'aurait jamais pu imaginer un tel accueil. Elle qui se faisait un monde de sa rentrée au club de théâtre, se sentit, pour la première fois, confiante. Prudence tenta une question :

— Vous avez connu le docteur Gravis ?

— Oh ! Là oui ! lâcha Célia, en toute naïveté. J'ai remplacé son assistance après l'agression. J'en ai vu et entendu des choses pas jolies jolies, si vous voulez savoir.

Prudence désirait savoir plus que tout. Elle s'apprêtait à poser de nouvelles questions quand le metteur en scène les interpella.

— Mesdames, approchez-vous, que nous fassions connaissance.

18

C'était un beau jeudi de septembre. Les odeurs sucrées des fleurs épanouies de fin d'été embaumaient le parking. Prudence raccompagna sa nouvelle camarade Célia jusqu'à la voiture. Elles étaient convenues d'un rendez-vous chez Prudence, le lendemain à 15 heures.

Elle la salua d'un signe de la main et se dirigea vers sa deudeuche jaune. Des morceaux de betteraves pourris tenaient en équilibre sur son pare-brise. Prudence les dégagea du revers de la main et les envoya balader derrière son véhicule. Elle ouvrit la portière et s'installa au volant.

Elle remarqua que le reste du groupe commençait à quitter la salle des fêtes. Elle fit vrombir son moteur et passa la marche arrière. Sa deudeuche dégageait une odeur pestilentielle qui la fit éternuer. Elle cala. Après avoir hurlé plusieurs noms d'oiseaux, elle se mit au point mort et tourna la clé.

La petite troupe s'était figée. Elle crut d'abord que tous la regardaient. L'état de sa voiture semblait faire jaser. Elle s'enfonça dans le siège, passa la ceinture de sécurité et réenclencha la marche arrière. Trop brusque sur l'accélérateur, elle sentit sa roue arrière déraper sur les morceaux de betteraves qu'elle venait de jeter sur le sol du parking. Le véhicule glissa, sans qu'elle en maîtrise le contrôle. Elle accéléra à nouveau. Sa visibilité, restreinte par les coulures rouges, ne lui permit pas de voir l'obstacle se précipiter vers son pare-chocs. Elle le heurta violemment. Sa voiture fit des soubresauts et le moteur s'arrêta.

Des cris retentirent dans le parking. Prudence releva la tête, contrite. Le maire courait vers elle, l'air horrifié. Qu'avait-elle pu percuter ? Certes, elle venait de cogner sa voiture, mais rien de bien méchant, en comparaison des incidents passés !

Une fois, elle avait noyé le moteur de la Jeep de son mari dans un fleuve en Afrique. Elle voulait juste prendre un raccourci. Le coup de la Range Rover pliée contre un arbre, ce n'était pas de sa faute, non plus. Elle cherchait à éviter un lama au Pérou. Pour l'épisode de la berline qui avait pris feu, au milieu du bush australien, elle jurait être innocente. Bien sûr que la combustion spontanée d'une voiture, ça existait ! Surtout à plus de 50 °C de température extérieure. Arthur avait évoqué l'absence d'eau dans le moteur. Était-elle responsable ? Elle ne le pensait pas ! Alors, oui, elle avait détruit plus de voitures en une décennie que n'importe qui en une vie. Et après ? Une égratignure sur un pare-chocs restait bien le moindre des maux. D'où son incompréhension devant la réaction disproportionnée du premier administré de Supplicy.

Homme de plus de cinquante ans, Gérald Pouillot était magistral et vigoureux. Coquet, soignant son image, il prenait des postures raides pour faire sérieux.

En réalité, monsieur le maire venait de la campagne. Fils d'agriculteur, ses mains, son nez épaté et sa myopie grandissante gardaient les marques des origines qu'il cherchait à cacher. Pour se fondre dans la caste de son épouse, il soignait son épaisse chevelure grise, en la coiffant en banane et en la lissant. Ses mains, toujours impeccables et manucurées. Ses tenues, assurément sur mesure et aux étoffes raffinées. Sa peau, soigneusement exfoliée et hydratée. Ses lunettes de vue, grand luxe, surtout bien adaptées à la forme de son visage chevalin. Seuls son accent et ses expressions paysannes le trahissaient parfois – au désarroi de sa mondaine de femme.

Pour le rassurer, Prudence sortit de son véhicule :

— Tout va bien ! Rien de cassé. Pas même un léger mal au cou !

Le maire Pouillot hurla :

— Regardez ce que vous avez fait ! Ma femme va me tuer ?

Circonspecte, son regard se posa sur le visage affolé du maire. Puis, sur les sourires railleurs du metteur en scène et de la bienfaitrice du club, madame Wilkie. Enfin, sur les minois rieurs de Georgette et de Fanny. Prudence ne comprenait pas. Elle se retourna et remarqua une gigantesque composition florale renversée. Anéantie. Effondrée. Elle se rapprocha.

Un buisson de trois mètres de haut, sculpté à l'image d'un animal, semblait avoir perdu la tête. Prudence comprit. Quelque chose était venu s'écraser sur le toit de son véhicule, au moment de l'impact. Elle détourna le regard et plissa les yeux. Elle craignait ce qu'elle allait découvrir.

Monsieur le maire braillait, mais Prudence n'écoutait pas. Décidée à faire front, elle ouvrit les yeux. La tête décapitée d'un lion grossièrement taillé l'observait. Elle posa les mains devant la bouche et bredouilla :

— Nom de nom ! Je suis confuse !

Le maire, arrivé sur les lieux du crime, beugla :

— Ma femme va me tuer. Six mois ! Elle a mis six longs mois pour façonner son buisson, pour y mettre de l'engrais, l'irriguer goutte par goutte. Et les fleurs ! Ça lui a pris des semaines pour choisir celles qu'elle a mises au pied de la sculpture.

Rouge de honte, Prudence tenta de s'expliquer :

— J'ai une mauvaise vue à cause de la betterave qui dégouline.

— Une voiture, ça se nettoie, madame Poivert !

Il agitait frénétiquement la tête de droite à gauche et marmonna :

— Elle ne me le pardonnera jamais ! Pour une fois qu'elle avait presque réussi quelque chose. J'en pouvais plus, moi, de ses discours sur la mosaïculture « tendance des jardins ». J'aurais dû accepter de garder cette horreur chez moi ! Là, c'est le divorce assuré !

— Je paierai les dégâts, offrit Prudence, toujours dans ses petits souliers.

Le premier administré de la ville mit une main devant son visage et supplia :

— Taisez-vous, madame Poivert ! Vous n'y êtes pour rien ! Nous avons eu notre lot de catastrophes dernièrement. Ce n'est qu'un banal accident.

Il se retourna et s'adressa au groupe, diverti par la scène burlesque qui se jouait devant eux :

— Vous êtes témoins qu'il s'agit d'un accident.

Madame Wilkie le rassura :

— On va vous couvrir, Gérald ! Vous pouvez compter sur nous. Madame Poivert n'avait aucun moyen de l'éviter.

Le metteur en scène ajouta son grain de sel :

— Nous serons vos garants, mon vieux ! Pas d'inquiétude ! En revanche, madame Poivert, nous vous devons des remerciements. Je n'en pouvais plus de cette horreur devant mon club de théâtre. Pardonnez ma franchise, mon cher Pouillot, mais je pense que cela mérite des applaudissements.

Imitant le metteur en scène, le petit groupe se mit à battre des mains. Le maire s'adoucit :

— On a compris ! Très drôle Léon. D'ailleurs, vous serez mon témoin. Je veux vous voir à 16 heures pétantes, à la maison, pour raconter à ma femme la tragique mésaventure de sa sculpture sur buisson.

Fini les hourras. Le metteur en scène protesta. Il chercha des excuses à défaut de trouver des arguments. Pourtant, il renonça. Il aurait dû y réfléchir à deux fois avant de provoquer le maire de son village. Pouillot se retourna vers Prudence et lui demanda :

— Madame Poivert, faites-moi le plaisir de nettoyer votre véhicule ! Pour le bien de notre communauté, veillez à faire reluire vos vitres.

Elle se détendit et promit :

— Présentez mes excuses à votre femme ! Me voilà bien embarrassée pour notre première rencontre.

— Ne le soyez pas. Rentrez chez vous et reposez-vous. Il ne manquerait plus que vous vous soyez blessée dans l'accident.

Soulagée par sa réaction, Prudence se mit à rire :

— J’ai la tête dure. Ne vous en faites pas pour moi.

Il la salua avec déférence et se dirigea vers le groupe, en grande discussion entrecoupée de rires spontanés. À Supplicy, on allait longtemps parler du premier jour de théâtre de Prudence Poivert !

19

Maquillée, parfumée et juchée sur dix centimètres de talons, Prudence patientait dans le salon. Depuis son retour du club de théâtre, elle se rongeait les sangs. Elle imaginait son neveu apeuré dans sa cellule. Sa sœur insomniaque à l'autre bout du monde. Et le cadavre de Gravis que personne ne semblait pleurer. Heureusement qu'elle ne passait pas la soirée seule.

On sonna. Elle se jeta sur la porte. Richard, en jean brut, chemise blanche impeccable, gilet en cachemire gris et mocassins en cuir, la regarda avec tendresse. Elle lui sourit, visiblement soulagée de le voir, et saisit la bouteille de saint-émilion des mains du journaliste. Elle l'invita à passer au salon et revint avec deux verres à pied et une carafe à décanter.

— Comme il est bon de retrouver des amis, autour d'un bon repas !

Elle se mit à rire aux éclats, partageant sa jovialité naturelle. Le journaliste fit de même, heureux de l'avoir pour lui seul. Ils s'installèrent sur le canapé. Depuis leur rendez-vous manqué à l'église Saint-Martin, Richard n'avait pas eu de nouvelles. Il voulait en apprendre plus. Sans l'avouer à Prudence, le meurtre du dentiste était devenu une priorité d'investigation personnelle. Tout ce qui touchait de près ou de loin à son amie de fac devenait primordial aux yeux du reporter. Elle se tourna vers lui et le regarda avec reconnaissance :

— C'est une chance de t'avoir auprès de moi en de telles circonstances ! Même si le fait divers d'un petit village français ne doit pas intéresser un reporter international de ton envergure.

Elle s'était juré de ne plus en parler. Trop tard. Richard se racla la gorge, ému d'une telle proximité physique avec celle qui faisait toujours chavirer son cœur, trente ans après.

— Au contraire ! J'ai fouiné un peu, dernièrement.

Prudence sursauta, folle de joie. Recevoir l'aide d'un professionnel de l'enquête était au-delà de ses espérances. Elle s'écria :

— Tu fais des recherches à Supplicy ?

— Jusqu'à la fin de mes congés, oui ! J'ai plusieurs contacts dans la gendarmerie locale qui m'ont appris que ton neveu aurait été le dernier à voir Gravis en vie. Ils se seraient disputés puis le dentiste a été retrouvé mort dans l'écluse… Enfin, tu l'as retrouvé dans l'écluse.

Elle demanda avec précaution :

— Une dispute ? À quel propos ?

— Je rencontre une source dans la semaine. J'en saurai plus.

Dommage, elle devrait attendre un peu. Elle mit ce détail dans un coin de sa mémoire. Ils discutèrent du bon vieux temps. Très vite, ils retrouvèrent leurs marques et leur complicité. Prudence, comme à l'époque de la fac, posa une main sur son avant-bras et lui sourit. Elle ne pouvait s'empêcher de s'accrocher à lui à l'université. Tout à coup, elle se souvint des paroles d'Arthur :

Richard a toujours eu le béguin pour toi. Elle rougit et se dit qu'elle adorerait que ce soit toujours le cas. Bon sang, qu'est-ce qu'elle le trouvait beau ! Elle s'écria :

— Oh, Richard ! Comme je suis contente de te revoir.

Il remarqua alors qu'il adorait la façon dont elle détachait les syllabes de son prénom. Sa voix grave et féminine l'ébranlait. D'aussi près, il pouvait voir les nuances du vert de ses yeux. La brillance de ses cheveux coupés à la perfection, qui retombaient sur des épaules menues, à l'image du reste du corps ferme de la presque quinquagénaire. Elle portait un pull en cachemire noir dont le décolleté en V laissait apparaître la naissance de sa poitrine. Sans chercher à plonger dans son décolleté, il laissa son regard courir le long du cou de Prudence dès qu'elle détournait la tête. Elle portait une jupe fourreau gris foncé et des bottes à talons. L'élégance de son amie le subjuguait. La fragrance musquée et fleurie que portait Prudence l'envoûtait au point de perdre, à plusieurs reprises, le sens de leur conversation. Fait rare chez un homme dont le métier est d'écouter. Comprendre. Analyser. Retranscrire.

D'aussi loin qu'il se souvenait, Prudence avait toujours provoqué ça en lui. Elle était la seule. Il en avait courtisé, des femmes, aimé certaines et épousé une. Pourtant, jamais Prudence n'était sortie de sa tête. Aujourd'hui la providence, le hasard, la bonne fortune – appelons ça comme on veut – la remettait sur sa route. Il ne laisserait pas passer sa chance.

Désormais bien détendue, la pas tout à fait quinqua en profita pour ramener la conversation sur Amaury. Après tout, le journaliste avait commencé. De façon naturelle, presque automatique, Richard livra ses découvertes :

— Un gros dossier d'après mes gars, expliqua le journaliste parisien.

— Le dentiste devait avoir des amis influents qui attendent des réponses ? supposa Prudence.

— Les amis de ce type se comptent sur les doigts d'une main. Non ! L'enquête piétine. Il faut dire que ce n'est pas banal, de mourir d'un choc anaphylactique après avoir mangé des cannelés. Cannelés, d'ailleurs, toujours présents sur les lieux du meurtre, que tu n'as pas remarqués quand tu l'as trouvé. La rhubarbe, à laquelle le docteur était mortellement allergique, n'avait rien à faire dans la recette de cette pâtisserie.

Prudence se redressa. Elle se souvenait d'avoir senti une odeur de vomi sur les berges le jour du meurtre. Un choc anaphylactique provoquait-il des régurgitations ? Elle réfléchit à nouveau et, stupéfaite, demanda :

— Eh, le sang, Richard ? Dans l'écluse !

— Il a reçu un coup post-mortem à la tête. Il a un peu saigné, mais il est mort de son allergie. Ils estiment que la mort a eu lieu vers 4 heures du matin.

La presque quinqua eut, tout à coup, une illumination :

— Pourquoi écarter la thèse de l'accident ? Si le boulanger utilisait de la rhubarbe pour d'autres pâtisseries, elle aurait pu atterrir dans l'appareil à cannelés ? Pour le coup à la tête : en tombant, il s'est cogné.

— Les cannelés sont préparés maison. La scientifique en est certaine. Vu la quantité de rhubarbe en poudre retrouvée dans chaque cannelé, on voulait s'assurer qu'il souffre et qu'il y passe. De plus, des traces de feuilles de rhubarbe, hautement toxiques pour l'être humain, auraient été détectées dans les pâtisseries. On voulait qu'il claque. La blessure à la tête ressemble à un camouflage grossier.

— Comment mon neveu pouvait-il savoir que le docteur était allergique ?

— Seul quelqu'un de proche pouvait le savoir, je suppose.

— Donc, pas Amaury ? Des cannelés maison ! Mon neveu, cuisinier ? Inconcevable !

Une bouffée d'espoir envahit Prudence. Les détails du crime pouvaient servir à innocenter Amaury. Elle devait en parler avec son avocat, dès le lendemain. Délivrée d'un poids, elle invita Richard à passer à table. Il mourait de faim. Au menu : soufflé au fromage à la cuisson parfaite, tourteau à la truffe blanche et morilles, accompagné de son riz parfumé au safran, et un palet chocolat cœur passion et son sorbet exotique. Il n'en fallait pas plus à Richard pour définitivement succomber au charme de sa Prudence.

Vers 1 heure du matin, rassasiés et fortement avinés, les vieux compères se séparèrent. Prudence raccompagna Richard au seuil de la porte et lui tendit son manteau. Il l'enfila et se pencha vers son amie pour l'enlacer. Il la serra avec douceur pour la remercier de cette merveilleuse soirée. Contact agréable qu'il poursuivit plus longuement.

La toujours quadra savoura ce rapprochement. Depuis Arthur, pas un seul homme ne l'avait étreinte. Elle faisait durer l'instant, au bonheur du journaliste. Richard se jeta à l'eau et l'embrassa, comme un adolescent fou amoureux. Prudence sentit une chaleur gagner son corps et lui picoter l'extrémité des doigts. Richard était fichtrement doué – en plus d'être diablement sexy. Elle sentit la pression de sa main sur sa taille, la moiteur de sa paume sur ses reins et ses doigts effleurer ses hanches. Elle succomba et glissa une main sur son torse pour entreprendre un déboutonnage en règle. Tout à coup, elle arrêta son geste. Tout n'allait-il pas trop vite ?

20

Le portable de Prudence vibra sur la table de nuit. Elle s'en saisit et souleva une mèche de cheveux pour mieux voir. Un message de Célia Petitmont. Elle avait beau réfléchir, elle ne connaissait personne de ce nom. Erreur de destinataire. Elle posa le téléphone au sol et se rendormit. On frappa à la porte. Râlant, elle s'extirpa du lit. Elle passa une veste en laine triple épaisseur, des chaussons-chaussettes à pompons et descendit les escaliers au ralenti. La bouche pâteuse. Le ventre en vrac. Un mal aux cheveux d'un autre temps. Aucun doute, Prudence se tenait une sacrée gueule de bois. Une de celles qu'on s'autorisait à vingt ans, mais plus à presque cinquante. On cogna à nouveau à la porte. Prudence lança :

— J'arrive.

Elle se saisit la tête des deux mains. Aïe ! Les retrouvailles avec Richard avaient tourné à la beuverie. Qu'avaient-ils bien pu faire ? Total trou noir. Le black-out. Le vide intersidéral. Elle se souvenait du dessert : une réussite, aux dires de son ami de fac. Elle parvint à la porte d'entrée et ouvrit. Une femme, de plus de soixante ans, se tenait là, tout sourire. Prudence retrouva ses esprits. Elle la salua et l'invita à entrer.

— Célia, quelle joie de te voir !

— J'ai eu peur que tu aies oublié notre rendez-vous de 15 heures. Je me suis permis de t'envoyer un texto, comme tu ne répondais pas à la porte.

Prudence lui sourit, en ajustant sa coiffure et ses vêtements.

— J'ai un peu traîné au lit. Je ne t'avais pas oubliée. Jamais !

Comment lui dire qu'elle n'avait même pas reconnu son nom sur l'écran du téléphone – déjà qu'elle avait du mal à dire comment avait fini sa soirée ? Elle prit le manteau de Célia et la dirigea vers le salon. Rangé. Impeccable. À l'image de l'entrée et de la cuisine. Ouf !

Prudence lui proposa le fauteuil fleuri. Elle opta pour le canapé. En s'asseyant, elle reconnut l'effluve du parfum de Richard. Son cœur s'emballa. Des papillons lui picotèrent le ventre. Elle sourit niaisement en touchant ses lèvres du bout des doigts. Que s'était-il passé hier avec son vieux pote d'université ? Elle écarta ces préoccupations mineures pour aborder le vrai sujet : découvrir qui était Antonin Gravis. Une fois un thé noir et des petits biscuits bio servis, Célia se livra, sur elle et sur sa vie – ignorant tout des intentions de Prudence.

À dix-huit ans, Célia dite « Cély », était devenue secrétaire d'un médecin généraliste à Bordeaux. Joyeuse époque ! Quand elle en eut trente, son patron prit sa retraite. Elle demeura dans le cabinet qui devint un groupe. Dès lors, au service de deux dentistes, d'un médecin généraliste et d'un dermatologue, elle travaillait dur et ne se plaignait jamais malgré les humiliations. La violence des rapports dominants-dominés.

L'épuisement moral et physique. Les haines et les coups bas des autres secrétaires.

À cinquante-trois ans, trop vieille pour l'image du groupe, elle fut remerciée. Inactive, pour la première fois dans sa vie, elle broyait du noir. Cély n'avait ni époux ni enfants. Elle avait connu des hommes. Certains étaient devenus des pontes de la médecine moderne. Pourtant, pas un seul ne l'épousa ! Non, Célia n'était pas une de ces femmes que l'on pouvait exhiber fièrement à ses côtés. Elle ne travailla plus jusqu'à ce que le système la déclare officiellement en retraite, dix ans après. Elle demeura dans le même appartement, dans sa banlieue pauvre de Bordeaux. Esseulée et désœuvrée. Là, elle avait observé l'accélération d'une vie moderne qui lui échappait. Finie, l'époque où chacun connaissait ses voisins, où tous prenaient le café les uns chez les autres, où le commerçant faisait crédit en attendant la paye. Elle voyait désormais des locataires se succéder sans jamais plus se regarder. Des foyers clos qui ne cherchaient qu'à vivre dans le secret. Des enfants insolents et bruyants qui, pour marquer leur place dans le groupe, détruisaient et s'affrontaient.

Ce quartier autrefois chaleureux et mixte était devenu un lieu en construction permanente, écrasé par de nouveaux bâtiments érigés dans la volonté d'accueillir une population plus prospère, plus bourgeoise, plus privilégiée. Une population qui craint les couleurs. La différence. La pauvreté qu'elle pense contagieuse.

Pendant dix ans, Célia « la douce » chercha à déménager. Son bailleur social refusa : tant qu'elle n'avait pas un grave problème de santé, impossible de quitter son appartement vieillot. Jusqu'au jour où, au matin du 16 décembre 2015, un certain maître Duraille, notaire bordelais, la convoqua par courrier recommandé. Célia Petitmont, résidante à Lormont, figurait sur le testament de sœur Marie-Madeleine la franciscaine. Cette dernière léguait 50 % de son héritage à l'Église, et le reste à la douce secrétaire de son médecin généraliste. Celle qu'elle qualifiait « d'ange réincarné ». Après avoir quitté les ordres pour de mystérieuses raisons, sœur Marie-Madeleine n'avait jamais pu oublier ni l'Église ni sa Célia Petitmont.

Cély hérita d'une maison de famille à la campagne – faubourg de La Pinardière à Supplicy-sur-l'Isle – et d'un bon pécule. En contrepartie, elle reçut la mission de distribuer trente-deux objets à plusieurs figures ecclésiastiques et laïques, à travers toute la France. Célia Petitmont accepta. Une nouvelle vie commença. Une année s'écoula quand, un matin, Célia constata que son compte venait de passer du négatif à un chiffre à cinq zéros. Le lendemain, le notaire l'invitait à partir à Supplicy-sur-l'Isle, visiter sa nouvelle demeure avec jardin. Elle intégra le club de théâtre : elle qui rêvait de changer de vie décida de frapper fort. Quoi de pire, pour une introvertie, que d'affronter sa plus grande peur : les autres ? Depuis une année, elle évoluait au sein du club sans vraiment s'y sentir acceptée. L'arrivée de Prudence changeait la donne. Du moins, elle l'espérait !

Émue par l'histoire de Célia, Prudence voulut faire marche arrière. Quel genre de femme voulait-elle être ? Une manipulatrice ? Une menteuse ? Elle devait lui révéler qu'elle était la tante du gamin accusé du meurtre de Gravis. Elle se préparait à expliquer la raison de sa venue au club quand Célia confia :

— J'étais présente le soir de la mort de Gravis. Je suis l'unique témoin dans l'affaire de son assassinat.

21

Si Célia souhaitait aborder le sujet, pourquoi sans priver ? Les révélations pouvaient attendre. À l'aise, Cély – qui n'avait jamais réellement eu d'amie – se sentait comme à la maison. Elle parlait sans crainte.

— Je remplaçais son assistante Rosita au cabinet dentaire quand il est mort. Je suis la dernière personne à l'avoir vu en vie… avant le tueur.

Prudence devait tenter le coup :

— Tu as dû entendre des choses au cabinet ! Je veux dire, une bonne secrétaire sait tout.

Sans même le début d'une méfiance, Célia s'écria :

— Tu n'imagines même pas. C'est bien pour ça que je suis témoin. Tu sais, Gravis était un homme détestable. Paix à son âme.

— Paix à son âme, répéta Prudence, penchée en avant pour bien entendre.

— J'en ai vu, des arrogants, mais avec Gravis, on frôlait la quintessence du genre, lâcha l'ancienne secrétaire. Toujours en complet trois-pièces à plus de six mille euros, il exhibait sa montre à trente mille euros. Ses richelieus à deux mille euros. Son téléphone portable à mille cinq cents euros…

— Il devait avoir du succès auprès des gens ?

L'ancienne secrétaire posa sa tasse et saisit un biscuit breton pur beurre :

— Gravis ne dégageait ni sympathie ni respect. Il n'existait qu'à travers l'éclat que renvoyait son luxe affiché, si tu veux mon avis. Pour le reste, il avait l'habitude de tout acheter. Il commençait ses conversations sur son sujet favori : lui. Il avouait être de ces hommes qui possédaient une forme pathétique d'intelligence : celle de l'argent. Il occupait chaque seconde de son existence à trouver tout moyen susceptible de faire fructifier sa fortune. Fortune héritée d'une famille implantée dans ce village depuis le dix-huitième siècle. Il reconnaissait, sans problème, n'avoir ni empathie, ni ouverture d'esprit, ni compréhension. Il parlait sans cesse pour ne rien dire. Peu importait si son interlocuteur s'ennuyait, il le serinait jusqu'à ce qu'il ait autre chose à faire. Il savait être charmant avec les gens qui pouvaient lui rapporter. La plupart du temps, il s'avérait odieux, considérant les autres inférieurs à tous points de vue.

— Charmant personnage, laissa échapper Prudence.

— Tu n'as pas idée ! S'il n'était pas un fils Gravis, on aurait dit de lui qu'il était simplement bête et méchant. Il racontait qu'on lui avait payé un précepteur de la maternelle jusqu'au lycée. À l'université, des personnes hautement intelligentes avaient été soudoyées pour lui garantir un diplôme de médecin : chirurgien-dentiste. On faisait l'éloge de sa réputation de prodige lors de ses premières années de pratique à Bordeaux. Un confrère, tout aussi compétent, travailla à ses côtés pendant dix ans. On venait du monde entier pour être soigné par Antonin Gravis. Il intégra l'ordre des chirurgiens-dentistes de la Gironde quelques années après et en occupait la présidence depuis cinq ans. À trente-six ans, il dirigeait le cabinet de

Supplicy-sur-l'Isle dans lequel il se faisait payer rubis sur l'ongle.

Prudence se redressa et croisa les jambes, les mains appuyées sur le genou :

— Le genre de type que tout le monde apprécie.

Célia reprit sa tasse, avala quelques gorgées avant que le café ne refroidisse et confirma de la tête :

— Il ne manque à personne à Supplicy. Il racontait que le maire était un bouseux. madame Wilkie, une sénile qui essayait de s'acheter le metteur en scène. « Donner autant de pognon sans attendre au moins une partie de jambes en l'air, c'est du jamais vu, répétait-il. Même si Wilkie n'a aucune chance avec von Kalf. Tout le monde sait que le metteur en scène adore "les châssis bien gaulés" et plutôt jeunes. Le genre : pétasses écervelées ! » Voilà comment parlait Gravis.

Prudence ressentit, tout à coup, une bouffée de colère lui monter à la gorge. Désormais, elle pouvait comprendre qu'Amaury ait eu envie de le faire taire.

— Ce type pouvait rendre dingue, dit-elle en frissonnant de dégoût.

Le témoin principal s'enfonça dans le fauteuil, plus à l'aise que jamais :

— Jusqu'au bout, il a été odieux. La dernière fois que je l'ai vu, il se disputait avec un jeune patient.

Bon sang, Prudence approchait du but. Elle joua les naïves :

— Il humiliait les gens qui le payaient ?

— D'habitude non ! On ne mord pas la main qui nous nourrit, disait-il. Je pense qu'ils se connaissaient.

— C'était une ordure aussi avec ses amis ?

— Amis, j'en doute. Vieux camarades, pourquoi pas. Le jeune homme semblait inquiet et répétait qu'*elles* avaient l'intention de prévenir la presse. Gravis s'est réjoui, claironnant qu'il passait très bien à la télé. L'autre lui a dit : « Dois-je te rappeler que nul n'est intouchable ? »

— Le dentiste se croyait au-dessus des lois ? demanda Prudence.

— Sa famille l'était depuis presque quatre siècles. Gravis a ajouté : « Arrête de te faire du mouron, vieux ! Je suis président de l'ordre des chirurgiens-dentistes. Ce sont leurs paroles contre la mienne. Tous mes confrères me couvrent. Quant à ma réputation, je paierai une campagne de communication pour attirer les grosses bourgeoises pleines de fric ici. »

— De quoi parlaient-ils ?

Prudence se sentait perdue. Son mal de crâne l'empêchait de se concentrer.

— Du procès au civil des huit dernières assistantes de Gravis pour harcèlement moral, violences physiques et menaces.

— Grand Dieu !

— Le pire, c'est qu'il s'en foutait. Il s'est lancé dans un monologue : « À l'époque de mon arrière-grand-père, j'aurais été moins emmerdé. Quelques coups de fouet et l'affaire était réglée. Mais aujourd'hui, c'est "Il me traite de conne et de salope", "Il m'oblige à travailler jusqu'à 10 heures du soir", "Il me gifle pour se défouler", "Il me convoque à 9 heures le soir pour me forcer à la démission en me menaçant d'un scalpel". Depuis quand le secret professionnel est-il bafoué ? Ce qui se passe dans un cabinet dentaire doit rester dans un cabinet dentaire ! Cet étalage leur posera plus de tort qu'à moi. D'ailleurs, aucune d'entre elles ne retrouvera jamais un travail dans ce milieu. Foi d'Antonin Gravis. »

La mémoire de Célia semblait prodigieuse. Prudence n'en revenait pas. Elle lâcha un :

— Oh !

— Le jeune garçon lui a répondu que les grandes heures de la famille Gravis étaient révolues. Gravis a pris ça pour une menace : « Sinon, quoi ? Petit banquier de pacotille ? Reste dans ton trou et laisse les grands régler les affaires importantes. J'ai la situation en main. Mon héritage familial n'est pas que pécuniaire. L'aurais-tu oublié ? » Le jeune a répondu que ce genre de comportement ne durerait pas éternellement. Un jour ou l'autre, un Gravis devrait payer. Fier comme Artaban, le dentiste a lancé qu'il n'était pas né, celui qui lui ferait payer quoi que ce soit !

Prudence secoua la tête, vaseuse et morte d'inquiétude pour Amaury. Ça sentait mauvais. Les mots du capitaine Hasis prenaient tous leurs sens. Amaury aurait besoin de soutien et d'un excellent avocat s'il souhaitait s'en sortir.

Deux heures s'écoulèrent. Le poids qui comprimait le torse de Célia s'allégea après ses confidences. Prudence possédait un don : l'écoute. Cély n'avait jamais croisé une femme comme elle. Douce. Ouverte. Et généreuse. De son côté, la presque quinqua tentait de faire bonne figure. Le témoignage et l'honnêteté de Célia accableraient son pauvre neveu. Elle ne songeait qu'à une chose : abandonner.

Elle raccompagna sa camarade de théâtre sur le pas de la porte et la remercia pour sa visite. En d'autres circonstances, Prudence aurait béni une aussi belle rencontre : mademoiselle Petitmont, un véritable ange réincarné, comme disait sœur Marie Madeleine.

Célia lui fit deux bises – comme à une vieille amie. Les moments passés auprès de Prudence la libèrent, un instant, de son écrasante solitude. La toujours quadra ouvrait la porte quand un morceau de papier s'envola. Posé sur la console de l'entrée, le mot ne résista pas à une bourrasque automnale. Célia le ramassa, sans le lire, et le tendit à Prudence. Cette dernière s'en saisit et proposa :

— On peut faire du covoiturage, jeudi prochain, pour aller au club.

Célia lui sourit :

— Je t'envoie mon adresse par texto. Merci pour cette journée, Prudence, et à jeudi.

— Merci pour ta visite.

Elles se saluèrent et Prudence rentra sans se presser. Elle lut le mot et se figea. Elle savait ce qu'elle avait fait la veille avec Richard Boileau !

22

Une semaine s'était écoulée depuis le pot de bienvenue. Prudence en avait profité pour entamer les démarches afin de rendre visite à Amaury. Ça l'occupait. Elle refusait de penser à Richard. Elle paniquait à l'idée de le croiser dans les rues de Supplicy. Elle n'était pas prête. Trop tôt. Trop vite. Et, surtout, elle avait passé l'âge de ces conneries !

Elle invita Célia deux fois. D'abord, pour reprendre un café. Puis, pour une balade en forêt. Prudence avait remarqué la présence d'un bois, à trois minutes à pied de chez elle. La marche était à Prudence ce que le sucre était à un enfant : réconfort et bien-être – en moins toxique. Alors, dans un bois aussi charmant que celui nommé le bois de l'Étang, elle ne pouvait vivre que des journées pleines et magnifiques. Rien à voir avec celui du Canal qui lui avait laissé un souvenir plus qu'amer.

Célia accepta de l'accompagner en promenade. N'étant pas une randonneuse convaincue, elle se fatigua vite et préféra retrouver la douceur de son jardin. Prudence n'apprit rien de plus. Elle avouait adorer la compagnie de Célia. La quasi-quinqua se sentait si esseulée face à son drame familial… Cély, elle, crevait de solitude au quotidien.

Quand le jeudi « cours de théâtre » arriva, les amatrices de comédie firent du covoiturage. Après tout, comme aimait à le rappeler Prudence, c'était bénéfique pour la nature. En réalité, la jeune divorcée éprouvait une certaine fierté à montrer sa deudeuche propre comme un sou neuf. Certains pourraient y voir de la vanité, mais Prudence faisait partie de ces gens qui s'émerveillent pour un rien. Même pour une voiture qui sentait bon le propre.

Aujourd'hui, journée des auditions. Après avoir relu la pièce, Prudence était convaincue qu'elle ne décrocherait aucun rôle. Quant à Célia, elle découvrait Jean-Paul Sartre pour la première fois et ne s'était toujours pas remise du dénouement de la pièce. Alors, s'imaginer qu'elle pourrait jouer un des personnages… Impossible.

Elles arrivèrent à l'heure, chacune avec un exemplaire de la pièce en main. Le metteur en scène les pressa pour commencer les auditions. Von Kalf fit un rapide résumé. La pièce de théâtre de Sartre s'organisait en cinq scènes. Un garçon d'étage invitait un homme, Garcin, un journaliste publiciste, à s'installer dans un salon occupé par trois canapés. Ce dernier était rapidement rejoint par Inès, une ancienne employée des Postes, et Estelle, une mondaine. Ainsi se déroulait l'étonnant huis clos entre les comédiennes, pendant lequel le texte de Sartre devait être « sublimé ». Le décor ainsi planté, ils pouvaient commencer !

Prudence fit ses premiers pas sur scène. Elle demandait encore pardon à Jean-Paul Sartre pour la médiocrité de son jeu d'acteur. Ainsi qu'à l'ensemble des personnes de cette profession. Ceux d'hier. D'aujourd'hui. Et de demain. Après de longues minutes de torture, Prudence sortit lessivée et jura que, plus jamais, elle ne brûlerait les planches. Les planches d'ailleurs la remercieraient. Le metteur en scène l'interrompait constamment. Trop molle. Trop dynamique. Pas convaincante. Trop emphatique. Pas assez précise. Minable. Désespérante.

— L'art de la comédie, ça ne s'invente pas, madame Poivert !

Tantôt il hurlait. Tantôt il expliquait sereinement. Rien n'y faisait. Régulièrement, il perdait patience et sortait « deux minutes pour faire une pause ». Georgette, Cély et Fanny ne rassurèrent pas leur amie. Prudence était une piètre comédienne. Aucun doute là-dessus.

Au bout d'une heure de tirades, de défilés et de « non, non, non », « oui, oui », le verdict tomba. Georgette, enfin madame Georges Pérouse d'Angevin, serait Inès. La très britannique Fanny Coleman jouerait le rôle d'Estelle. Quant au rôle principal, il serait tenu par un travesti. Célia Petitmont, la timide à la mémoire phénoménale, serait un homme, puisqu'elle jouerait Garcin. Quant à Prudence, elle occuperait la charge de régisseuse son et lumière. Pour le rôle du garçon d'étage, Léon von Kalf accepta de prendre cette responsabilité. Après tout, le jeu du garçon ne consiste qu'à faire entrer les acteurs sur scène.

Une fois la distribution faite, chacune se félicita. Alors qu'elles discutaient de l'interprétation de Garcin, le téléphone portable du metteur en scène sonna. Il expédia les comédiennes, prétextant une fièvre fulgurante – une épidémie de grippe sévissait au village.

— Merci pour votre implication. On se revoit jeudi, Mesdames.

Il détala à toute vitesse, le visage blême, manquant de bousculer Prudence qui quittait la scène. Georgette Pérouse d'Angevin et Fanny Coleman se fixèrent longuement, hébétées par l'attitude du metteur en scène.

Elles connaissaient bien son excentricité, mais von Kalf était loin d'être un hystérique.

Georgette brisa le silence :

— Maintenant que les auditions sont finies, direction le bistrot ?

Fanny ajouta :

— Bonne idée. Je mangerais bien un bout, moi !

Les quatre femmes se regardèrent et acquiescèrent de concert. Prudence trouvait les membres de ce club de plus en plus sympathiques. Elle regrettait presque d'être là pour démasquer leurs secrets.

Georges Pérouse d'Angevin, quarante-huit ans, héritière des boutons de manchette de luxe Pangevine. L'élégance chic de cette dernière refroidissait de prime abord. Droite, le port de tête altier, elle avait les postures et les attitudes d'une rentière, devenue femme d'architecte à Arcachon. De cette vie-là, elle avait conservé ses tenues de créateurs, ses bijoux de luxe, ses chaussures et sacs aux prix indécents, un maquillage dont la qualité faisait pâlir de jalousie ses camarades de Supplicy. Georgette semblait plus âgée que les autres. Cheveux gris. Coupe longue aux épaules. D'allure flegmatique, imperturbable, elle s'animait en présence de Fanny. Leurs disputes l'électrisaient. Elle ressemblait alors davantage à une adolescente furieuse qu'à une femme mature.

Fanny Coleman, quant à elle, s'amusait de son accent britannique pour horripiler l'ex-notable d'Arcachon. N'ayant jamais dépassé le mètre soixante, ses rondeurs, sa bonhomie et sa jovialité s'accordaient à la perfection à son physique généreux. De ses cheveux noir de jais, il ne restait que quelques mèches fondues sur une chevelure poivre et sel virant au jaune. Pas d'entretien particulier de sa chevelure ni de sa peau d'ébène. Elle ne portait que des vêtements larges et chatoyants, adaptés à sa morphologie. Car, comme elle aimait à le dire, elle était si petite que, sans couleur, personne ne la remarquerait. La Britannique avait été, tour à tour, parfaite écolière anglaise portant jupette et chaussettes blanches. Hippie libérée, bannissant les sous-vêtements, et adepte de la vie en communauté. Fervente partisane du port du short en jean et du tee-shirt jaune fluo. Puis écolo bobo déglinguée, ne se nourrissant que de bio, cultivant potager, verger, consommant local, ne portant que déodorant bio – uniquement du Slow Cosmétique – et sous-vêtements 100 % coton. Elle ne portait que de l'équitable. Ne se lavait qu'au savon de Marseille. Ne se soignait qu'aux huiles essentielles et aux plantes, sauf en cas de force majeure où les antibiotiques, l'aspirine et le paracétamol étaient ses meilleurs amis. De sa folle vie d'artiste et de muse, Fanny avait gardé une hypocondrie maladive. Au moindre rhume, au premier rhumatisme, au plus discret souci d'aérophagie, elle paniquait. Elle ne sortait jamais sans sa petite pharmacie et gardait toujours une trousse de secours débordant de médicaments qui horrifieraient n'importe quel disciple de naturopathie. Pourtant, une constante demeurait : Fanny se vouait, corps et âme, aux arts et aux artistes. En plasticienne accomplie, elle ne sortait jamais sans un crayon HB et un bloc à dessin. Elle ne concevait sa vie qu'à travers les croquis qu'elle en faisait. Meilleure en photographie, quand elle dessinait, elle défendait la simplicité de la ligne de son croquis. L'art contemporain avait fait son œuvre. Désormais, plus personne ne savait dessiner une pomme. Elle, au moins, faisait l'effort de rendre son travail figuratif ! La nature avait été généreuse avec Fanny. Seules les rides d'expression d'une femme qui avait trop souri marquaient le contour de ses yeux noisette. Elle ne portait que des lunettes d'apparat, possédant une vue parfaite à chaque œil. À cinquante-cinq ans, Fanny en paraissait quarante-cinq. Elle soutenait que son mode de vie, son alimentation et la fréquence de changement de ses amants expliquaient la jeunesse de ses traits. Fadaises ! Parlons plutôt d'un généreux héritage génétique. Sa mère, à quatre-vingt-quinze ans, ne portait ni lunettes, ni canne et en paraissait à peine quatre-vingt. Mais de tout cela, Fanny ne se vantait pas.

Prudence emboîta le pas de ses camarades quand Célia se pendit à son bras. Jamais les filles ne l'avaient invitée à aller au bistrot. Elle bénissait la présence de Prudence et ne se lassait plus de la remercier.

Cette dernière sourit et l'entraîna derrière elle d'un pas enjoué et aérien.

23

Le lendemain, vendredi jour de marché, la nouvelle se répandit telle une traînée de poudre. La veille, la gendarmerie avait convoqué Léon von Kalf. Drôle de grippe ! Longuement interrogés pour l'affaire Gravis, certains déclaraient qu'il s'agissait là d'une simple formalité. Alors que d'autres émettaient l'hypothèse d'une culpabilité. Il n'y avait pas de hasard, soutenaient les anciens du village.

Pour les habitués du Bar de l'Estuaire, ceux qui connaissaient le metteur en scène, le doute n'était pas permis. L'innocence était acquise. Pour le marchand de volailles, celui situé sur l'allée numéro 3, tout ça ne pouvait être que du surnaturel. Le jour de l'aménagement de von Kalf dans le village, possédant un don de clairvoyance, il avait ressenti des ondes particulières. Il lançait, à qui voulait bien l'entendre, l'idée qu'un sorcier maléfique avait élu domicile à Supplicy.

Les plus gênés dans l'histoire s'avéraient être les membres de la compagnie de théâtre. Les comédiennes Georgette, Fanny et Célia, réunies au milieu de la place du marché, se sentaient dépassées. Harcelées de questions et de commentaires, elles ne supportèrent pas longtemps les sollicitations. Georgette fut la première à envoyer tout le monde paître. Les trois actrices s'extirpèrent de la foule au moment où une ancienne du village leur demanda de leur rendre des comptes sur la malfaisance du metteur en scène. Fanny entraîna ses camarades d'infortune derrière le stand du marchand de chichis pour s'y cacher. Il leur fallait un plan. Se croyant à l'abri, elles discutèrent avec vigueur, ignorant qu'une certaine Prudence Poivert les épiait.

— Ça ne peut être qu'une coïncidence, clama Célia.

Fanny semblait perdre sa jovialité. Tremblante et hésitante, elle avait du mal à se remettre de ses émotions et ânonna :

— Je ne le connais pas beaucoup, mais c'est loin d'être un criminel.

Georgette relativisa en posant ses mains sur ses hanches :

— L'interrogatoire est une procédure de routine.

Elle restait celle qui maîtrisait le mieux ses nerfs. Même si, à un moment donné, elle faillit envoyer un coup de pied dans le genou du vendeur de volailles qui hurlait au satanisme du club de théâtre.

— Ça commence à faire beaucoup. Le *bloody* banquier bordelais et maintenant l'autre folle de von Kalf, énuméra Fanny.

Elle fouillait dans son sac à la recherche d'une pastille de Fleur de Bach. La notable d'Arcachon fronça les sourcils :

— Arrête de l'appeler ainsi. C'est notre metteur en scène.

La réservée Célia prit la parole en remontant ses lunettes sur son nez :

— Georgette a raison, un peu de décence. Il n'a rien à voir avec la mort de Gravis. Du moins, je l'espère.

— Tout le village s'agite pour une histoire sans importance. Le petit Térurier est coupable, c'est tout, conclut Georgette qui souhaitait changer de conversation.

Fanny sourit pour la première fois de la matinée et lança :

— *That's funny !* Faut dire qu'il ne se passe jamais rien dans ce bled. Alors, un meurtre et deux arrestations, ça excite.

— Je passerai chez Augusta Wilkie, ce soir. Je pense qu'elle doit être pas mal secouée ! s'inquiéta Célia, pleine de bienveillance.

— Dis-lui bien, insista Fanny, un tube de granules homéopathiques à la main, que le club de théâtre est solidaire avec elle. Nos pensées vont au metteur en scène. La sensibilité à fleur de peau des artistes reste leur marque de fabrique. *You know*, la détention doit être une épreuve terrible pour lui.

— À moins qu'il ait vraiment quelque chose à se reprocher, laissa échapper l'héritière des boutons de manchettes.

Elle s'en mordit les lèvres. Bouche bée, Célia et Fanny fixèrent leur amie. Cernée de regards insistants, cette dernière leva les bras et confessa :

— D'accord ! Arrêtez de me regarder comme ça.

L'œil vif de Fanny brûlait de curiosité. Elle s'approcha de Georgette :

— Tu sais des trucs sur von Kalf ?

— Non... Enfin oui ! Disons que j'ai surpris notre metteur en scène en fâcheuse posture le semestre dernier. Plutôt « position » !

Cette fois-ci, ce fut Célia qui fut captivée.

— Est-ce que dans ton *fâcheux*, il y aurait du *scabreux* ?

Elle ne dit mot et opina du chef. Un « oh » s'échappa de la bouche des deux femmes.

— En quittant le club, un soir de l'année dernière, j'avais oublié mes clés sur la console de régie. J'ai fait demi-tour, espérant que Léon était resté dans la salle des fêtes. La porte étant déverrouillée, je me suis permis d'entrer. Tout était éteint, à l'exception de la scène, sur laquelle notre metteur en scène « badinait » avec la petite Rosita Maille.

— La dernière assistante de Gravis, hurla Cély, plus étonnée que déçue.

Fanny avala une pastille et demanda :

— Badiner dans le sens « dire quelque chose pour plaisanter » ?

— Voilà ! Sauf qu'ils étaient nus et qu'ils ne parlaient pas. Enfin, si ! Ils parlaient... Mais une succession d'onomatopées forme difficilement une conversation.

— Mince alors ! lâcha Célia. Moi qui croyais qu'il faisait les yeux doux à la protectrice du club, madame Wilkie, comme le sous-entendait Gravis !

— Moi aussi ! s'emporta Georgette. Moi aussi ! Quel choc de les voir s'ébattre ainsi ! Mais quelle imagination, vous auriez vu ça ? Ça partait dans tous les sens.

Fanny fit une moue boudeuse, déçue de s'être fourvoyée sur son metteur en scène.

— *My goodness Gracious !* Je pensais qu'il était gay ! Bon ! Non. Je perds le flux. On comprend mieux son état d'abattement quand ils ont retrouvé Rosita. Tu te souviens, Georgette, on était au Bar de l'Estuaire quand il l'a su. L'assistante du dentiste, volatilisée pendant trois jours, qu'on retrouve tabassée dans le bois et laissée pour morte. Von Kalf semblait anéanti. Et ensuite toi, Célia, tu la remplaces au cabinet… le temps qu'elle se refasse une santé. Et là, bang, Gravis est assassiné.

L'ancienne secrétaire acquiesça. À choisir, elle aurait préféré ne jamais être impliquée dans ces histoires. L'héritière des boutons de manchette croisa les bras et se hasarda à une explication :

— Le chagrin mène à la folie. Imaginons que Léon, amant dévoré par la rage, n'admette pas qu'elle soit partie avec un gamin du village. Il la traque. Il la trouve. Il se venge et la laisse agonisante en plein milieu d'un bois.

Quand elle l'avait croisée au Bar de l'Estuaire, Prudence avait noté les blessures de la petite Rosita Maille. Son agresseur n'y était pas allé de main morte. Elle devait creuser. L'assistante laissée pour morte dans un bois. Gravis en procès pour violence sur ses assistantes. Léon von Kalf, l'amant caché, arrêté par les flics. La piste semblait prometteuse.

— Mais, quel est le rapport avec le dentiste ? Lui aussi avait une histoire avec son assistante ? interrogea Célia.

Fanny, en tragédienne convaincante, explosa :

— On va se calmer ! Il n'y a aucun mal au fait que l'assistante « agressée », du dentiste « mort », soit la maîtresse de notre metteur en scène. *All right !* Le mieux serait d'attendre.

Les trois femmes scellèrent leur pacte en se serrant les mains. Georgette conclut :

— Motus et bouche cousue, Mesdames. Ce qui s'est dit derrière la tente à chichis restera derrière la tente à chichis !

Elles se regardèrent une dernière fois et se dispersèrent pour ne pas attirer l'attention de la foule.

24

Célia redoutait les rencontres. Toutes les rencontres. Même si cela venait d'elle, elle aurait dû réfléchir à deux fois avant de proposer de venir rassurer la bienfaitrice du club, madame Augusta Wilkie. Après tout, croiser une personne quatre ou cinq fois ne faisait pas de vous des amies. Craignant de devoir y aller seule, elle s'adressa à Georgette et Fanny, toutes deux trop occupées pour se déplacer… surtout un samedi, jour de visite de leurs grands enfants.

Alors, Célia eut une idée. Lors du pot de bienvenue du club de théâtre, qui saluait tout le monde ? Qui trouvait toujours un mot à dire ? Qui évoluait dans le grand monde avec l'aisance d'une comtesse ? Prudence Poivert. Seul problème : elle avait juré aux filles de tenir sa langue. Après une longue réflexion, elle conclut que Prudence se trouvait dans le même bateau qu'elles, en tant que membre du club. Elle devait savoir ce qui s'y tramait.

Soulagée que sa nouvelle amie accepte de l'accompagner, Célia trouva le courage de se rendre chez la bienfaitrice. Arrivées au Ripassou, les complices stationnèrent devant le portail de l'immense demeure. Face au mur de plus de deux mètres, en pierre de taille, elles n'apercevaient que les derniers étages. Célia s'apprêta à sonner quand elles entendirent des éclats de voix. Prudence tendit l'oreille et invita Célia à faire de même. Étonnée, l'ancienne secrétaire la fixa quand elle comprit.

Augusta Wilkie hurlait dans son téléphone. Ce dernier, sur haut-parleur, leur renvoyait la conversation qu'elle tenait avec un certain Léon. Prudence la vit claquer la porte d'entrée et dévaler les escaliers menant vers le portail. Les deux femmes se figèrent quand la bienfaitrice s'arrêta devant le portail. De là, le bout de femme longiligne ne pouvait les voir. Contrairement à elles ! Prudence l'observa. Ses cheveux gris, coiffés en carré plongeant, accentuaient l'austérité de son visage anguleux. Ses profondes rides d'expression, son teint cireux et tacheté, sa bouche pincée et contractée, son corps fluet et fripé marquaient bien ses soixante-deux printemps. Malgré une frêle silhouette, Augusta Wilkie n'en restait pas moins une femme de bonne composition. Toujours élégante, vêtue de matières nobles sur mesure, elle gardait, au fond de ses yeux verts, l'étincelle d'un esprit brillant et vif.

— Léon ! Qu'est-ce que c'est que cette histoire avec la petite ?

La voix du metteur en scène, d'ordinaire étouffée et traînante, explosait dans les aigus.

— Ma douce ! C'est archi faux. Il ne s'est jamais rien passé entre Rosie et moi. Depuis qu'on est à Supplicy, c'est emmerdes sur emmerdes ! Je te le jure sur la tête de mon théâtre.

— Ne t'avais-je pas demandé d'éviter tout lien avec les gens du village ? Comment as-tu pu me faire ça ? Tout finit par se savoir, mon cher ami. Même le fait d'abuser de l'innocence d'une gamine. Je ne sors pas beaucoup et m'en remettais, jusqu'ici, à toi pour connaître la vie de ce village. Aurais-je donné ma confiance à la mauvaise personne ?

— Je t'assure qu'ils te mentent, tous.

— Cesse de me prendre pour une de tes poules. Tu m'avais assurée que tout était fini. Que plus jamais tu ne me mettrais dans une merde pareille. Tu m'aurais menti ?

La voix du metteur en scène se mit à trembler.

— Jamais de la vie ! L'unique erreur commise est d'avoir sous-estimé les rumeurs d'un village d'abrutis. Elles sont dangereuses, mais je ne le savais pas.

— Je peux te détruire en un claquement de doigts. Qu'as-tu fait au dentiste ?

— Rien ! Je te le jure sur ce que j'ai de plus cher.

— Dommage, ironisa la notable. Quand on connaîtra le coupable, il faudra que je pense à le remercier. Il était temps qu'un Gravis paie et que leur lignée s'éteigne. Pour le bien de tous.

Les espionnes se regardèrent, soufflées par la violence de la conversation. Les sanglots du metteur en scène faisaient grésiller l'appareil.

— Crois-moi, Augusta. Ils sont fous. Ils causeront notre perte si tu les laisses faire. Je t'en supplie, viens me chercher à la gendarmerie. S'ils me relâchent, c'est bien la preuve de mon innocence.

— Si tu as osé me mentir, tu pourras dire adieu à notre amitié, Léon von Kalf !

Elle raccrocha pour mettre fin aux supplications du metteur en scène et fit demi-tour. Dans la précipitation, elle en avait oublié son sac et donc ses papiers d'identité. Les deux fouineuses en profitèrent pour s'éclipser. Prudence attendit que la bienfaitrice passe le seuil du portail pour dire à Célia de démarrer.

Sur le trajet, la quasi-quinqua lançait des regards intrigués à son amie. Elle commençait à connaître sa camarade de club. Elle voulait que Célia la mette dans la confidence pour éviter de faire une gaffe plus tard.

Célia n'y tint plus :

— Quoi ?

— Je ne sais rien.

— Je n'en sais pas plus que toi.

Célia soupira. Les secrets n'étaient pas son fort.

— D'accord, madame la Curieuse. Je pense qu'ils parlaient de Rosita Maille.

— Oui, l'assistante de Gravis.

Célia la regarda, stupéfaite. Prudence ajusta sa ceinture de sécurité :

— Je l'ai croisée au Bar de l'Estuaire. On peut difficilement la louper.

Son amie lui sourit. La jeune femme marquait les esprits. Elle enclencha la seconde et poursuivit :

— Eh bien, Rosita semblait avoir une aventure avec… notre metteur en scène !

Prudence joua la stupeur. Elle sortit une cigarette de son sac, ouvrit légèrement la fenêtre et s'écria :

— Comment es-tu au courant ? Leur histoire était officielle ? Connue ? Qui ?

— Georgette les a surpris, au beau milieu de la scène, en pleine répétition. Sans texte. Sans dialogue. Sans costume. À même le sol…

— Nom de nom ! Ce serait juste une histoire de jalousie ou de vengeance ? Il est mêlé à la mort de Gravis ?

— Peut-être seulement à l'agression de Rosita ! Du moins, c'est l'avis de Georgette. Nous, ce qu'on en dit…

Prudence réfléchit à haute voix, tripotant l'étui de son téléphone posé sur ses genoux et tirant bouffée sur bouffée.

— Si on est capable d'agresser, on peut tuer ! Qui d'autre est au courant ?

— Madame Wilkie, apparemment. Elle n'a guère l'air d'apprécier la nouvelle. Ensuite, à part Fanny, Georgette ne parle à personne au village et elle nous a révélé ça ce matin, suite aux derniers événements.

— Dans un petit village, tout se sait. Von Kalf va être relâché. Il semble innocenté. Tout de suite, je ne suis pas sûre de vouloir retourner au théâtre pour affronter l'agresseur de Rosita Maille et peut-être le tueur du dentiste.

— S'il est libéré, c'est qu'il n'a rien à voir là-dedans. De plus, je suis formelle, je n'ai pas croisé von Kalf le soir du meurtre. Sûre et certaine.

Prudence le savait : la police possédait plus de moyens, d'hommes et de temps. À elle seule, que pouvait-elle faire ? La piste de Léon von Kalf refroidissait à toute vitesse. Pourtant, hors de question de laisser tomber Amaury. Plutôt mourir que de faillir. Il n'avait qu'elle.

Les humeurs de Prudence fluctuaient depuis une semaine. Elle passait du désespoir à l'excitation en quelques secondes. Elle devait prendre de l'homéopathie ou des tisanes pour calmer ses nerfs. Si la justice est une longue machine fatiguée qui aime prendre son temps, Prudence, elle, n'avait pas ce luxe !

Ce village débordait de mensonges. De secrets. De vieilles histoires. S'il fallait qu'elle les découvre tous, elle le ferait. Foi de Poivert. Elle retrouvait confiance quand son téléphone bipa. Un message. Elle afficha le contenu. L'avocat d'Amaury venait de chercher à la joindre.

Elle dissimula l'écran à la vue de Célia tout en fixant la route, l'air grave.

25

Le mercredi suivant, Fanny resta cloîtrée toute la matinée, le nez dans l'exemplaire de *Huis clos*. Un peu soulagée d'avoir constaté une nette amélioration dans son jeu, elle remarqua que l'angoisse s'était dissipée en repensant aux paroles apaisantes de Célia. Elles avaient encore dix mois avant la représentation. Rien n'était perdu !

Tout à coup, elle se souvint de leur conversation – étrange – au marché ! À son avis, il n'était pas utile de s'inquiéter avant d'avoir des preuves concrètes qui désigneraient von Kalf comme coupable. L'histoire de jalousie ne tenait pas la route. Georgette s'était fait une montagne d'un détail. Rosita Maille n'était pas femme à provoquer des drames. Fanny se débattait avec ses pensées quand son téléphone portable vibra. Elle ne reconnut pas le numéro, mais décida de décrocher. C'était Georgette, qui l'invitait à prendre un verre au pub avec la troupe. Elle lui donnait rendez-vous à 13 heures 30, pour le café.

À l'heure dite, Fanny passa les portes du bistrot, salua le patron et se dirigea vers le comptoir pour commander. Alors qu'elle prenait place, elle remarqua un homme installé sur une banquette, fixant son verre. Elle ne l'avait jamais croisé dans le village et espérait que c'était un nouvel arrivant. Il lui plut au premier regard. Quand il remit une mèche de cheveux en place, elle craqua.

Non seulement elle le trouvait attirant, mais quel charme ! Pour un homme qui devait avoir le même âge qu'elle, il avait une sublime chevelure poivre et sel. Un visage peu ridé, et des yeux bleu clair envoûtants qui firent un sacré effet sur la midinette qu'était restée Fanny ! Sous sa chemise blanche ajustée, elle remarqua le corps athlétique de l'apollon et fondit. Elle le fixa avec insistance, ne pouvant s'empêcher de le dévorer des yeux. Il feignit de ne pas la voir.

Richard Boileau n'était pas au bar de Supplicy pour rien. Il devait reprendre le boulot le lendemain et cherchait à croiser Prudence. Depuis leur soirée, elle n'avait pas appelé. Avait-il manqué de tact sur le message laissé sur la console de l'entrée ? Pouvait-elle ne pas avoir compris qu'il n'attendait qu'un geste d'elle ? Il y avait trop de questions sans réponse. Il regarda la femme au bar, seule. Il avait une touche. Dommage que ce ne soit pas Prudence.

Pour Fanny, l'heure était venue de passer à l'attaque. Elle se pencha vers le barman pour lui demander ce que buvait l'homme installé dans le fond. Une fois servie, elle se leva, une pinte dans une main et un verre de *cherry brandy* dans l'autre, et s'approcha de Richard qui la regardait, un sourire poli aux lèvres.

— Puis-je vous offrir un verre ?

Il lui désigna la place à sa gauche. Elle glissa la pinte de bière devant lui, sans jamais baisser les yeux. Son jeu de séductrice commençait maintenant.

— Je me présente : Fanny Coleman. Et vous ?

Elle appuya son accent pour créer un déclic. Richard fut amusé.

— Richard Boileau, enchanté.

Il se pencha pour lui serrer la main et sentit Fanny frémir. Si seulement cela pouvait être aussi simple avec Prudence. Il engagea la conversation, flatté d'autant d'attention, et se détendit. Fanny fut conquise. L'homme assis en face d'elle semblait être parisien. Cet accent était sa madeleine de Proust. Ses grands-parents maternels, chez qui elle passait tous les étés, parlaient ainsi. De vrais titis parisiens ! Elle leur vouait un culte encore aujourd'hui. Dieu, que cela faisait du bien, elle qui était souvent nostalgique de son enfance ! Elle se souvenait encore de la joie qu'elle éprouvait, chaque été, en quittant sa ville natale de Flatford Mill pour la capitale française.

Le regard plongé dans les yeux azur de Boileau, elle remarqua à peine que sa voix se faisait plus sensuelle. Elle bombait le torse et tirait sur son chemisier, cherchant à allonger sa silhouette. Elle se saisit de sa main dans un geste naturel. Richard se laissa faire, sans y voir aucun mal. Stupéfait, le barman observait le manège. Il ne comprenait pas que ces conneries puissent encore marcher sur des personnes du troisième âge.

Tout à coup, la porte du Bar de l'Estuaire s'ouvrit et le reste de la troupe entra. Elles saluèrent bruyamment le barman et se dirigèrent vers leur table quand elles aperçurent Fanny, installée sur la banquette. Envoûtée par l'inconnu, elle ne les vit pas approcher.

— Hum ! Hum, lança Georgette pour s'annoncer.

Leur compère britannique leva les yeux, un sourire niais figé sur le visage. Un peu gênée par le rapprochement avec l'inconnu, elle s'écarta et lança :

— Les filles ! Waouh ! Déjà.

— On avait dit 13 heures 30…

En disant cela, Georgette s'assit en face de l'inconnu et poursuivit :

— Je suis Georges Pérouse d'Angevin. À qui avons-nous l'honneur, monsieur ?

Dans un français frôlant l'académisme, le journaliste d'investigation répondit :

— Excusez nos familiarités. Fanny et moi venons juste de faire connaissance. Pourtant, nous avons l'impression d'être amis depuis toujours.

Prudence s'installa à son tour en face, pour ne rien louper des réactions de son cher pote de fac. Richard la remarqua enfin. Il se figea, le cœur tambourinant dans la poitrine. Prudence, elle, fulminait. Quelques jours sans se voir et déjà, il roucoulait avec une autre. Décidément, les hommes ne changeraient jamais.

Il tenta d'apaiser ses emballements quand il remarqua un changement d'atmosphère. L'œil noir et inquisiteur de Prudence le dérangeait. Il se sentit pris en faute alors qu'ils ne faisaient que parler. Émoustillée, Fanny agita sa chevelure et tira sur son décolleté :

— Richard Boileau, je te présente mes amies du club de théâtre… oui, je suis comédienne au club local depuis cinq ans. Je tiens le rôle d'Estelle, dans *Huis clos* de Sartre.

— Moi, c'est Célia, mais tout le monde m'appelle Cély.

Elle s'assit à côté de lui, bloquant toute sortie. Vêtue d'un tailleur-pantalon en pied-de-poule, elle jurait à côté de Prudence et de Georgette.

— Ravi de vous rencontrer, répondit Richard en regardant Célia.

Elle semblait aussi fragile qu'une figurine de cristal. À son habitude, l'ancienne secrétaire lui adressa un sourire plein de confiance et de douceur. Elle qui ne voyait toujours que le meilleur le trouva gentil et bien élevé.

— Prudence Poivert, lança son amie de fac en lui tendant la main. Vous habitez au village depuis longtemps ? On ne vous a jamais vu avant !

Il lui serra la main furtivement. Le contact fut trop doux. À quoi Prudence jouait-elle ? Pourquoi ne pas dire qu'ils se connaissaient ? Mieux, qu'ils étaient très intimes ? Il sentit que quelque chose clochait et rentra dans son jeu :

— C'est normal. Je viens d'aménager au Ripassou.

— Comme c'est charmant. Vous connaissez beaucoup de monde à Supplicy ?

— Prudence, l'interrompit Fanny. Cesse d'importuner notre invité avec tes questions !

— J'ai l'honneur de vous connaître toutes désormais, rétorqua Richard, qui n'appréciait guère le ton de son amie.

Il la dévisagea avec intensité, à la recherche d'une réponse. Tout à coup, il remarqua qu'il la trouvait encore plus belle. Toujours plus désirable. Carrément irrésistible. Prudence fuyait son regard, vexée de ressentir de la jalousie. Après tout, elle ne l'avait pas contacté depuis leur soirée. Maintenant, elle jouait l'inconnue par peur que les filles du club ne découvrent qu'elle était la tante d'Amaury Térurier. Comment faire comprendre à Richard qu'il ne devait pas en parler ? Cernée de toutes parts, elle ne possédait aucun moyen pour s'expliquer, se justifier, voire s'excuser de l'éviter comme une gamine apeurée.

Fanny, gaie comme un pinson, s'écria :

— Richard, ne va pas croire qu'elles sont toujours aussi malpolies. On est un peu tendues en ce moment à cause de la pièce de théâtre. Nous devons parler des répétitions. Le temps file… File !

— Je dois y aller, de toute manière, répondit le journaliste. Fanny, j'ai été ravi de passer un moment en si charmante compagnie.

Il enfonça le clou, guettant les réactions de Prudence. Cette dernière bouillait de rage.

— *Pleasure is mine, Richie!* gloussa la séductrice Britannique.

Son ton s'était fait si suave que Cély laissa échapper un ricanement. Elle se leva pour le laisser partir. Le grand reporter serra chaleureusement la main des trois amies. Puis il s'approcha de Fanny et posa un baiser sur sa joue. Touchée, elle hoqueta nerveusement. Prudence n'avait qu'une envie : en prendre un pour taper sur l'autre !

L'Anglaise, aux anges, ne détacha son regard de lui qu'une fois qu'il eut franchi la porte. Il lui fallut une vingtaine de secondes pour retrouver la pleine jouissance de ses capacités neuronales. Alors que Georgette proposait de payer sa tournée, Prudence bondit de son siège : elle avait oublié son portable dans la voiture. Elle quitta le bar d'un pas précipité.

Richard Boileau ne quittera pas Supplicy avant de s'être expliqué.

26

Richard, poussé derrière un buisson, ne s'émut pas face à une quasi-quinqua rouge de colère, à l'élocution hachée. Prudence cherchait ses mots, essoufflée.

— Personne ne doit savoir que je suis la tante d'Amaury.

Elle devait s'expliquer, et vite. D'un ton grave, il lança :

— Je comprends mieux.

Le journaliste croisa les bras et la toisa, l'air hautain. Elle recula d'un pas et demanda :

— Quoi ?

— La nouvelle vocation de détective te pousse au mensonge et tu ne vois pas le problème ? Que t'est-il arrivé depuis la fac ?

Elle s'apprêtait à répondre quand il ajouta :

— Tu m'as invité l'autre soir pour me cuisiner sur le dossier d'Amaury ?

— Tu en as parlé en premier. Je n'avais rien demandé !

Richard ricana, avec l'air ironique d'un homme vexé :

— Les femmes n'y connaissent rien dans l'art de la manipulation, c'est bien connu.

Elle devint écarlate et s'écria :

— Tu te fous de moi ? C'est toi qui as repris contact avec moi ! C'est toi qui es venu jusque chez moi le jour de l'arrestation d'Amaury. Tu t'es rapproché de tes sources à la gendarmerie sans que je demande quoi que ce soit.

L'autre soir, tu m'as tout raconté sans que j'aie rien demandé. Tu me connais bien mal si tu crois que tout était calculé… et par « tout », je pense à « tout » !

Il s'approcha d'elle et lui saisit la main :

— Pourquoi ne m'as-tu pas appelé ? Je veux la vérité, Prudence.

Elle retrouva lentement son calme – et ses couleurs – et plongea son regard dans le sien :

— Gueule de bois avec pour conséquence une amnésie temporaire, qui dure toujours. Avons-nous… ?

Il leva les yeux au ciel :

— C'est bien ma veine ! Tu ne feras jamais rien comme les autres. Non, nous n'avons pas… Et pour moi, je peux t'avouer que c'était… une épreuve.

Elle sourit, gênée et flattée. Quelle idiote d'avoir tout oublié. À presque cinquante ans, l'alcool faisait plus de ravages qu'à vingt. Pour la première fois depuis cinq ans, il lui arrivait un truc bien et elle était incapable de l'apprécier. Elle s'apprêtait à s'excuser, à mettre en avant l'hypothèse d'un changement de métabolisme, sans parler de la fluctuation permanente de ses humeurs : Prudence voyait déjà poindre l'arrivée prochaine de sa ménopause.

Richard prit la parole :

— Raconte-moi ce que tu fabriques avec les nanas du club de théâtre.

Changement de conversation.

Prudence retrouva de l'entrain à défaut de contenance :

— Je collecte des informations sur Antonin Gravis. Du moins, je tente de comprendre. Le capitaine Hasis m'a mise en garde. Il fallait que je trouve un bon avocat à Amaury, ça sentait le roussi. J'ai surpris une conversation des gens du village, au cours de laquelle j'ai appris que le dentiste était vice-président du club de théâtre local. Mon crétin de neveu m'y avait justement inscrite pour toute l'année. Je n'ai pas vraiment réfléchi, j'ai sauté sur l'occasion. Il s'avère que, dans ce club de théâtre, tout le monde parle. Gravis était le type le plus détestable de Supplicy. Je te la fais brève : sans vouloir souhaiter sa mort, les gens d'ici la célèbrent avec enthousiasme.

— Qu'en est-il des membres du club ?

— Célia Petitmont, la femme douce avec des lunettes rondes, est la dernière personne à avoir vu Gravis en vie. C'est elle le témoin clé dont tu as parlé. Amaury et le dentiste ont eu une violente dispute.

Richard confirma d'un hochement de tête :

— Mon contact m'a parlé de ça. Je ne vois pas le rapport entre un procès au civil du dentiste et ton neveu ?

— J'ai obtenu un droit de visite en prison. Il va devoir s'expliquer. Il y a aussi cette histoire avec la dernière assistante de Gravis !

Les deux complices, séparés d'à peine un centimètre, chuchotaient presque :

— Dis-moi !

— Le metteur en scène du club aurait eu une aventure avec cette jeune fille. Or, avant le meurtre du dentiste, elle aussi a été agressée. Et il y a la marraine, madame Wilkie. Elle semble très proche du metteur en scène.

Richard fixait le sol quand il releva la tête et regarda Prudence. Ils étaient si proches que leurs joues se frôlaient :

— Augusta Wilkie ?

Elle fronça les sourcils :

— Tu la connais ?

— C'est compliqué.

Prudence n'insista pas, cherchant à préserver leur moment d'intimité. Elle redoutait que Richard l'accuse encore de manipulation.

— Eh… enfin si j'ai bien compris, Léon, le metteur en scène et elles se connaissent depuis très longtemps. Elle a menacé de le laisser tomber s'il mentait encore. Je n'ai pas tout saisi, mais la piste peut être intéressante.

— Tout ce petit monde gravitait autour du dentiste. Je crois que tu devrais arrêter de fouiner.

— Hors de…

— On parle d'un meurtre, ce n'est pas un jeu ! C'est honorable de vouloir aider ton neveu, mais pas en te mettant en danger. Je ne connais que trop bien le serment des Poivert, sauf que là, on ne rigole plus. Laisse les flics faire leur boulot !

Richard n'avait rien oublié de leurs conversations, à la fac, sur l'étonnante famille de Prudence. Elle se rapprocha encore un peu, Richard frissonna quand elle lui murmura dans le creux de l'oreille :

— Justement, leur boulot a foutu le petit en tôle. La garde à vue n'a duré que vingt-quatre heures, ils l'ont déféré à Bordeaux directement. Ils ont leur coupable idéal. Mais ils se trompent.

— Qu'en sais-tu ?

Elle le fixa, l'air horrifié. Il s'adoucit et glissa une main dans son dos. Il cherchait ce contact depuis le bar. Prudence s'apaisa. Une vague de chaleur la submergea quand Richard lui dit :

— Pardonne-moi, je n'aurais jamais dû dire ça. Je m'inquiète pour toi. Promets-moi de rester tranquille. Je peux me renseigner. Laisse-moi vous aider. Je ne prendrai aucun risque, contrairement à toi. Reste discrète dans ce village. Ne pose pas de questions et si les choses se compliquent, quitte le club de théâtre.

Elle lui en fit le serment en détournant le regard. Elle ne comprenait pas les inquiétudes de Richard. Que savait-il qu'elle ignorait sur l'implication réelle de son neveu ? Pourquoi le croyait-il coupable ? D'où connaissait-il Augusta Wilkie ? Devait-elle prendre ses mises en garde au sérieux concernant le club ?

Il parut soulagé et lui indiqua qu'elle ne devait pas traîner, sinon ses nouvelles amies pourraient se poser des questions. Elle le remercia, plus troublée et perdue qu'elle ne l'était avant cette conversation. Elle s'apprêta à partir. Richard lui saisit le bras et l'attira vers lui :

— Petite piqûre de rappel. On ne sait jamais, tu pourrais retrouver la mémoire.

Il glissa une main douce et chaude dans le creux de son cou et l'embrassa.

27

Une table et deux chaises en métal. Une pièce minuscule avec deux portes traversantes. Le décor spartiate de la salle des visiteurs bouleversa Prudence. Elle n'osait imaginer la cellule de son neveu. Une porte s'ouvrit. Il entra, le regard plein de reconnaissance. Elle revit le gamin de huit ans, accroché à ses basques, qui lui demandait si les momies pouvaient revivre. Sa sœur Alexandrine avait raison. Amaury avait toujours été un gentil garçon. Elle ne put s'empêcher de le câliner avant que chacun aille s'installer.

— Maman m'a dit que ce que tu faisais pour moi. Tata, je suis désolé. J'ai tellement honte. Comment ai-je pu rater ma vie ? Dans le fond, je mérite de finir ici !

Prudence fit claquer la paume de sa main sur la table. Il sursauta et la fixa, l'air hébété :

— Interdiction de parler ainsi devant moi. Amaury, tu es un Poivert. Ce que je fais pour toi est normal. Tu l'aurais fait pour n'importe qui dans notre famille.

Il secoua la tête :

— Jamais ! Je ne suis qu'une pauvre merde de bobo bordelais.

— Tu étais… Nuance !

Les larmes aux yeux, il se pencha vers elle, prêt à tout avouer. Sa rupture avec Marianne. Son licenciement.

La procédure de divorce qui lui était plus que défavorable. L'aide qu'il avait sollicitée auprès d'Arthur, le traître – cette révélation l'angoissait tout particulièrement. Et, la vie misérable qu'il menait depuis deux ans dans un quartier pourri de Supplicy.

Prudence comprit et posa une main sur son avant-bras.

— Ne te fatigue pas ! Arthur m'a tout raconté. Ce sont les aléas de la vie. Je suis heureuse que tu ne sois plus avec Marianne. Personne ne pouvait la sentir. Il y a au moins une bonne nouvelle dans tout ça !

Amaury s'offusqua :

— Elle est encore ma femme et je…

— Peu importe que tu l'aimes toujours ou non. Voilà ce que nous allons faire. Je vais te sortir d'ici. Tu iras vivre à Bordeaux, chez ton amie d'enfance, Sofia, jusqu'à ce que tu te remettes à flot. Il est préférable que tu quittes Supplicy quelque temps. Et tu raconteras tout à tes parents quand tu te sentiras prêt.

Une larme coula sur sa joue. Soulagé d'un poids, il souffla :

— Tu ne leur as rien dit ! Oh, merci… Merci. Tata, je ne…

Il sanglotait comme un enfant.

— Ce n'est rien ! Reste concentré, s'il te plaît, je vais tout faire pour t'aider. Tu comprends.

Prudence en avait le cœur déchiré. Elle avait oublié combien le garnement pouvait être attachant. À cet instant s'envolèrent tous les doutes, la peur, le sentiment de chute qu'elle ressentait depuis qu'elle avait appris la nouvelle. Plus forte et déterminée que jamais, elle prenait la mesure des conséquences de son choix. Elle l'observa avec tendresse. Amaury cessa de s'agiter. Les tremblements se calmèrent et il s'essuya le visage avec maladresse. Sa tante commença à l'interroger :

— Il faut que je sache si tu connaissais l'homme qu'on t'accuse d'avoir assassiné.

Il hocha la tête et renifla :

— C'était un ex de Marianne. Quand on s'est rencontrés, elle le fréquentait depuis un bout de temps. Ils évoluaient dans le même cercle. La très haute bourgeoisie bordelaise. Tu sais, c'était un Gravis, illustre famille de marchands et de viticulteurs. Elle l'a quitté pour se mettre avec moi. Je n'ai jamais compris pourquoi. Ça fait que je l'ai croisé à quelques soirées. On n'était pas du même monde, Tata. Je ne le connaissais pas vraiment.

— Quand est-ce que tu l'as vu pour la dernière fois ?

Il vida son sac. Les mots sortaient en flot ininterrompu. Comme s'il cherchait à soulager sa conscience. Comme si, enfin, il pouvait s'exprimer sans peur d'être jugé. Prudence possédait un véritable don. Posée, attentive, elle avait l'allure d'un confesseur qui pouvait tout pardonner. Elle comprenait sans moraliser. Elle conseillait sans imposer. On comprenait vite qu'elle aimait sincèrement les gens. Elle inspirait confiance. Confiance que jamais elle ne trahissait.

— Il faut que tu saches que si je suis ici, c'est parce que je me suis disputé avec lui. Le soir de son meurtre, je suis le dernier à l'avoir vu.

— Parle-moi de la querelle, dit Prudence.

— Marianne s'était rapprochée de lui pour présenter son nouveau mec. Un jeune élu local aux dents longues. Il a besoin de soutiens importants, voilà ce qu'elle m'a dit. Un après-midi, elle m'a confié notre fils Marcel quand on a croisé Gravis dans une rue de Supplicy. Une aubaine, selon elle. Sauf que dans ce village, tout le monde parle et j'ai vite compris qu'il était le dentiste dont la dernière assistante a été retrouvée blessée. J'ai fait le rapprochement. Il s'agissait de l'homme accusé de violence par ses huit dernières salariées. Pour protéger ma femme, j'ai pris un rendez-vous pour un simple détartrage et je l'ai mis en garde. Si le scandale de ses assistantes éclatait, Marianne serait éclaboussée. C'était inacceptable !

Il serra les poings et Prudence les saisit. Ce contact le rassura. Il soupira :

— Ce mec était une pourriture, mais je ne l'ai pas tué. Je te le promets.

— Je le sais. Comme tu le dis, tout le monde parle à Supplicy.

À son tour, elle se livra. Elle raconta sa découverte macabre. Sa rencontre avec le capitaine Hasis. Sa décision d'intégrer le club de théâtre. Sa discussion avec Célia Petitmont. Elle n'omit aucun détail sauf les révélations faites par Richard sur les causes de la mort. Son neveu se leva et l'étreignit. Il ressentit un espoir qu'il croyait perdu. Alors que la visite touchait à son terme, Prudence lui demanda :

— Étais-tu avec quelqu'un le soir du meurtre ?

— Je vis seul. Depuis Marianne, je n'ai eu personne.

— Connais-tu bien Supplicy et ses environs ? Je veux dire, le centre-ville, l'église ou les parcs ?

Il savait où elle souhaitait en venir.

— Non, Tata, je déteste les randonnées en forêt, alors le bois du Canal… je n'y ai jamais mis les pieds.

— C'est bien ce que je me disais. Tu es un citadin dans l'âme. Le vélo sur le bitume reste ton unique sport. Pourquoi me choisir le théâtre comme activité ?

Il se mit à rire pour la première fois depuis des jours.

— Connaissant ton caractère et la limite de ta patience, j'étais sûr que tu finirais par clouer le bec à ce salaud de Gravis.

Elle comprenait mieux. Amaury n'avait pas tort. Si le dentiste était aussi détestable qu'on le racontait, Prudence aurait fini par le bouffer.

— Une dernière chose, tu cuisines ?

— Des plats au micro-ondes. Marianne est un chef. Je suis juste bon à mettre les pieds sous la table, voilà ce qu'elle disait !

Prudence le considéra avec attention. Le sourire crispé, elle saisit la poignée de la porte « visiteurs » et se retourna :

— Une dernière chose, Amaury. Sais-tu si Gravis avait des allergies ?

Il remit sa chaise en place et, sans hésiter, hocha la tête :

— Ça faisait marrer Marianne. Son ex était le seul mec qu'elle connaissait qui pouvait mourir en bouffant une tarte à la rhubarbe.

28

Prudence Poivert possédait une capacité que peu de personnes ont. Elle cernait les gens. Elle les devinait, sans jamais se tromper. Capacité rare et utile quand la précipitation de nos vies ne nous laisse le temps ni de réfléchir ni d'analyser ce qui nous arrive. Alors, quand Prudence disait de se méfier. De faire confiance. De fuir. D'aimer. Elle ne se trompait jamais. Même avec son archéologue, elle avait deviné qu'à l'aube de ses cinquante ans, l'éminent docteur reconnu par ses pairs convolerait en justes noces avec son étudiante de vingt-cinq ans sa cadette – cette fois-là, elle aurait mieux fait de s'écouter.

Or, dernièrement, son flair légendaire laissait à désirer. Prudence ne sentait plus rien. Impossible d'imaginer que son neveu puisse assassiner un de ses semblables. Pourtant, plus les jours avançaient et plus elle remettait en doute son infaillible instinct. Et si le garnement était coupable ?

Amaury connaissait l'allergie de Gravis à la rhubarbe. Ils s'étaient disputés le soir du meurtre. Qu'est-ce que son neveu était prêt à faire pour sa Marianne ? Pouvait-il tuer pour la protéger d'un scandale politique ? Tout le désignait comme coupable. Sauf l'arme du crime : le cannelé. Elle n'arrivait pas à l'imaginer cuisinant cette impossible pâtisserie. Elle devait trouver une recette pour appréhender le niveau de difficulté de son exécution. Qu'en était-il du lieu du crime ? Amaury jurait n'y avoir jamais mis les pieds. Pouvait-il mentir ? Existait-il un sentier cyclable à proximité du bois du Canal ?

Elle passa une partie de la nuit à y penser. Il était temps de passer à l'action. Aux alentours de 3 heures 30 du matin, ne trouvant pas le sommeil, elle opta pour une visite de l'écluse et de ses environs.

Amaury détestait la marche et haïssait, d'autant plus, la forêt. Pourquoi avoir choisi cet endroit pour tuer le dentiste ? Était-il nécessaire de bien connaître les lieux pour y accéder ? Pouvait-on pénétrer dans le bois la nuit ? Quelle en était la visibilité vers 4 heures du matin – heure de la mort de Gravis ?

En ce mardi, chaussée d'une paire de bottes bon marché, madame Prudence Poivert pénétra dans le bois du Canal. Le ciel voilé de cette nuit d'un automne naissant promettait une froide journée. Le sol, jonché de pignes de pin, semblait avoir gelé plus tôt. Il craquait sous les pas de Prudence, qui avançait avec détermination. Elle adorait redécouvrir un lieu une torche à la main. Vieille habitude de femme d'archéologue.

Le bois du Canal occupait sept hectares de terrain menant au canal de Garonne. On y trouvait la trace de quelques sentiers de promenade. Mais aucun sentier cyclable. Prudence le comprit très tôt. Pour découvrir les lieux la nuit, elle allait devoir s'équiper. Elle sortit son téléphone portable de la poche de sa doudoune. Elle avait du réseau. Elle appuya sur l'application Boussole. Parfait !

Au bout d'une demi-heure d'inspection, à scruter chênes, ormes, châtaigniers, fougères et champignons pas plus gros que la tête d'une aiguille, elle remarqua qu'elle avait atteint son objectif. Elle quitta les bois pour rejoindre les chemins bétonnés formant les berges.

De là, elle pouvait apercevoir les affreux graffitis décorant l'édifice fluvial. Elle marcha cinq minutes avant d'atteindre le pont-canal et de se retrouver devant l'écluse de Léoguille. Il fallait qu'elle la prenne en photo. À proximité, elle dégaina son portable et choisit l'objectif 16/9e. Angle idéal. Filtre vision nocturne. Elle enchaîna les clichés sous tous les angles.

Elle glissa son portable multifonctions dans la poche de sa doudoune et s'engagea sur le chemin du retour. Quand elle entendit un bruit feutré. Elle s'immobilisa. Cela pouvait-il venir des eaux clapotant sur les rebords ? Elle fit deux pas avant de se figer. Aucun doute, le son venait de derrière. D'un pas hésitant, elle fit demi-tour. Des lampadaires éclairaient faiblement les berges et l'écluse. Prudence ne distinguait rien. Soudain, une ombre traversa le pont-canal à toute vitesse. Paniquée, elle se mit à courir comme une dératée.

Elle reprit le chemin du bois du Canal. L'obscurité l'oppressait. Elle savait qu'en moins de trente minutes, elle pouvait rejoindre le parking septentrional. Elle entendit le souffle de son poursuivant. Aucun doute, on l'avait prise en chasse. Coup de chance pour elle, le chasseur manquait d'exercice.

Elle, athlétique et endurante, ne craignait que la chute. Elle esquivait habilement chaque branche, chaque racine, parvenant à semer son assaillant. Elle apercevait le sentier menant au parking. Elle accéléra. Elle y était presque quand elle reçut un coup dans le ventre. Violent ! Puissant ! Imprévisible !

Elle décolla du sol et atterrit, avec fracas, sur un lit de fougères. Une barre de bois venait de l'arrêter dans sa course, lui coupant le souffle. À terre, la douleur explosait, l'empêchant de respirer. Prudence n'avait jamais autant souffert. Le choc fut terrible. Elle se recroquevilla. Son assaillant la rejoignit, la respiration sifflante. Prudence vit l'ombre la dominer. Elle posa une main au sol. Elle devait se relever. Fuir. Une deuxième personne, un bâton à la main, lui bloqua le passage. Elle n'eut pas le temps de réagir. Soudain, elle entendit la voix d'une femme hurler :

— Non ! Arrête.

Un second coup s'abattit sur Prudence. Elle perdit connaissance.

29

Une migraine la mettait au supplice. Elle ouvrit les placards de sa salle de bains. Pas un médicament. Elle avait oublié d'acheter des antalgiques. Georgette quitta sa villa du Nouaisson à 8 heures. En marche rapide, elle rejoignit sa Jaguar décapotable et prit la route vers le village. À 8 heures 18, elle se gara devant la pharmacie qui ouvrait ses portes douze minutes plus tard. Si tôt, elle ne s'attendait pas à voir une grande foule. Elle serait vite servie et pourra soulager ce mal de crâne.

En quittant son véhicule, l'héritière des boutons de manchette Pangevine fut étonnée de voir deux énormes autocars garés. Une cinquantaine de têtes grises s'amassaient devant l'entrée de la pharmacie Rosette. Les plaques d'immatriculation indiquaient la visite d'un groupe de touristes marseillais.

Georgette était bonne pour une longue attente. Discrètement, elle se glissa derrière une grand-mère en déambulateur et un homme d'âge mûr qui recoiffait sa mèche blanche gominée à l'aide d'un peigne. Elle baissa la tête, glissa les mains dans ses poches et fixa le sol. Le poids au-dessus de sa tête ne la quittait pas. La file d'attente avançait avec lenteur. La joyeuse équipe de retraités parlait. Riait. Râlait. S'esclaffait. Ils étaient aussi bruyants que des gamins de maternelle au moment de la récré.

Les douleurs encéphaliques de Georgette empiraient. La foule, agitée et compacte, lui tapait sur le système. Il y eut un mouvement. La nonagénaire, face à elle, recula. Sa chaussure orthopédique lui écrasa l'orteil. Georgette hurla. La grand-mère se retourna et la fixa. Puis gentiment s'excusa. Georgette lui sourit. Elle portait tout le soleil du Sud dans son accent.

— Veuillez m'excuser, jeune fille, mais le couillon devant moi a fait exprès de me pousser. Si je ne me retenais pas, il goûterait à mon déambulateur dernière génération.

Rien que pour la «jeune fille», Georgette lui pardonna tout. Elle frottait son orteil meurtri dans sa botte Hermès quand la foule s'avança légèrement. Elle leva la tête. On la bouscula sur la gauche. Le calme revenait enfin dans la file d'attente quand son téléphone sonna. L'écran afficha : Célia Petitmont :

— Bonjour Georgette ! Tu es debout à cette heure-ci ? lui demanda cette dernière. J'ai de la chance. Fanny, elle, ne répond pas !

Cély connaissait le goût de Georgette pour les grasses matinées.

— J'ai une migraine, mais rien pour la soulager. Je suis devant la pharmacie. Pourquoi, il s'est passé un truc ?

La voix de son amie tremblait.

— Je suis sur les berges du Canal. Peux-tu m'y rejoindre ? Maintenant !

Sa camarade de théâtre l'inquiétait franchement.

— Pourquoi voudrais-tu que j'aille là-bas ? Que se passe-t-il ?

— C'est grave et je ne sais pas quoi faire…

Georgette se pencha en avant pour murmurer :

— Un rapport avec la mort de Gravis et von Kalf ? Tu es en danger ?

— Moi, non ! Ça va ! Écoute, Georgette, je ne peux pas t'en parler au téléphone. Peux-tu me rejoindre sur le parking nord du bois du Canal, dans moins de dix minutes ?

— Je n'aurai jamais le temps de m'acheter du Doliprane !

— J'en ai une boîte dans mon sac.

— J'arrive le plus vite possible. Je pars immédiatement.

Georgette s'extirpa de la foule et courut vers son véhicule. Elle traversa le village en moins de dix minutes, grillant cinq stops et un feu rouge. Quand elle se gara sur le parking septentrional, elle aperçut la 2 CV jaune de Prudence. Qu'est-ce qu'elle faisait là ? Célia sortit de l'orée du bois. Elle fit signe à Georgette de la rejoindre. Au pas de course, elles traversèrent le bois jusqu'au bout du dernier sentier. Elles s'enfoncèrent dans la forêt. Derrière un frêne, Georgette étouffa un cri de stupeur.

Appuyée contre l'arbre, Prudence se tenait le ventre, le portable à la main. Consciente, mais groggy, elle lui adressa un salut qui tenait plus du remerciement que d'autre chose. Sidérée, Georgette lançait des regards inquiets à Célia.

Cette dernière n'en tint pas compte et lança :

— Aide-moi à la porter jusqu'à sa voiture ! Je ne peux pas le faire seule. Il faut la mettre en lieu sûr !

Cély glissa son bras sous une épaule de Prudence pendant que Georgette saisissait l'autre.

— Comment vas-tu, Prudence ? Qu'est-ce qu'il…

— Tout va bien, Georgette ! J'ai la tête dure !

— Tu plaisantes. Tu n'as pas vu ta mine. Merde, qu'est-ce que tu fous dans un bois à 8 heures du matin ?

Cély les interrompit.

— Les filles, dépêchons-nous ! On aura tout loisir de discuter chez Prudence.

— Je ne laisse pas ma Jaguar ici !

— Je prends la deudeuche. Tu me déposeras plus tard pour récupérer ma voiture, décida Célia.

Georgette fit vrombir sa voiture pendant que Célia se débattait avec le levier de vitesses de la deudeuche. Une fois la première enclenchée, elle se cramponna au volant, anxieuse de la tenue de route du véhicule.

De l'autre côté du parking, Augusta Wilkie, en pantalon de velours et veste molletonnée de chasseur, remit une mèche de cheveux derrière l'oreille. Elle sourit, l'air satisfait, et rejoignit le bois d'un pas décidé.

30

Les trois membres du club de théâtre atteignirent le chemin de l'Étang à toute vitesse. Une fois devant la maison de Prudence, elles se garèrent dans l'avant-cour. Le portail de la propriété était toujours ouvert aux quatre vents. Cély stationnait la deudeuche devant la porte d'entrée quand Georgette coupa le moteur de sa Jaguar. Cély quitta la 2 CV et fit signe à Georgette de la rejoindre. Elles aidèrent Prudence à s'extirper de la voiture et la portèrent à l'intérieur de la maison. Elles prirent grand soin de l'installer sur le canapé. Georgette cala un coussin sous sa tête pendant que Cély courait chercher un plaid sur le fauteuil fleuri.

Prudence les remercia et ajouta :

— Je ne suis pas malade. J'ai juste reçu un mauvais coup.

— On devrait aller à l'hôpital. Ça pourrait être grave, s'inquiéta Cély.

Georgette se pencha au-dessus de Prudence :

— Il faudrait que tu passes un examen, tu es toute pâle.

— De l'aspirine et une bouillotte feront l'affaire.

L'héritière fixa Célia qui comprit aussitôt. Elle sortit, retourna à la 2 CV pour y récupérer son sac. En revenant, elle brandit son unique boîte d'antalgiques. Georgette se précipita dans la cuisine pour chercher un verre d'eau fraîche et remplir la bouillotte. Elle en profita pour prévenir Fanny. Mettant les pieds chez Prudence pour la première fois, elle y évoluait comme une habituée des lieux. Quand elle revint, les deux acolytes du club de théâtre étaient en grande conversation.

— Je n'ai rien vu venir. Je me baladais quand j'ai pris une branche dans le ventre.

— À 8 heures du matin ? demanda Georgette, suspicieuse.

Cély sortit son téléphone portable de la poche de sa veste et afficha le message d'appel au secours de Prudence. Dans la panique, seul le nom de Célia lui était revenu. Elle se demandait si elle avait fait le bon choix.

— À 4 heures 47 précises, lança Célia.

L'héritière la regarda longuement. Elle se retourna vers Prudence et s'assit sur la table basse.

— On sait que tu as découvert le corps de Gravis dans l'écluse. Comme par hasard, on te retrouve agonisante dans le bois jouxtant le canal. À 5 heures du mat. Je sais qu'à notre âge, on souffre d'insomnie, mais tout de même !

Cély s'assit à son tour sur la solide table du salon. Avec sa douceur habituelle, elle la rassura :

— On peut comprendre, Prudence. Fais-nous confiance.

Georgette lança, sans montrer qu'elle était flattée :

— Elle nous fait confiance, elle nous a prévenues ! (Et se tournant vers Célia :) Enfin, elle t'a prévenue.

— Et moi, j'ai confiance en toi, Georgette. Tu n'es pas le genre de femme à parler à tout-va. Je ne vis ici que depuis un an, mais, ça, je l'ai bien compris.

La chaleur de la bouillotte apaisait les douleurs abdominales de Prudence. Elle redoutait le moment où elle découvrirait sa blessure. Elle but le verre d'eau. Célia courut en chercher un autre pendant que Georgette la harcelait du regard.

— Si ce qui t'est arrivé dans le bois nous concerne, parle, Prudence.

L'ancienne secrétaire revint au pas de course et tendit le verre. Prudence l'avala, cherchant un peu de courage pour tout avouer.

— Je ne me suis pas pris une branche par accident. On m'a donné un coup.

Stupeur générale.

Célia n'osa pas tousser.

Prudence se redressa avec difficulté :

— Quelqu'un a essayé de me tuer, hier soir. Heureusement, un couple d'amateurs de cueillette nocturne cherchant des champignons les a fait fuir.

— Les ? demanda Georgette, tiraillée entre horreur et curiosité.

— Au moins deux personnes. L'une qui m'a pourchassée depuis l'écluse et l'autre qui m'attendait à l'entrée du sentier. C'était une femme, je pourrais le jurer.

— Bordel de merde, laissa échapper l'héritière qui jurait en cas de grosse émotion.

Cély s'avança vers Prudence, tremblante de peur.

— Qu'étais-tu allée faire là-bas, en pleine nuit ?

— Trouver des indices pour faire innocenter mon neveu, accusé du meurtre de Gravis. Amaury Térurier.

L'héritière bondit, provoquant un mouvement de recul des deux femmes.

— Il me faut une aspirine. J'ai mal au crâne.

Elle se précipita dans la cuisine et revint, un grand verre d'eau à la main. Prudence leur raconta toute l'histoire. L'inquiétude de sa sœur. Sa volonté d'aider son neveu. La coïncidence qui l'avait menée au club de théâtre.

Les remords quand Célia s'était livrée. La conversation surprise derrière la tente à chichis. Et surtout, elle parla de Richard. Des causes et de l'heure de la mort de Gravis. Elle acheva sa longue explication par sa visite en prison. Quand elle se tut, elle attendit le verdict. Célia, les larmes aux yeux, se leva pour l'embrasser tendrement.

— Tu es une femme tellement courageuse. Amaury a de la chance de t'avoir.

Elle en pleurait presque. Georgette, toujours dans la retenue, lui saisit les mains avec affection :

— T'es une drôle de nana, Prudence Poivert. Tu endosses cette charge, seule, depuis des semaines ? Chapeau !

La quasi-quinqua respira, soulagée. Elle les observa et comprit qu'un lien puissant venait de se créer. Chacune découvrait l'autre sous un angle nouveau. Désormais complices, elles se sentaient impliquées dans quelque chose de plus grand qu'elles. Une sorte de quête.

Quand Prudence souleva son pull pour constater les dégâts, l'indignation gagna l'assemblée. Révoltée, Georgette en perdit son latin :

— Les enfants de salauds. Putain ! Ils paieront. Cela prouve bien que ton neveu est innocent. Les tueurs courent toujours.

— Comment peut-on être sûr qu'ils ont un lien avec Gravis ? C'étaient peut-être juste des voyous, présuma Prudence.

L'héritière faisait les cent pas, tentant de refouler les insultes qui se bousculaient dans sa bouche.

Tentative infructueuse :

— Bordel de merde ! Quelqu'un sait que tu fouilles, Prudence. Ma main à couper que tu as été suivie et que tu es tombée dans un guet-apens.

Cély, toujours l'œil sur les hématomes, ajouta son grain de sel :

— Georgette a raison. Ce n'est pas un hasard si la tante d'Amaury, unique suspect dans le meurtre de Gravis, se fait pourchasser dans un bois avant d'être battue et assommée.

— Mon neveu a tout du suspect idéal. Trop, peut-être.

Célia hocha la tête et voulut voir de plus près l'abdomen de son amie :

— Tu dois montrer ça aux gendarmes avant d'aller à l'hôpital. Ça vire au noir. Je t'accompagnerai, si tu veux. Je peux même rester ici quelque temps.

À l'idée de se retrouver seule dans cette grande baraque, Prudence faillit s'évanouir. La présence de Célia était une bénédiction.

— J'ai une chambre d'amis à l'étage. Elle est magnifique.

On sonna à l'interphone. Caméra débranchée, portail grand ouvert, absence totale de sécurité, Georgette ne chercha pas à regarder. Elle ouvrit la porte en grand et s'écria :

— C'est Fanny. On ne sera pas assez de quatre pour faire libérer Amaury.

Elle sortit pour l'accueillir. Cély et Prudence pouvaient entendre Fanny s'époumoner :

— Rassure Prudence ! J'ai mon homéopathie et ma super trousse de secours.

31

Déboussolé ! Depuis plus de deux mois maintenant, Richard se sentait déboussolé. Il n'avait de cesse de répéter de ne pas s'inquiéter. Tout cela finirait par lui passer. Comme avec les autres. Alors oui, il pensait tout le temps à Prudence. À cela devait s'ajouter le fait qu'il se trouvait émoustillé, excité, fou de joie, troublé par les fantasmes qu'elle éveillait en lui. Surtout après leurs baisers échangés.

Il repensait encore à celui devant le Bar de l'Estuaire. Prodigieux. À l'image de Prudence. À la suite de ces « troublants rapprochements », il décida de faire attention à sa ligne. Sans raison particulière, se répétait-il. Les légumes et salades devinrent ses seuls besoins. Chaque matin, il prétextait un manque d'appétit à cause du temps hivernal. Chaque soir, il prétendait avoir un besoin de fraîcheur pour s'adonner au jogging. Premier, et probablement dernier sport que Richard pratiquait dans sa vie.

La nouvelle lubie du grand journaliste d'investigation ne s'arrêtait pas là. Achat de crèmes hydratantes pour hommes matures. Rendez-vous à l'institut pour gommages et masques. Prise quotidienne de soleil sur la terrasse aux heures les plus glaciales de la journée. Recherches sur Internet pour dénicher la ceinture à électrodes pour gainer le ventre à moindre coût. Les gels froids pour tonifier les muscles des jambes sans se ruiner. Il ne fallait pas exagérer non plus, il n'avait pas le temps d'aller à la salle de sport. Avec le jogging, c'était largement assez ! Il croulait déjà assez sous le boulot.

Dans son entourage, personne n'était dupe. Sa filleule, Léa, en bonne fouineuse professionnelle, avait remarqué son changement juste après son retour de Gironde. Il ne pouvait y avoir qu'une femme là-dessous.

En ce jeudi de décembre, après une soirée « réunion éditoriale sans fin », Léa se leva tout excitée à l'idée d'annoncer à Richard le programme pour la semaine à venir. En arrivant devant chez lui, dans le XIe arrondissement, aux alentours de 9 heures, elle le vit s'affairer devant le coffre de sa voiture. Richard était bronzé, habillé avec classe, et surtout parfumé. Léa tenta de se rassurer en se disant que la veille, sans le vouloir, elle avait dû faire une gaffe. Richard avait deviné la surprise.

Elle s'approcha du véhicule et salua son parrain. À côté de la roue droite, la dynamique journaliste aperçut une valise et un vanity-case.

— Tu as bien dormi Papou ? Pas trop longue, la réunion d'hier ?

Elle tentait une approche sereine. Même si elle n'avait qu'une envie : lui donner sa feuille de congés.

— Oh Léa ! Salut ! J'ai connu pire.

Sa filleule, jouant l'innocente, désigna ses sacs :

— Tu déposes des vêtements chez Emmaüs ?

Richard la regarda, cherchant visiblement ses mots.

— Je pars en week-end chez un ami. Je serai de retour lundi matin, comme prévu.

N'y tenant plus, Léa craqua. Elle se saisit du vanity-case, toujours sur le sol et le brandit.

— Crache le morceau, Boileau ! Tu pars en virée avec la Girondine qui fait chavirer ton cœur.

Pris en faute, Richard se mit à rire :

— J'ai passé l'âge d'être chaviré ? Je vais dans le Béarn voir un vieil ami.

— Tu nous as organisé une sortie pour le week-end ? Génial ! En une demi-heure, je peux être prête. On va chez un collègue journaliste ?

— D'accord ! D'accord ! J'ai décidé de m'occuper un peu de ma maison de campagne. Seul. Où est le mal ?

En disant cela, il haussa le ton, fuyant son regard.

— On en a parlé des centaines de fois. Je ne vis pas de romance avec une Bordelaise. Cette baraque a besoin d'être réparée. Ça me détend et me permet de me couper de ma vie parisienne.

Ce qu'il oubliait de lui dire, c'était que ses retrouvailles avec Prudence l'obsédaient. Il avait pris ce week-end exprès. Débordé par son boulot, il n'avait pas trouvé une minute pour l'appeler depuis la fin de ses vacances. Il profiterait de ces quatre jours pour se faire pardonner.

Léa troubla ses réflexions :

— Je ne suis pas née de la dernière pluie ! Et, je trouve ça super cool. Enfin une femme a réussi à faire fondre ton cœur de glace. Qui sait, c'est peut-être le Grand Amour.

— Le Grand Amour ! Ce sont des conneries de bonnes femmes.

— Tu sais que l'amour peut t'aider à te transcender ?

— Tu lis trop de magazines féminins. Pour une journaliste de ta qualité, ça la fout mal.

— Rabat-joie. On ne me la fait pas, à moi, la carte de l'indifférence. Mon Papou chéri.

Elle se rapprocha et lui posa un baiser sur la joue. Elle en profita pour glisser l'enveloppe dans sa poche. Il s'en saisit et regarda Léa, l'air interrogatif :

— Tu vas pouvoir profiter de ton Aquitaine d'adoption pendant toute une semaine. Le Wilkie a accepté tes congés d'hiver.

Il décida de la jouer désinvolte, mais il exultait. Une semaine pour faire craquer Prudence. Il était certain d'y parvenir. Il referma son coffre :

— Qui aurait cru ! Il n'est pas si mal, ce gamin, en fin de compte.

— On en reparlera quand il t'enverra en mission de dix mois dans le trou du cul du monde.

— Je n'ai pas eu le temps de me renseigner sur sa mère cet été. Je suppose qu'on laisse tomber.

Il devait penser à se modérer : se mettre son chef à dos n'était pas un bon calcul. Léa fronça les sourcils, mécontente :

— On ne lâche rien, Papou. Surtout avec tout ce qui se passe ! Tu ne connais pas la dernière ? Une des vieilles du club de théâtre de madame Wilkie a été agressée quelque temps après la mort du dentiste. La mère du chef est omniprésente dans cette histoire ou je me fais des films ?

Le cœur du journaliste aguerri bondit. Il posa une main sur le toit de sa berline pour garder une figure de circonstance. Il imaginait Prudence agonisant au pied du tueur de Gravis. Son sang bouillait. Il garda son calme et demanda :

— Tu as son nom ?

— Ouais… tu sais, c'est celle qui a retrouvé le corps du dentiste ! Elle a un nom comme Pivert, Beauvert…

— Poivert !

Elle claqua des doigts :

— Exact ! La dernière venue dans le club de la bourgeoise. Coïncidence… je ne crois pas !

Le corps de Richard se crispa. Mille scénarios se bousculaient dans sa tête. Était-elle toujours à l'hôpital ? Pourquoi n'avait-elle pas cherché à le joindre ? Elle lui avait promis de le prévenir. Courait-elle toujours un danger ? Fébrile, il demanda :

— Tu sais ce qui s'est passé. Et comment va la victime ?

Dire ce mot lui donna la nausée.

— D'après notre collègue du Sud-Ouest, elle y aurait échappé de peu. Ils étaient deux, mais ils ont été interrompus par des randonneurs. Elle a reçu un coup dans le bide et un à la tête. Comme on a appris qu'elle était la tante de l'unique suspect dans l'affaire du meurtre du dentiste, les gendarmes doutent de la culpabilité du banquier maintenant. Tu pourrais les aider en les orientant vers la mère Wilkie ? On ne sait jamais…

— Fais-moi confiance, je vais m'en charger.

Richard maîtrisait mal ses nerfs. Il retrouverait ceux qui avaient fait ça. Il espérait que les Wilkie n'avaient rien à voir dans cette merde. Sinon, son chef recevrait la raclée de sa vie. Dévoré d'inquiétude, il mit sèchement fin à la conversation.

— Je dois partir maintenant pour arriver avant la nuit.

Il l'embrassa sur la joue et referma le coffre. Léa avait réussi son coup. Elle espérait qu'il profiterait de ses congés pour travailler sur sa vie amoureuse. Chose peu certaine. Si Richard n'avait jamais craint de partir sur un théâtre de guerre, à l'autre bout du monde, du point de vue sentiments, rien n'était si sûr. Peu confiant, effrayé par le risque de s'exposer à un rejet, il pouvait se montrer le plus éminent des empotés.

Le journaliste se glissa derrière le volant de sa BMW flambant neuve et connecta son téléphone au bluetooth. Il attendrait 10 heures pour joindre l'adjoint de Hasis. Il lui fallait des détails sur l'agression de Prudence. Pas une minute à perdre. Il comptait sur le fait que les flics avaient pris des dispositions pour la faire protéger. Il serait là, lui aussi. Désormais, il veillerait sur elle.

En quittant le périphérique, il ouvrit son répertoire au nom de Prudence. Il appuya sur « Appel », le ventre noué par l'anxiété.

32

Quatre tasses de café fumant les attendaient sur la table du salon de Prudence. Les volutes, éclairées par la lumière du jour, fascinaient les amies du club de théâtre. Leur danse délicate dessinait des arabesques parfaites. Il fallait dire qu'à presque 9 heures du matin – nuit blanche aidant –, tout semblait presque idéal.

L'art de la contemplation, ou la faculté qu'a le cerveau de se ménager en période de grosse fatigue. Pour Prudence, son esprit se focalisait sur l'inutile. Les nageoires du poisson rouge – offert par Fanny le jour de l'agression –, évoluant, seul, dans un aquarium d'au moins vingt litres. Les volutes d'une fumée. Le trou de sa chaussette du pied droit. Trou qui lui faisait prendre conscience qu'elle ignorait tout de l'art de repriser une chaussette. Un comble pour une presque quinqua. Elle maîtrisait le point droit en couture, mais gardait quelques lacunes sur le point surjet. Le plus important, selon elle. Disons que c'était, à ses yeux, celui qui avait le plus de classe. Un surjet parfaitement exécuté donnait une finition impeccable à une couture. Alors que, pour une chaussette, elle avait beau réfléchir, elle ne trouvait pas quelle technique utiliser pour combler le trou. En plus, s'attaquer à la laine industriellement tricotée demandait d'avoir une patience d'ange. Partant du constat que Prudence avait déjà du mal à passer un fil dans le chas d'une aiguille sans piquer une crise de nerfs, c'était mal barré.

— Le café est bon à boire.

Fanny eut raison de l'interrompre dans ses réflexions. Un peu plus, elle ouvrait un débat, avec elle-même, sur l'invention du tricotin et de son utilisation. Elle se saisit de la tasse et se cala dans le fond du canapé. Son amie, installée sur le seul fauteuil du salon, lui faisait face. Célia Petitmont achevait ses mots fléchés, assise sur le pouf. Georgette tripotait nerveusement son téléphone portable en se balançant sur le rocking-chair en rotin quand elle rompit le silence :

— La vie est drôlement faite. On ne connaît jamais vraiment les gens. On se fait des opinions en fonction des sensations. Confiance. Crainte. Attrait. Rejet. Et une fois sur deux, on se trompe.

— Une nuit blanche t'aurait rendue philosophe ? la taquina Fanny.

— Wilkie est dans le coup ! Sûre et certaine ! s'écria Georgette.

Célia la regarda à travers ses triples foyers :

— Je pencherais pour von Kalf et elle. On trouvera un moyen de les faire craquer.

Fanny s'emporta, tapant sur les accoudoirs des deux mains :

— Assez toutes les deux. Et s'il ne s'agissait pas d'un membre du club ? Pourquoi pas toi, Georgette, tant qu'on y est ?

L'héritière des boutons de manchette la fusilla du regard.

— J'aurais commencé par toi, l'Angliche. Pas par Gravis.

Prudence les interrompit malgré le fait qu'elle adorait les voir se crêper le chignon. Depuis fin septembre, les quatre amies passaient jour et nuit ensemble. Dans un premier temps, c'était pour relayer Célia à la surveillance de Prudence. Sa blessure au ventre avait nécessité une immobilisation complète pendant sept jours. Très vite, elles s'habituèrent à passer leur journée ensemble, rompant une solitude chaque jour plus pesante. Célia élut domicile chez Prudence, pour son plus grand bonheur. Mademoiselle Petitmont restait l'être le plus facile à vivre au monde !

Georgette et Fanny, en dehors du cours de théâtre et des samedis « famille », débarquaient chaque matin, à 8 heures pétantes, avec café et croissants chauds. C'était devenu leur rituel. Ces femmes, encore de parfaites inconnues en début d'année, devenaient, chaque jour, plus complices que jamais. Mues par la volonté d'aider Prudence et son neveu, les trois passionnées de comédie découvrirent qu'un lien profond les unissait – en plus de garder un secret. Sans chercher à l'expliquer, elles se comportaient comme des gamines qui formaient une bande au collège. Une bande de super copines. Inséparables. Indissociables. Amies pour la vie.

Aujourd'hui, elles ne se retrouvaient pas pour parler chiffons. C'était un grand jour. Le jour où elles devaient secouer le cocotier – d'où la nuit blanche. Échafauder un plan n'est pas chose aisée. Quand les quatre membres du club de théâtre émirent l'hypothèse de piéger Léon von Kalf, Prudence fut la première à proposer une stratégie. L'aventurière possédait une imagination sans limite. Ses camarades trouvèrent l'idée brillante. D'un « conditionnel », les instigatrices passèrent vite à un « probable » puis terminèrent sur un « certain ». L'esquisse d'un plan devint une ébauche pour finir en carte détaillée.

Désormais, elles rechargeaient les batteries. Elles avaient jusqu'à 11 heures pour être opérationnelles. Le téléphone de Prudence vibra. Elle plia le bras et le sortit de la poche arrière de son jean. Elle se figea, hésitant entre excitation et honte. Elle se leva, enjamba Célia à moitié endormie, et s'éclipsa dans la cuisine.

Elle n'avait aucune nouvelle de Richard depuis des mois, qu'allait-elle pouvoir lui dire ?

33

Prudence et Richard discutèrent pendant un long moment. Elle lui demanda pardon. Il lui pardonna. Il jura de toujours prendre de ses nouvelles. Elle lui demanda de lui accorder du temps pour parler d'eux. Il lui proposa de la retrouver, ce soir, en tête à tête. Elle lui promit de ne pas toucher au chardonnay.

En raccrochant, Prudence lança un cri de joie. Les mains moites, le cœur battant la chamade et une nuée de papillons virevoltant dans le ventre, elle retrouva ses amies, les joues rougies et le sourire radieux. Amusées, les filles la regardèrent, attendant de connaître l'origine d'une telle euphorie, quand on sonna à l'interphone. Rieuse et légère, Prudence bondit sur l'écran. Le visage d'Arthur apparut. Il venait pour améliorer le système de sécurité de la maison ! Comme tous les mois depuis l'agression. Comment faisait-il pour toujours gâcher sa vie ? Défaite, elle enclencha le déverrouillage du portail. Elle tira sur la poignée de l'entrée et l'accueillit sur le seuil, les bras croisés.

À 11 heures, les quatre détectives en herbe se retrouvèrent au club de théâtre. Réunies sur scène, la répétition commença, comme si de rien n'était.

— Où est Florence ? (Silence Garcin.) Je vous demande où est Florence ? s'exclama Georgette, en son rôle d'Inès.

— Je n'en sais rien, répliqua Célia, *alias* Garcin.

— C'est tout ce que vous avez trouvé ? La torture par l'absence ? Eh bien, c'est manqué. Florence était une petite sotte et je ne la regrette pas.

— Je vous demande pardon : pour qui me prenez-vous ?

— Vous ? Vous êtes le bourreau.

Comme indiqué dans le texte de la scène 3, Cély tenta de sursauter et partit en fou rire. Le metteur en scène l'arrêta :

— Massacre ! Combien de fois vais-je devoir te dire que tu es un homme ? Tu ne peux pas sauter sur la pointe des pieds et crier comme une pucelle en détresse. Et ton rire, on dirait une gamine de maternelle. De la gravité dans le ton, Célia Petitmont. De la gravité, par pitié !

Elle fit oui de la tête, pour se montrer docile et obéissante.

— On reprend à « c'est une méprise… » sans oublier que Garcin est un homme.

— C'est une méprise tout à fait amusante, lança Cély de son ton le plus grave. Le bourreau, vraiment ? Vous êtes entrée, vous m'avez regardé et vous avez pensé : c'est le bourreau. Quelle extravagance ! Le garçon est ridicule, il aurait dû nous présenter l'un à l'autre. Le bourreau ! Je suis Joseph Garcin, publiciste et homme de lettres. La vérité, c'est que nous sommes logés à la même enseigne. Madame…

— Inès Serrano. Mademoiselle.

— Très bien. Parfait. Eh bien, la glace est rompue. Ainsi vous me trouvez la mine d'un bourreau ? Et à quoi les reconnaît-on les bourreaux, s'il vous plaît ?

— Ils ont l'air d'avoir peur.

— Peur ? C'est trop drôle. Et de qui ? De la victime ?

La réplique suivante revint à Georgette. Le moment était venu de déclencher le mécanisme du piège.

— Même allongée, le visage meurtri, sa victime l'effraiera toujours.

Léon bondit de son fauteuil rembourré orange et hurla :

— Non ! Non ! Non ! D'où sors-tu cette phrase ? J'avais dit, lisez la pièce avant de venir. Même si on ne devait faire que les trois premières scènes, lisez tout.

Georgette et Célia se retournèrent en même temps et le fixèrent. Décidément, le metteur en scène était long à la détente. Elles insistèrent :

— Et à quoi les reconnaît-on les bourreaux, s'il vous plaît ?

Georgette répondit :

— Ils ont l'air d'avoir peur.

— Peur ? C'est trop drôle. Et de qui ? De la victime ?

— Même battue à mort, sa victime l'effraiera toujours. Tuer son amant aussi !

Léon comprit que quelque chose n'allait pas. Les vieilles, d'habitude si dociles, se montraient impertinentes, voire agressives. Peut-être était-il allé trop loin ? Après tout, il dirigeait une compagnie d'amateurs alors, pourquoi avoir des exigences de professionnels ? Il se ressaisit et demanda :

— Qu'est-ce qui ne va pas ? Nous sommes tous des artistes ici. La parole est le ciment d'une troupe, alors allez-y. Dites-moi !

Prudence sortit du fond de scène et s'écria :

— Quelle plaie ! Je n'en reviens pas.

Georgette répondit :

— Je t'avais dit que ton plan était trop compliqué !

— J'étais censée savoir qu'il n'allait rien piger? s'agaça Prudence.

Fanny sortit à son tour du fond de la scène et se dirigea vers Célia. Elle avait trouvé son interprétation brillante sauf que l'heure n'était pas aux félicitations, mais aux explications. Elle devait éclairer les lanternes du pauvre metteur en scène. Prudence se lança la première :

— Monsieur von Kalf. Il faut qu'on parle.

— Écoutez Mesdames. Au vu des derniers événements que le village vient de traverser, je vous propose de remettre les répétitions à jeudi prochain. Je ne me sens pas bien !

Derrière ses gestes amples, précipités et sa diction hachée, il semblait dissimuler quelque chose. Ses comédiennes le remarquèrent et attaquèrent avec force. Que cachait-il derrière ses lunettes rondes et cette affreuse barbiche ? Ses yeux marron étirés et encaissés le rendaient coupable. Même son visage joufflu, son front haut et large, son nez bourbonien et sa bouche étroite transpiraient sa fourberie. Ses cheveux mi-longs bruns, toujours emmêlés, donnaient un côté « artiste » à un physique trop commun. Mais qu'avait-il d'artistique ? La démarche vive d'un corps râblé et dodu ? Son obsession du maquillage masculin, des smoothies et des sièges rembourrés ? Ou son goût fantasque pour la couleur orange ? Sans parler de la collection de foulards qu'il exhibait chaque jour. Non ! Léon von Kalf n'était qu'apparence. Efféminé d'apparence ! Passionné d'apparence ! Comédien dans l'âme, de toute évidence.

Oubliant toute retenue, Célia, bien décidée à le faire parler, s'approcha de l'avant-scène.

— Pas si vite ! Vous venez de nous inviter à prendre la parole, alors entendez-nous.

Se sentant cerné, le metteur en scène passa à l'offensive :

— Si vous parlez de théâtre, et uniquement de théâtre, nous pourrons nous entendre.

Les conspiratrices se regardèrent, conscientes qu'elles avaient tapé dans le mille. Georgette enchaîna. Hors de question de le laisser filer avant d'avoir des réponses.

— On s'en fout de vos histoires personnelles. Du nom de vos maîtresses ou de vos amants. On veut juste savoir ce que vous avez fait à la petite Rosita Maille ? Au dentiste Gravis ? Et surtout, à Prudence !

— Comment ? Vous croyez sérieusement que j'ai quelque chose à voir là-dedans !

Les choses dérapaient. Le metteur en scène devait sortir de là. Prudence frappa des mains et avoua :

— On vous a surpris en pleins ébats, là, nus comme des vers, dans des positions olé olé avec la dernière assistante du dentiste. Le niez-vous ?

Elle pointa du doigt le centre de la scène. Von Kalf devint tout rouge. Résigné, il retourna s'asseoir pour faire face à ses juges. Il lui fallait réfléchir vite pour se sortir de ce merdier.

— Le flagrant délit est vieux comme le monde. Vaudeville n'a-t-il pas fait tout son commerce là-dessus ? Qui d'entre vous a joué les voyeurs ?

— Là n'est pas la question, répondit Georgette.

— La plus guindée des trois. J'aurais dû m'en douter.

Pour la première fois depuis le début de la confrontation, Fanny intervint :

— C'était moi, l'année dernière. J'avais oublié mes clés et, en revenant, je vous ai surpris en pleine partie de jambes en l'air. Au niveau de l'hygiène, on repassera !

— Ça suffit ! J'ai peut-être eu une aventure avec Rosita, mais c'est une histoire ancienne. De toute façon, cela ne vous regarde en rien. La gendarmerie m'a blanchi !

Prudence descendit quelques marches pour le rejoindre. Une fois devant lui, il se leva pour lui faire face :

— Une histoire ancienne ? Vraiment ! Pourquoi les flics vous ont-ils arrêté alors ?

— Pour témoigner. Et puis, j'ai un alibi pour le dentiste. J'ai passé la soirée au Bar de l'Estuaire. Le barman peut en témoigner.

— Arrêtez de vous foutre de nous. Si vous avez tendance à tabasser les femmes ou, pire, à trucider les dentistes, on est en droit de le savoir. Le village est en droit de le savoir, le pressa Prudence.

La menace, à peine voilée, le fit réfléchir. Après tout, n'était-il pas un comédien professionnel ? Les quatre vieilles qu'il avait en face de lui ne verraient que du feu s'il leur sortait le grand jeu. Feignant de tout avouer, il leva les bras au ciel et soupira :

— Le metteur en scène de votre troupe n'est pas un salopard. Je n'ai rien à voir là-dedans. Nous nous sommes fréquentés, Rosita et moi, pendant presque six mois l'année dernière, jusqu'à ce qu'elle trouve un boulot chez le dentiste. Après ça, Rosita a changé, du tout au tout. Elle est devenue irritable. Anxieuse. Colérique. Ce type lui faisait vivre l'enfer ! Au lieu de me faire confiance, elle a décidé de faire un break. Nous nous sommes croisés plusieurs fois dans le village. Elle m'évitait systématiquement. Que voulez-vous savoir ? Si je l'ai aimée un jour ? Oui ! Si je l'aime toujours ? Probablement ! Si j'ai été anéanti à l'idée qu'elle puisse prendre le large avec un autre que moi ? Évidemment ! Si aujourd'hui je suis bouleversé de savoir qu'un type a osé lever la main sur elle ou sur vous, Prudence ? La question ne se pose même pas ! Je suis furieux. Je n'ai rien à voir là-dedans. Maintenant, pour le dentiste, je n'ai aucun lien avec lui. Trouvez-moi quelqu'un dans ce village qui regrette sa mort ? Je vous souhaite bon courage !

Prudence le fixa longuement, sondant son visage à la recherche d'un indice de mensonge. Léon von Kalf soutenait son regard, sûr de lui. Il avait un alibi pour Gravis.

— Pour Rosita Maille, vous avez aussi un témoin de moralité ?

Von Kalf se délecta de sa réponse.

— Le barman peut vous assurer que je n'ai rien à voir avec son agression. Nous étions ensemble le jour de sa disparition. Nous avons cru qu'elle s'était enfuie avec un jeune du village. Écoutez, Mesdames, je vais vous donner un conseil. Un seul ! Vu que vous pensez être meilleures que les flics, cherchez du côté de Gravis. Étaient-ils amants ? Je l'ignore et je m'en contrefous. Une seule chose m'importe. Mon art. Je suis innocent. Gravis pouvait-il en dire autant ? Mais restez prudentes.

Il y a des secrets qu'il est dangereux de déterrer. Surtout à Supplicy-sur-l'Isle.

En son for intérieur, von Kalf se félicitait d'être aussi brillant, mais devait le cacher aux vieilles biques. L'idée de placer le barman comme alibi frôlait le génie. Et le passé trouble du dentiste, de la haute voltige ! Ne venait-il pas d'instiller le doute dans leurs têtes ? Et de leur offrir une nouvelle piste de recherche…

Elles qui voulaient jouer aux Miss Marple de pacotille, elles étaient servies !

34

Une pluie fine tombait quand Prudence et Célia passèrent la porte de la maison du chemin de l'Étang. Un débriefing s'imposait suite au fiasco de la confrontation avec von Kalf. Le départ précipité de ce dernier n'avait pas arrangé les choses. Mises devant le fait accompli, les quatre complices avaient opté pour une retraite, chacune chez soi. Fanny précisant qu'elles en avaient assez fait pour aujourd'hui. Elles auraient de la chance, avait-elle ajouté, si leur metteur en scène acceptait de revenir jeudi prochain.

Georgette avait balancé quelques réflexions sur sa couardise et sa manie de tout voir en noir et laissé ses complices au club, elle déjeunait avec son ex l'architecte. En moins de dix minutes, Célia et Prudence s'étaient retrouvées seules pour la fermeture. Elles étaient convenues de déjeuner ensemble, à l'abri des oreilles et des regards.

Il était presque 11 heures 30 quand, en cette matinée humide de décembre, les deux amies s'installèrent au salon. Prudence alluma un feu pendant que Célia récupérait deux verres à pied et une bouteille de chardonnay. Confortablement installées près du poêle, elles énumérèrent les informations récoltées ces dernières semaines. Le bruit de la perceuse d'Arthur les incommodait, mais que ne devaient-elles pas faire pour être en sécurité? Prudence débuta :

— À peine vingt-quatre heures après mon arrivée, je découvre le corps de Gravis dans l'écluse.

— Il s'avère que son assistante a été agressée quelques semaines auparavant…

— Et qu'elle a été la maîtresse de notre metteur en scène, termina Prudence.

— Qu'en est-il de la culpabilité de Léon? Déjà, il possède un alibi !

Prudence se souvint :

— Exact ! Le barman nous l'a confirmé quand on est passées chercher la bouteille tout à l'heure.

— Alors quoi ? s'interrogea Célia.

— Manipulateur, cela ne fait aucun doute. L'histoire du changement de Rosita suite à sa rencontre avec le dentiste revient à se débarrasser de nous, sans grande subtilité. Est-il coupable ? Je n'ai aucune certitude. Si j'avais une question à poser, ce serait : dans quel but avoir tué le dentiste ?

Célia suggéra :

— Vengeance ! Crime passionnel ! Jalousie !

Prudence secoua la tête

— Il cacherait drôlement bien son jeu, tu ne crois pas ? Je dois avouer que j'ai du mal à le voir coupable depuis la houleuse conversation téléphonique qu'il a eue avec madame Wilkie. Ça me chiffonne.

— Elle a tout de même avoué qu'il était temps qu'un Gravis paie !

— Léon, lui, n'a rien dit. C'est bien ça le problème ! Il ne dit rien. Il déprime. Il fait des crises. Il cherche à culpabiliser le monde entier. Il fait sa diva. Alors que madame

Wilkie, elle, semble nourrir une véritable rancœur envers la famille du dentiste.

Célia porta son verre à la bouche, avala une gorgée et souffla :

— Détective, c'est un métier. Prudence, nous n'avons rien !

— Tu préfères voir un innocent finir en prison ? Pourquoi les gendarmes ne se sont-ils approchés ni de notre metteur en scène ni de sa chère bonne vieille bienfaitrice ?

— Prudence, nous n'avons pas l'ombre d'une piste. Des suppositions ne sont pas des faits. Que pouvons-nous faire ?

La presque quinqua s'enfonça dans son fauteuil et proposa :

— Reprenons dans l'ordre. Les faits, nous les connaissons. L'assistante du dentiste est retrouvée blessée. Il a donc besoin d'une remplaçante. Alors, par gentillesse, tu acceptes de reprendre temporairement le métier que tu as exercé toute ta vie. Quelques jours plus tard, je découvre ton nouvel employeur sans vie. Mon neveu devient le principal accusé.

Célia enchaîna :

— Le lendemain de ton arrivée à Supplicy, bouffée par l'ennui, tu décides d'aller marcher dans les bois. Tu découvres le corps flottant du dentiste. La gendarmerie t'interroge. Ton neveu t'inscrit à une activité du village : le club de théâtre pour que tu cloues le bec à Gravis. Il est arrêté. Tu apprends que Gravis appartenait audit club et tu viens y mettre le nez. Pour ton premier jour au club de théâtre, tu arrives en avance. Tu vas boire un verre, là comme par hasard, tu croises Rosita qui explique qu'Amaury n'aurait jamais pu faire ça. Le merdeux… ?

— Péteux ! Elle a dit « péteux ».

— Son patron est retrouvé raide dans la flotte et le dernier patient qu'il a reçu en consultation, le jour de sa mort, est ton neveu. La petite assistante ne le croit ni responsable de la mort du dentiste, ni impliqué dans son agression. Quelle est la probabilité qu'une même personne se retrouve liée à l'agression d'une assistante et de son patron ?

— La même que moi me faisant assommer par une branche.

Prudence se leva. Elle alla dans la cuisine et revint avec un bol débordant de chips achetées dans une épicerie fine des Chartrons. Célia se jeta sur l'apéritif qui lui faisait envie. Arthur poursuivait les travaux, hurlant des ordres aux employés de la compagnie de sécurité.

— Soit c'est une histoire de luxure. Soit une histoire de vengeance.

— Explique-toi, Prudence !

— Dans le cas de Rosita, il semble clair que c'est passionnel. Jeunesse + beauté + naïveté n'ont jamais fait bon ménage. Si elle a pu accepter d'avoir des rapports intimes avec un type comme Léon von Kalf, avec quels autres hommes a-t-elle été aussi intime ?

— Disons que Léon n'est pas le plus viril des trentenaires, admit Célia. Elle est, peut-être, attirée par les hommes de pouvoir. Et pourquoi pas Antonin Gravis ?

— Le hic, c'est que Gravis était célibataire. Quel intérêt de cacher sa liaison avec Rosita ?

— Il ne doit y avoir aucun lien entre les deux crimes. Si tu veux mon avis, l'histoire de la famille Gravis doit regorger d'ennemis.

— Le village entier semble avoir détesté le dentiste.

— Oui, et l'un d'entre eux l'a empoissonné, salement.

Prudence, frappée par l'évidence, s'écria :

— Nom de nom ! Ça peut coller. Madame Wilkie qui affirme qu'il était temps qu'un des membres de cette horrible famille paye. On doit en apprendre plus sur l'histoire des Gravis.

— Nous devons trouver un moyen d'aller discuter avec les gens d'ici sans éveiller les soupçons.

La sonnette du portail retentit. Les deux femmes se regardèrent quand on sonna à nouveau. Qu'est-ce que foutait Arthur ? Prudence, les doigts pleins de sel et de graisse, se leva. Devant la porte d'entrée, elle posa le coude sur le bouton de l'interphone, prête à incendier son ex-mari, quand elle se figea.

Le visage de l'enquêteur Hasis envahissait le minuscule écran.

35

Prudence se retourna vers Célia et fit les gros yeux. On sonna une nouvelle fois.

— Bonjour à vous, que puis-je faire pour aider la gendarmerie nationale ?

Célia bondit de son fauteuil et tira sur le col de sa chemise pour se rendre présentable.

— Madame Poivert, j'aimerais vous parler. Veuillez ouvrir votre portail, merci !

En quelques secondes, le responsable de l'enquête sur la mort du docteur Gravis se gara dans l'avant-cour et se retrouva sur le seuil de la porte. Prudence ouvrit et lui répliqua :

— C'est demandé avec tant de gentillesse. Entrez !

— Je vous prie de m'excuser, mais je n'ai toujours pas déjeuné. Il fallait que je passe vous voir avant de faire ma pause.

Une fois à l'intérieur, Farid Hasis jeta un coup d'œil dans le salon et remarqua la présence de Célia Petitmont. Le grand escogriffe la salua d'un hochement de tête alors que Prudence l'invitait à prendre place sur le canapé. Quelque chose avait changé dans sa manière de parler. Quand le capitaine avait des choses importantes à dire, il allait à l'essentiel.

— Ravi de vous voir toutes les deux réunies. Il ne manque plus que les deux dernières acolytes du club. Je vous laisse les informer de ma venue ici.

— Ne me dites pas que vous êtes venu arrêter tout le club de théâtre de Supplicy ? s'amusa Prudence en le contournant et en retournant s'asseoir à sa place.

— Si vous ne changez pas d'attitude, ça risque bien de vous arriver.

Célia, intimidée par le grade, se tenait raide comme un piquet. Le regard perçant et la voix grave et chaude du capitaine la terrifiaient :

— Êtes-vous ici pour nous apporter des nouvelles d'Amaury ?

— Malheureusement non, Prud… enfin, madame Poivert. De par le fait d'éléments nouveaux fort désobligeants, je viens vous mettre en garde. Cessez de mettre votre nez partout.

Feignant l'innocence, Prudence demanda :

— De quoi parlez-vous, Capitaine ?

— Léon von Kalf vient de nous informer de l'accusation portée à son encontre concernant votre agression et le meurtre.

— Le petit fourbe, laissa échapper Prudence.

Célia sentait qu'elle allait se trouver mal à l'idée de dormir une nuit en prison.

— Avant que l'une de vous ne fasse une syncope, sachez que votre metteur en scène ne portera pas plainte. Nonobstant, foutez-lui la paix. Le fait d'avoir une aventure avec une gamine comme mademoiselle Maille ne fait pas de lui un criminel. Dois-je vous rappeler que votre neveu est en prison et que vous vous êtes fait agresser ?

Les deux femmes se regardèrent. Prudence, dévorée par la curiosité, s'apprêtait à lancer une salve de questions quand Hasis la coupa :

— Léon von Kalf prétend que cette idée de jouer les Miss Marple de Supplicy viendrait de vous, madame Poivert. Ma visite, aujourd'hui, est amicale. Vous me faites penser à ma mère. Mais je peux vous assurer que la prochaine fois, si nous nous revoyons, tout sera beaucoup plus officiel. Me suis-je bien fait comprendre ?

Le grand échalas impassible que Prudence avait connu à l'écluse avait pris un air paternaliste et sérieux. Pour elle, il ne faisait aucun doute qu'il cherchait visiblement plus à les protéger qu'à les culpabiliser. Cela ne pouvait signifier qu'une chose : il croyait Amaury innocent et recherchait le vrai tueur. Touchées par l'attention du capitaine, mais effrayées par ce qu'elles venaient de comprendre, les deux amies acquiescèrent et le remercièrent à demi-mot. Prudence se sentit flattée que le gendarme ne cherche qu'à les aider.

Il les salua à son tour et quitta le salon, affaibli par le manque de nourriture. Il rejoignit la porte d'entrée et s'arrêta dans un mouvement brusque. Prudence, qui le talonnait, freina net. Hasis se retourna et lui fit face. Il brandit un livre de recettes ouvert à la page « Cannelés » et lui demanda :

— Vous apprenez à faire des gâteaux, Prud… madame Poivert ?

Elle rougit, prise en faute.

— Tous les Bordelais devraient savoir en faire !

— Je ne veux pas savoir comment vous avez appris la cause réelle de la mort du monsieur Gravis, mais arrêtez ça !

— Je l'ai apprise de l'avocat d'Amaury.

Son menton se mit à trembler, révélant son trouble.

— Je le garde.

— Mais pour quoi faire ?

Il glissa le livre flambant neuf sous le bras, ne préférant pas répondre. Il quitta la demeure de Prudence, espérant que le message était bien passé. Il eut un doute et se retourna :

— Arrêtez de fouiner, madame Poivert. J'espère ne plus jamais être obligé de vous le dire. Ah ! Une dernière chose : au vu des dernières investigations, j'ai demandé une remise en liberté de votre neveu, Amaury Térurier.

Prudence faillit lui sauter au cou. Le capitaine esquissa un sourire plein de tendresse – voilà ce qu'il aimait tant dans son métier – et se dirigea vers son véhicule. Il quitta la propriété de Prudence, à la fois inquiet mais rassuré. Cette femme vivait dans une forteresse. Impossible de lui faire du mal ici. Dans le reste du village, c'était une autre histoire. Le portail grand ouvert, la quasi-quinqua sautillait de joie devant les employés de l'agence de sécurité. Arthur l'observa un long moment avant de comprendre. Il lui adressa un large sourire et bondit vers elle.

Sans se concerter, les deux ex se tombèrent dans les bras, tout à leur soulagement, sans voir que la BMW flambant neuve de Richard Boileau remontait le chemin de l'Étang.

36

Le secret d'un couple, c'est la communication. Du moins, d'après ce que les magazines de bonnes femmes racontent toute la journée. Parler de ce qui ne va pas. Partager ce qui va. Échanger sur ce qui pourrait être amélioré. Répéter, avec sincérité, la joie d'être à deux.

C'est bien mignon, mais il faudrait que quelqu'un explique à Prudence comment faire quand votre futur petit ami, celui dont vous avez été très proche quelque mois auparavant, oublie de se pointer à votre rendez-vous. Il serait aussi sympathique de préciser comment gérer la situation sans cris. Sans hystérie. Sans marque de déception. Sans vulgarité. Là, Prudence aimerait assez qu'on lui explique !

En ce jeudi soir, Prudence attendait l'arrivée de Richard. Elle eut le temps de boire trois bouteilles de chardonnay. De manger un repas complet. Même de prendre un café. De fumer un paquet de cigarettes au lilas.

Aux alentours de minuit, elle s'effondra. Non pas sur le canapé. Ni sur un fauteuil. Et encore moins sur une chaise. Non ! Par terre ! Comme une miséreuse. Digne d'un mélodrame ! Avachie sur le sol parqueté de sa sublime demeure, elle oscillait entre rage et désespoir. Colère et interrogations.

N'était-elle pas censée se dire que ça ne collait pas ? Qu'elle ferait mieux d'arrêter de rêver ? Impossible de concevoir qu'une relation si soudaine, si évidente, puisse s'achever sans un mot. Peut-être avait-elle une opinion trop haute de son ancien pote de fac qu'elle souhaitait prendre pour amant ? Ou bien était-elle aveuglée par ce fameux sentiment amoureux ? Pourtant, que faire de son instinct ? Celui-là même qui la troublait au point de croire que quelque chose de beau les attendait ! Si seulement il daignait se pointer au rendez-vous !

Depuis une vingtaine de minutes, elle tripotait nerveusement son smartphone. Elle avait imaginé six scénarios différents de conversation. Chacun se terminait sur une dispute. Elle devait trouver les mots justes, en ignorant complètement les futures réponses du principal concerné. Elle appuya sur une touche de son portable : l'horloge affichait 2 heures 38. En début de soirée, elle n'avait même pas osé lui envoyer un texto.

Elle passa aux choses sérieuses. Le scénario prit alors une forme beaucoup plus houleuse. N'y avait-il pas pire grincheux qu'un homme réveillé en plein milieu de la nuit ?

Comme patience est mère de sûreté, elle devait attendre. Pour ne pas empirer la situation. Même si elle avait de bonnes raisons de le déranger à cette heure-ci. Il lui avait posé un lapin ! Comment avait-il osé ?

D'accord, il avait peut-être eu un empêchement. Mais quel manque de correction de n'avoir pas prévenu ? Ordure ! Et dire qu'elle avait peur de le réveiller. Le pauvre pépère ! Non, mais attendez ! Celle qui avait été filoutée dans l'histoire, c'était elle. De quel droit monsieur Richard Boileau pouvait-il avoir un sommeil apaisé alors qu'elle ruminait ? Impossible d'aller se coucher. Trop, c'était trop ! Il allait entendre parler d'elle, le reporter international parisien. Il n'était pas près d'oublier cette soirée de décembre 2017.

Résolue à s'expliquer avec lui, débarrassée de ses doutes, Prudence se leva et brandit son téléphone portable. Elle fit défiler la liste de son répertoire, « Richard Boileau » apparut. L'heure de l'explication était venue. Elle s'apprêtait à cliquer sur le nom quand quelqu'un sonna à l'interphone. Elle glissa le téléphone dans la poche arrière de son jean noir effet push-up et déclencha la caméra.

Elle sursauta en apercevant Fanny Coleman dans la pénombre du portail :

— *Bloody hell*, Prudence ! Tu es chez toi ? J'étais morte de trouille, moi.

Elle ouvrit le portail électrique et sortit accueillir son amie :

— Où veux-tu que je sois ?

— Je me le demande. *Really*, je n'en reviens pas de te trouver là ! Tu es restée ici toute la soirée ?

— Évidemment.

Fanny contourna son amie – laissant un désagréable effluve d'alcool dans son sillon – et partit s'installer dans le salon. Essoufflée et grisée, elle s'affala :

— Tu n'étais pas censée vivre une nuit torride avec ton journaliste parisien ? *Honey !*

— Il n'est pas venu. Ça m'inquiète !

— Tu ne devrais pas. D'ailleurs, il ne viendra pas, *Fucking asshole* !

— Comme tu y vas, Richard est…

— Il était avec moi, ce soir, *Yes*, madame !

Elle bâilla à s'en décrocher les maxillaires. Abrutie par la nouvelle, Prudence s'effondra sur un fauteuil. Fanny s'étira :

— Est-ce que tu sais ce que j'ai fait aujourd'hui ? Eh bien je vais te le dire ! J'ai trahi une bonne copine. Que dis-je, une véritable amie. Presque une sœur !

— Qu'est-ce que tu racontes ?

— Déteste-moi, Prudence, *I'm a bitch.* Je savais que tu devais le retrouver ce soir. Je me souviens encore de ta sortie, ce matin, de la cuisine. Richard et toi alliez parler d'avenir. Et moi, je fais quoi : j'accepte son invitation, direct. Il m'appelle, genre, vers 17 heures, pour boire un verre au Bar de l'Estuaire. J'y cours, comme une gamine en manque de bonbons. C'est-à-dire qu'il est canon. *Awesome. Gorgeous.* Wow, ce type est une bombe, *Sweety.* Je suis une garce.

— Je ne pige pas. Il t'a parlé de moi ? Tu savais pour notre soirée et tu ne l'as pas questionné ?

— Si ! Si ! Il m'a dit qu'il ne voulait pas en parler. Qu'il était là juste pour moi ! Tu le crois ?

Prudence en perdit la voix. Elle remuait la tête de gauche à droite, comme cherchant à reprendre pied. La dramaturge Anglaise enchaîna :

— Je m'en veux... si tu savais. Je n'ai pas souvent l'occasion de flirter avec ces catégories de mecs. Même si je me vante un peu devant vous. Richard Boileau est au-dessus du lot. Il me rend toute chose.

— Oh arrête, s'il te plaît. Épargne-moi les détails lubriques.

— Jamais le premier soir avec l'ex d'une copine.

— Je nous croyais presque sœurs, se moqua Prudence. Richard et moi n'avons jamais été ensemble. Alors, ne te gêne pas, va le rejoindre.

Elle se leva, furieuse, et lui désigna la porte.

— Je lui ai dit non ! *No way* ! J'ai une éducation. Un code d'honneur et puis, je ne sais pas ce qui s'est passé entre vous. Je me suis dit que tu l'avais encore oublié comme…

— Il t'a proposé… la coupa Prudence, au bord de la crise de larmes.

— Ouais, le salaud. Comme ça, direct, alors que je ne l'ai vu que deux fois et que je suis ton amie. Qu'on va au même club et tout !

Prudence sentait les nerfs lui nouer la gorge. Elle les aurait tués tous les deux. Comment pouvait-elle s'être autant trompée sur Richard ? Fanny et lui, ensemble ? Qu'est-ce qu'elle avait manqué ? En moins que douze heures, Richard semblait avoir changé du tout au tout. Pourquoi ? Y avait-il vraiment une explication ? Après tout, n'était-ce pas ce qu'avait fait Arthur ? Ne l'avait-il pas quittée du jour au lendemain pour une autre ? En se comparant à la jeune et jolie Bénédicte, elle pouvait comprendre. Mais là, avec Fanny, ça lui échappait.

Prudence insista :

— Il t'a demandé de finir la nuit avec lui ? Vous vous êtes embrassés ?

— Pour une dame qui ne voulait aucun détail lubrique…

— Fanny !

— Non ! Pas même un *little kiss on the lips*. Il m'a proposé un dernier verre chez lui. J'ai refusé. Je ne ferais jamais rien dans le dos d'une copine. Plutôt mourir que trahir. Déjà que je me sens comme une merde d'être allée boire un *cherry* avec cette pourriture. Pourras-tu me pardonner, *my sweet Prudy* ?

Prudence la crut. Après tout, que faisait-elle chez elle, à presque 3 heures du matin, si ce n'était pour soulager sa conscience ? Elle se calma un peu, mais se sentait toujours nauséeuse et crispée.

— Je nous fais du thé. Ça ne peut que faire du bien.

— Je ne suis pas sûre que des feuilles plongées dans de l'eau bouillante nous soient d'un grand secours, dit Fanny.

— Aucune boisson ne pourrait, mais ça peut me calmer.

— Ouais ! Ce n'est pas du thé qu'il me faut. C'est un alcool fort.

— Tu as assez bu pour ce soir. Un thé, et après tu rentres chez toi.

37

Le jeudi suivant, les répétitions de théâtre furent annulées. Le metteur en scène souffrant d'un mal mystérieux, il devait rester alité jusqu'à s'être refait une santé. Fanny s'énerva, hurlant à tout-va qu'ils ne seraient jamais prêts pour le spectacle de fin d'année. Georgette, l'esprit pragmatique, espérait être remboursée pour la séance annulée. Quant à Prudence, une seule chose l'occupait : oublier Richard et préparer la sortie de prison d'Amaury.

À l'unanimité, les membres du club étaient convenues de se retrouver au bistrot à 11 heures pour prendre un verre et grignoter. Confortablement installées sur une banquette au fond du Bar de l'Estuaire, le verre devint trois bouteilles de vin. Le grignotage : une salade agrémentée d'une tourte à la viande et ses petits champignons. En dessert, une tarte au citron meringuée et un café court sucré. La demi-heure – prévue au préalable – se transforma en deux heures de repas convivial et animé.

Il fallait avouer que Célia et Prudence avaient une bonne nouvelle à annoncer : Amaury allait être libéré dans moins d'une semaine. Fières d'avoir mené leur mission au bout, elles trinquèrent. À la seconde bouteille de saint-émilion, les membres du club de théâtre retrouvèrent leur vieille habitude : discuter de l'assassinat de Gravis. Habitude qu'elles ne se sentaient pas prêtes à abandonner.

Georgette en arriva à la conclusion que le meurtre du dentiste – car il s'agissait bien d'un crime odieux – ne pouvait être que personnel. Quant à Cély, elle ne voyait que la vengeance pour motif.

— Le mal mystérieux dont souffre Léon von Kalf ne plaide pas en sa faveur.

Fanny, avec sa manie de défendre les artistes, affirma :

— Il semble trop précieux pour commettre un meurtre.

Prudence avala une gorgée, toujours bouleversée par l'attitude de Richard la veille.

— Il va bien falloir découvrir s'il est lié au crime d'Antonin Gravis.

Georgette se pencha vers ses amies :

— Peut-être a-t-il une complice ?

Fanny s'emporta.

— Georgette ! Ne recommence pas avec ça !

La Britannique en avait plus qu'assez qu'elle lui parle de la mère Wilkie. L'héritière des boutons de manchette, ravie de l'agacement produit sur son amie, argumenta :

— Souvenez-vous de ce qu'a dit madame Wilkie : « Il était temps que la lignée s'arrête, pour le bien de tous. » Quelqu'un du village lui a fait payer. Et elle fait partie du village.

Prudence trouva la piste intéressante – et puis, faire enrager Fanny la défoulait :

— Si, comme tu l'imagines, Georgette, madame Wilkie a un lien avec le crime, cela a forcément à voir avec sa passion cachée pour Léon.

— Impossible à vérifier, s'impatienta Fanny. Dois-je vous rappeler que cette histoire ne nous concerne pas ?

Ça tourne à l'obsession. Peut-être devrions-nous arrêter maintenant que le petit est libre.

Georgette la toisa pour la provoquer.

— Tu n'es qu'une pétocharde de British. Tu essaies de nous faire croire que cela ne te gêne pas de vivre à proximité d'un tueur.

— Parce que « madame Arcachon » est une spécialiste en criminologie ! Nous sommes novices. Et vous savez ce qui arrive aux débutants qui mettent leur nez partout ?

Elle pointa un doigt vers Prudence. L'héritière se gaussa en agitant l'index devant elle :

— Aucune chance que quelqu'un veuille nous zigouiller. Nous sommes discrètes comme des loutres.

— Des loutres ? s'étonna Cély en se retournant vers Georgette.

Prudence intervint pour attiser le conflit :

— Fanny ! Tu n'es pas obligée de fouiner avec nous. Personne ne t'en voudra si tu décides de privilégier ta vie sentimentale sur notre sécurité.

Elle regarda Prudence dans les yeux et remonta les manches de son pull-over aux motifs de sapins. La quasi-quinqua ne semblait pas prête à passer l'éponge sur l'épisode Richard Boileau. Fanny se radoucit :

— Les gendarmes enquêtent. Dans quelques mois, les journaux relateront les conclusions et tout rentrera dans l'ordre. Vous verrez !

Prudence perdit son sang-froid :

— Ça te laisse le champ libre pour flirter avec le premier venu !

— Il ne s'est rien passé, combien de fois dois-je te le répéter ! *Bloody Hell.*

Georgette leva les bras pour les arrêter avant que cela ne dégénère. L'émotive Anglaise devenait rouge de honte.

Chacune connaissait l'histoire du lapin de Richard et du rancard de Fanny.

— Ça suffit les filles. Fanny n'a pas vu de mal à sortir avec Richard. Disons qu'elle a été flattée, mais elle te l'a dit tout de suite. Vrai ?

— Vrai, marmonna Prudence, les yeux baissés.

— Et toi, Fanny ! Tu savais qu'il devait voir Prudence et tu n'as rien fait pour empêcher ce rancard. La prochaine fois, tu t'abstiens. OK ?

— Promis ! Juré ! Jamais plus je ne m'approcherai de Richard « le tentateur » Boileau.

Célia ajusta ses lunettes en souriant bêtement.

— Quel Don Juan, celui-là ! Je n'aurais jamais imaginé…

— Don Juan ! Faut pas exagérer, s'écria Prudence, excédée dès qu'elle entendait le nom de Richard.

— Tout au plus un vieux beau de cinquante balais, précisa Fanny en féministe convaincue.

Prudence la regarda et sourit, complice :

— C'est ça ! Un pathétique petit dragueur de rien du tout…

Georgette leva les bras pour les interrompre, à nouveau :

— Bien, maintenant que le journaliste en a pris pour son grade, on fait quoi pour le meurtre et l'agression de Prudence ? On attend les conclusions d'une enquête qui peut durer des mois.

Fanny, apaisée et gaie, demanda :

— Comment font les autres ? Tu as entendu quelqu'un du village se plaindre ?

Prudence recoiffa ses cheveux et répondit :

— Peut-être parce qu'eux savent des choses que nous ignorons. Certains sont là depuis des générations. Ils ont donc la précaution que les ignorants n'ont pas. Qui te dit que le coupable n'est pas au bar en ce moment, assis quelque part à nous observer ?

Célia fit oui de la tête :

— Regardez ce qu'ils ont fait à Prudence.

— Je suis d'avis de continuer, dit Georgette. En toute discrétion, comme depuis ces derniers mois.

Cernée de partout, Fanny s'avachit, en signe de reddition :

— D'accord ! Vous avez gagné. Le hic reste que si le coupable s'en aperçoit, nous risquons gros.

Prudence porta son verre aux lèvres :

— Ils ont déjà tenté de me tuer alors qu'on ne fouinait pas. On ne sera jamais en sécurité tant que de tels individus courront les rues de Supplicy.

38

Il y a des moments où le temps file à une vitesse folle. Et d'autres où les secondes s'égrènent avec une lenteur insupportable. Ces instants précis pendant lesquels on retourne le problème dans tous les sens sans jamais apercevoir le début d'une solution. Pour Prudence, il fallait dire que la tâche n'était pas aisée. On pourrait même la dire inextricable. Non seulement elle n'avait pas avancé dans ses investigations, mais en plus, personne n'avait de nouvelles de Richard Boileau.

Baigné dans une atmosphère de suspicion, le village semblait tiraillé entre curiosité et désinvolture. Certains s'agaçaient de ne pas savoir. Pendant que d'autres propageaient l'idée d'un passé révolu dont il fallait faire table rase pour le bien de la communauté. Après tout, ce qui était arrivé était arrivé. Personne n'y pouvait rien. Le banquier n'était pas coupable. Il fallait avoir confiance en la justice de ce pays.

Le jeudi qui suivit, Léon von Kalf, toujours absent, imposa à la troupe une jeune femme : son assistante. Pour coller à un cahier des charges strict, elle ferait le relais le temps que le metteur en scène retrouve la force de se déplacer.

Les premières minutes avec l'assistance se déroulèrent sans encombre. Noémie parlait peu, voire pas du tout. Une heure s'écoula avant que le metteur en scène les informe, par téléphone, de son absente prolongée. Déclarant souffrir d'un mal profond – une énième grippe –, il demanda à être excusé pour les répétitions. Il insista auprès de son assistante :

— Dis-leur bien que le médecin ne sait pas ce que j'ai. Il penche pour une tuberculose. Je suis probablement condamné.

Heureusement qu'au XXIe siècle, la médecine moderne soigne les tuberculeux… et les grippes. Noémie se retrouva seule, un peu désorientée, devant quatre femmes au tempérament bien trempé. À part Célia dont la douceur rassurait, elle paniquait à l'idée de donner des ordres à Georgette. Elle s'inquiétait de ne pas comprendre l'accent britannique de Fanny ni son humour, et redoutait l'œil inquisiteur de Prudence, qu'elle considérait comme la chef du groupe.

Très vite, Noémie comprit que l'absence de metteur en scène pouvait devenir un atout. La troupe, libérée d'une chaîne, se fit plus rieuse, plus légère et bien plus investie. Totalement novice dans l'art de la comédie, Noémie se laissa porter par l'expérience de l'artiste Fanny. Par la volonté du jeu de Georgette. Et par le génie d'une Célia dont la mémoire frôlait le prodige. Étonnée, Noémie osa demander comment Célia arrivait à retenir aussi bien son texte. Cette dernière expliqua qu'elle avait une mémoire photographique et acoustique. Rien d'exceptionnel ! Pourtant chacune, ce jour-là, s'accorda sur l'étonnante prédisposition de l'ancienne secrétaire et de sa mémoire. N'ayant jamais besoin de support, elle ne s'amusait qu'à jouer la comédie pendant que ses camarades, le texte à la main, jonglaient entre mémoire et gestuelle.

Les répétitions se déroulèrent à merveille. Noémie, au spectacle, se délecta pendant presque deux heures et demie. La troupe savoura les répétitions comme jamais depuis le début de l'année. Quand l'heure du repas arriva, chacune avoua n'avoir pas vu le temps passer. Une première ! À l'unanimité, et dans le but de prolonger le moment, elles invitèrent l'assistante du metteur en scène à déjeuner au bistrot avec elles. Noémie eut même le privilège de prendre place sur la banquette réservée au fond de la salle.

Une discussion légère autour du théâtre s'engagea au début du repas. Au moment du dessert, avant les cafés, Noémie se mit à parler d'elle. À l'aise, elle eut l'impression d'être acceptée par une troupe qui l'impressionnait. Les rentières découvrirent une jeune femme courageuse et combattante, arrivée dans ce village par accident. À l'image de sa vie.

Enfant née d'un accident de contraception, elle avait débarqué dans la vie d'une gamine de quatorze ans qui ne pouvait l'assumer. Abandonnée à la DDASS, elle était passée de foyer en foyer jusqu'à sa famille d'accueil de Supplicy : les Marronnier. Elle avait vécu avec eux jusqu'à sa majorité. S'étant liée d'amitié avec madame Wilkie à l'adolescence, elle avait accepté d'aider son ami metteur en scène pour le bien de la compagnie de théâtre, mais aussi du village. Un spectacle leur avait été promis pour fêter l'été. Et ce spectacle aurait lieu, au moment dit.

— Aujourd'hui, tu vis toujours au village ?

La voix douce et posée de Célia la fit sourire :

— Je loue la maison à côté de celle de ma famille d'accueil. C'est l'ancienne maison du jardinier. Elle n'est pas bien grande, mais ça me suffit.

— Si c'est l'ancienne baraque d'un jardinier, ton extérieur doit être magnifique, supposa Georgette, qui tentait de faire pousser des glycines à son entrée.

La jeune Noémie secoua la tête :

— Il avait bien trop à faire chez les Gravis pour avoir le temps de s'occuper de son jardin.

Prudence l'interrogea sur la popularité de cette famille :

— Beaucoup de villageois travaillaient pour les Gravis ?

— Monsieur Jacquelin a été un des derniers employés du père du dentiste. Il faut dire qu'après l'histoire de la petite, plus personne ne voulait aller travailler chez eux.

Les quatre complices se regardèrent discrètement. Sans en avoir l'air, Georgette lança la première salve de questions. La curiosité étant un vilain défaut, autant se le partager :

— Qui était cette petite ?

— Sarah, la fille du jardinier. Ils l'ont retrouvée morte sur le domaine des Gravis.

Comme tout ceci devenait intéressant ! Fanny enchaîna :

— Qu'avait-elle bien pu faire pour mériter une fin aussi tragique ?

— Je n'ai pas bien compris, pour être honnête. Elle traversait les vignes pour rentrer chez elle, une mauvaise chute et bam !

— C'était à quelle époque ?

— Il y a presque vingt ans. Le jardinier a accusé les Gravis jusqu'au bout. Il disait « Sarah, ma fille, ne mettait jamais les pieds chez eux. Les gamins l'ont tuée ! » J'avais cinq ans, je n'ai pas compris. Toujours pareil aujourd'hui. Ça fait que j'ai longtemps hésité avant d'aller habiter chez lui. Il s'est pendu dans sa maison.

Les complices se figèrent, abasourdies. Pendu !

— Pourquoi incriminer les Gravis du meurtre de la fille de leur jardinier ? demanda Georgette.

— Je vous donne la version officielle ou officieuse ?

— Quelle question ! Donne-nous la version du village.

Prudence s'était penchée vers elle pour se faire la plus discrète possible. Noémie leur sourit et raconta :

— Monsieur et madame Marronnier nous ont interdit, surtout aux filles, de nous approcher du château des Gravis. Le vieux grand-père avait des habitudes de pervers, comme disait Robert Marronnier. Il nous expliquait que le jardinier Henri avait une fille, Sarah. Innocente et très belle. Blonde, les cheveux longs, elle ne voyait le mal nulle part. Sauf qu'elle avait du caractère. Une vraie bagarreuse, comme dit Augusta. Un jour, un gamin du village a déboulé dans le bourg pour dire qu'Antonin Gravis venait de tuer Sarah. Ils l'ont retrouvée sur le domaine du grand-père. Pour madame Marronnier, c'est parce qu'elle avait dit non au vieux vicomte qu'il l'a bousculée et qu'elle s'est fracassé le crâne. Personne n'a cru qu'un enfant de huit ans pouvait commettre un crime. On pensa plus qu'une fillette comme Sarah Jacquelin ne faisait pas le poids face à un sexagénaire fort comme un chêne. Ils ont, tout de même, réussi à prouver qu'il s'agissait d'un malheureux accident, faisant taire tout le monde. Pour monsieur et madame Marronnier, le vicomte était coupable ! Personne ne se refusait aux faveurs du vieux. Certains de ses amis politiques et juges ont fini par étouffer l'affaire. Je n'ai jamais compris, mais Robert, monsieur Marronnier, disait tout le temps que certains se comportaient comme dans les temps anciens. Alors que les temps avaient bien changé. Après ça, le vicomte a été de plus en plus isolé et sa famille aussi. Plus personne au village ne voulait travailler pour eux de peur qu'ils s'en prennent à leurs enfants. Les Gravis étaient devenus des parias pour les notables bordelais et dangereux pour les gens du village. Monsieur et madame Marronnier nous disaient que tout avait changé après l'épisode de Sarah en 1999. C'est d'ailleurs pour ça que personne n'avait compris quand son fils, après ses études à Bordeaux, avait décidé de revenir vivre au village pour s'y installer comme dentiste. Personne !

39

À Supplicy-sur-l'Isle, on trouvait un bâtiment aux larges pierres de taille blanche. Dans ce bâtiment aux larges pierres de taille blanche, un escalier menait à une entrée. Dans cette entrée, on trouvait un présentoir. Sur ce présentoir, des centaines de publicités vantaient les activités culturelles et sportives de la région. C'est devant lui que Richard Boileau patienta pour son rendez-vous avec la documentaliste.

La veille, le journaliste parisien avait reçu des nouvelles. Un collègue de la presse locale lui avait parlé d'un contact qui travaillait pour la mairie de Supplicy-sur-l'Isle. S'il l'appelait, Richard obtiendrait l'ensemble des archives, coupures de presse, photos concernant une certaine Augusta Wilkie. Ce qu'il fit. Après une attente de presque vingt minutes – suite à des erreurs de redistribution de lignes –, le reporter eut la chargée de communication au téléphone. Il inventa une vague histoire autour d'un article sur les riches familles et leur goût pour la campagne. Il évoqua la nécessité d'une recherche documentaliste pour regrouper ses informations et obtenir des images. La chargée de communication n'y vit que du feu. Écrire un article sur Supplicy qui ne parlait pas du meurtre du dentiste, une aubaine ! Elle l'invita à venir dès le lendemain, à 11 heures.

Tous les documents dans lesquels apparaissaient les noms des puissantes familles du village – dont madame Wilkie – furent mis à la disposition de Richard Boileau. Ce dernier n'en revint pas, de la facilité avec laquelle il avait réussi à berner l'employée administrative.

Une fois les dossiers à portée de main, le journaliste ouvrit son ordinateur et s'installa à la ridicule table en pin allouée à ses recherches. Minutieux et organisé, il récupéra chaque prospectus, chaque brochure, chaque papier, chaque négatif ayant, peu ou prou, un rapport avec la riche bienfaitrice.

Il se concentra sur les articles de presse. Bingo. La vie sociale de cette femme ressemblait à celle d'une femme de ministre : membre d'honneur du Club des tricoteuses, directrice bénévole de l'Association pour les enfants de Supplicy, sponsor de l'équipe féminine de badminton, présidente du Potager de l'amitié – ses plants de courgette étaient devenus célèbres. Pendant trente ans, pas un événement ne s'était organisé dans le village sans elle. Puis, il y avait eu un blanc. De onze ans. Un article évoquait le départ de la richissime femme pour Paris. Au décès de son mari, elle s'était volatilisée.

Des publicités, dont le stock restait important, tenaient une place de choix dans les archives. Il fouilla, cherchant à retrouver sa trace depuis son retour au village. Tout à coup, il reconnut madame Wilkie sur l'une d'elles. Elle participait à un concours de pâtisserie en 2014. Sa spécialité : le cannelé bordelais. Peu de temps après, elle intégrait le club de théâtre dont le vice-président n'était autre qu'Antonin Gravis. Sur une photo, posaient fièrement le dentiste, la marraine et le metteur en scène, Léon von Kalf.

Son cerveau tournait à pleine vitesse. Il avait beau retourner le problème en tous sens, une seule idée revenait : rien ne semblait les relier avant le théâtre. Pire encore, il ne trouva aucun papier sur le metteur en scène. Quelqu'un le connaissait-il avant le club de théâtre ?

Il repensa aux paroles de Prudence. Wilkie et lui semblaient très proches. Peut-être trop ? Que cachaient-ils ? Une haine pour Gravis ? D'accord, mais pour quelle raison ? Il étala les photos devant lui. À la mort de son époux, la bienfaitrice semblait brisée de chagrin. Elle, si active, resta cloîtrée pendant… il chercha l'article. Six mois.

Six longs mois sans tricoteuses. Sans enfants défavorisés. Sans badminton et surtout sans potager. Puis, du jour au lendemain, elle quittait la tranquillité d'un village pour la frénésie de la capitale. Pourquoi ? Il examina le visage du metteur en scène.

Étrange sensation.

Il relut l'article de l'ouverture du club.

Rien de nouveau.

Il observa la photo. Ce visage rond. Cette barbiche ridicule. Et les foulards. Comme tout ceci lui semblait familier. Son pied glissa sur un papier au sol. Il se pencha. Il le ramassa quand son regard fut attiré par le journal *Sud-Ouest* du jour, oublié sur une chaise de l'entrée de la salle. Au-dessus, l'affiche d'une jeune femme, tout sourire, qui vantait une brosse à raidir les cheveux. Elle lui fit penser à Rosita Maille. Après l'avoir croisée plusieurs fois au Bar de l'Estuaire, impossible de l'oublier.

Bon sang. Léon von Kalf n'avait-il pas eu une aventure avec l'assistante de Gravis ? En voilà, un beau mobile pour une Wilkie défenseur de la veuve et de l'orphelin. Ou encore pour un von Kalf protégeant la vie de sa maîtresse. Après tout, qu'avait infligé le dentiste à son assistante ? Il y en avait déjà huit qui portaient plainte pour violence.

L'escalade des sévices de Gravis sur ses employées aurait pu les pousser à passer à l'acte. Empêcher Gravis, l'intouchable, de nuire ! La mère de son directeur de rédaction avait un lien avec von Kalf. Ce dernier avait un lien avec l'assistante de Gravis. Le dentiste avait un lien avec chacun d'eux. Coïncidence ?

Richard aurait répondu par l'affirmative s'il n'y avait pas ce maudit club de théâtre. D'instinct, il savait que quelque chose s'y tramait. Wilkie, désormais, ne se consacrait qu'à cette unique activité. Pourquoi avoir abandonné le tricot, le potager, les orphelins ? Il repensa à la pseudo-amnésie de cette dernière. Sa filleule avait peut-être raison. Augusta Wilkie pouvait mener une double vie susceptible de détruire la carrière de son fils.

Il fit claquer quelques phalanges et se recoiffa. Prudence avait témoigné avoir été agressée par deux personnes, dont une femme. Celle qui tenait le bâton. Son contact à la gendarmerie lui avait glissé le compte rendu de l'interrogatoire. Il se mit à penser à elle. Sa gorge se serra. Il était encore furieux contre elle. Comment avait-elle pu…

La porte de la salle des archives s'ouvrit. Richard leva les yeux, les traits tirés et les lèvres serrées. Il salua la jeune femme de la tête. Elle lui sourit. Il s'apaisa. Il quitta sa chaise pour venir la saluer. Elle tendit la main :

— J'espère ne pas être en retard.

— J'ai tout mon temps. Je vous remercie d'avoir accepté de me rencontrer.

Elle rougit quand il tira une chaise pour qu'elle s'asseye. Ce journaliste aux yeux bleus possédait un charme déroutant. Elle s'installa sans remarquer la satisfaction sur le visage de Richard. Il ne doutait jamais de son pouvoir de persuasion. Mais, là, il avait fait fort.

— De quoi voulez-vous parler ?

— J’ai remarqué que vous étiez proche des membres du club de théâtre de Supplicy. J’aimerais vous poser quelques questions.

Elle éclata de rire. Fraîche, aimable et naïve, comme souvent les jeunes femmes de son âge. Il fut touché par sa spontanéité et la douceur de ses traits.

— Ça peut prendre des jours ! Ça se voit que vous ne les connaissez pas. Ce sont de sacrés personnages.

Il s’enfonça dans sa chaise et sourit :

— Je vous ai dit que j’avais tout mon temps.

40

Une promesse est une promesse. Tel était l'adage de Célia Petitmont. Convaincue de ne pas mériter la chance qu'elle avait depuis plusieurs mois, Cély mettait beaucoup de cœur à l'ouvrage. Même si la distribution des objets de sœur Marie-Madeleine la franciscaine pouvait lui coûter son héritage, personne ne serait oublié. Foi de Cély !

Appliquée à sa tâche, elle avait noté les trente-deux objets à redistribuer dans un fichier Excel classé par villes. Elle était partie de la plus lointaine à la plus proche. Ce qui lui avait permis de parcourir, de septembre à décembre, la France entière, elle qui n'était jamais allée plus loin que La Rochelle.

Lyon fut une destination pluvieuse. Grenoble, trop fraîche et humide pour ses os. Brest, une joie de retrouver l'océan. Paris, un émerveillement au-delà de ses rêves – séjourner trois jours sur l'île de la Cité ne pouvait être qu'un enchantement. Marseille, immense soleil qui réchauffa son cœur l'espace de deux jours. Toulouse, un sourire aux lèvres permanent.

Cély visita sept villages au cœur de la Creuse, de la Corrèze, des Pyrénées, de la Savoie, de la Normandie, de la Corse et du pays Niçois. Quel ravissement pour quelqu'un qui n'avait voyagé qu'à travers une émission culinaire d'Arte ! Sa quête touchait à sa fin. Il restait trois objets à remettre à un dénommé père Valentin, domicilié à Supplicy-sur-l'Isle.

Cély s'amusait à l'appeler sa « Sainte Trinité » : une bible aux pages chiffonnées, une paire de chaussons usée jusqu'à la corde et une médaille de saint Christophe, le saint de tous les voyageurs. Son pèlerinage s'achevait ici et Prudence accepta de l'accompagner. Elle en avait plus qu'assez de sa cage dorée.

Pour l'occasion, la toujours quadra se rendit à Bordeaux afin d'y acheter des habits plus « catholiques ». Elle voulait faire grande impression. Cély prit rendez-vous avec le père Valentin le samedi suivant. Les deux femmes se sentaient fin prêtes.

Cély était vêtue, comme à son habitude, d'un pantalon à pinces noires, de petites chaussures vernies, d'un chemisier blanc et d'une grosse veste en laine rouge. Prudence, avec une longue robe noire à col Claudine, une veste et des chaussures blanches, ressemblait étrangement à une première communiante. Elle, qui se revendiquait athée, semblait impressionnée à l'idée de rencontrer un homme d'Église.

En cette dernière journée avant Noël, les deux femmes prirent le chemin du Bouchon-Vaseux, à l'Ouest. Devant une modeste maison en pierre, le père Valentin les accueillit à bras ouverts. Pour l'occasion, son intendante, madame Albin, avait préparé des brioches et un café chaud, épicé à la cannelle. Elle les invita à entrer.

Surprise par la bonhomie et la simplicité de l'homme, Prudence se détendit. Brun, les cheveux frisés, tout en lui le rendait bienveillant. La rondeur de son visage. Son petit nez tombant. Le rose de ses joues fatiguées. Ses grands yeux marron débordant de compassion. Sa bouche rieuse.

Son étonnante barbe en broussaille. Rondouillard, il se déplaçait avec grâce et lenteur. Il devait approcher des trente ans.

Prudence eut, tout à coup, l'impression d'être avec des amis. Ici, nul besoin de faux-semblants ou d'étiquettes. La simplicité et la gentillesse naturelle du père Valentin transformèrent une rencontre officielle en un doux moment passé à trois. Quand Célia lui remit sa Sainte Trinité, il ne put cacher ses larmes. Sœur Marie-Madeleine avait été une rencontre déterminante. Il vanta son empathie et raconta combien elle fascinait par sa charité d'âme.

Marie-Madeleine voyait le meilleur, comme le pire, en chacun. Et devant l'honneur que la religieuse avait fait à Célia en partageant son héritage, le « moine » de Supplicy – comme l'appelaient les anciens du village – ne put que l'aimer. Devant lui se tenait un ange d'innocence qui le bouleversait plus que de raison. Les souvenirs de son amitié pour Marie-Madeleine aussi y participaient. Grâce à elle, Valentin avait choisi les ordres. Il vivait en ermite derrière les marécages du village. Une vie en tout point semblable à celle dont il rêvait au séminaire.

À ses yeux, le monde d'aujourd'hui l'oppressait. Il aurait été incapable de vivre en dehors du Bouchon-Vaseux. Quelque chose de pourri gangrenait l'humanité. La laideur de l'argent envahissait tout. Le père Valentin constatait ces dégâts chaque jour sur ses ouailles qui étaient pour certaines vénales ou cupides, égoïstes pour d'autres. Elles ne connaissaient plus ni morale ni déférence.

Chaque valeur était faussée. Les violences primaires, intrinsèques au capitalisme, se répandaient dans chaque couche d'une société qui confrontait, sans vergogne, les pauvretés entre elles. Le plus démuni haïssait celui qui avait moins que lui. L'ouvrier craignait celui qui vivait avec rien. Le cadre écrasait celui qui travaillait pour lui, convaincu que l'argent, seul, déterminait la compétence. Le bourgeois crachait sur les travailleurs honnêtes qui cherchaient juste à imiter sa vie. Et « l'important », celui qui profitait le plus du chaos engendré par le capitalisme, dissimulait sa médiocrité et son inutilité à grands coups de réseaux, de corruption, et de messages de rejet. Il y parvenait avec aisance, aidé par une élite intellectuelle chaque jour plus raciste, plus inhumaine, plus dangereuse pour la civilisation.

Les gentils, les intelligents, les altruistes et ceux dotés d'une grande sagesse ne trouvaient plus leur place dans la société des hommes. Aujourd'hui, les médiocres restaient entre médiocres, cloisonnant et sclérosant tout. La laideur de cette société lui devenait, chaque année, plus insupportable. Seuls le calme et la protection de son sanctuaire l'apaisaient. Parfois, comme aujourd'hui, il retrouvait foi en l'humanité dans le visage d'un être aussi doux que Célia. Conscient que ça ne durerait pas – car Cély devra repartir bientôt –, il décida d'en profiter.

Il leur raconta ses souvenirs d'enfance. Orphelin de parents exécutés par une milice d'extrême droite au début des années 2000, il avait grandi chez les religieuses. Il y avait apporté la violence de sa vie qui lui avait valu nombre de coups de bâton et de privations. Jusqu'au jour où sœur Marie-Madeleine l'avait pris sous son aile. Elle lui apprit à aimer sa vie. À aimer les autres. À dix-huit ans, il prit le froc et fut choisi pour faire ses études au Vatican. Trop de politique. Trop d'hypocrisie. Il quitta le Saint-Siège et fut envoyé dans sa ville natale : Supplicy-sur-l'Isle. Il y vivait depuis maintenant plus de sept ans et remerciait le ciel d'être protégé entre les murs de sa discrète bâtisse.

Prudence et Célia se délectaient de l'histoire du père Valentin. Il possédait un talent de conteur. Elles dressèrent l'oreille quand il se mit à parler du meurtre au village. Le dernier des Gravis avait été assassiné.

— Celui-là portait fièrement l'héritage familial, dit le père Valentin, sans aucune forme de procès.

Ayant côtoyé de très près le dentiste, Célia osa demander :

— Qui étaient les Gravis ?

— Personne ne vous l'a raconté ? Comme c'est étrange. Les gens ici aiment beaucoup cette histoire.

Les yeux écarquillés, elles attendaient la suite. Elles ne furent pas déçues :

— Le village de Supplicy-sur-l'Isle a vu le jour grâce à l'ancêtre du docteur Gravis. C'était au dix-huitième siècle. Un armateur qui fit fortune sur le port de Bordeaux, à la grande époque. On raconte qu'il était présent lors du premier envoi d'esclaves en Amérique en 1686, quai des Chartrons. Cent trente mille personnes furent déportées ce jour-là. Le quartier le plus prisé des portefeuilles aisés d'aujourd'hui saigne toujours de l'esclavagisme d'hier. D'abord spécialisé dans les armes vers 1680, l'ancêtre des Gravis se serait rapidement rapproché du trafic d'êtres humains, plus lucratif. Sa fortune, colossale, lui permit de s'acheter des vignes au sud de Bordeaux. C'était une pratique en vogue chez les commerçants d'esclaves bordelais. Il y fit construire son château, sur les hauteurs des coteaux. Il se garda quelques esclaves pour exploiter ses terres. Déjà à l'époque, il avait la réputation d'être impitoyable. Il rendait justice lui-même. Certains racontent qu'il tuait les nouveau-nés de ses esclaves comme il tuait des portées de chiots. Tous le craignaient, mais son commerce florissait. Richissime, il acheta le titre de vicomte et tout un village se développa autour du château et de la vigne. Voici comment est né Supplicy. Le « supplice de l'île », du nom de cet endroit où le vicomte rendait sa justice, sur une presqu'île de la Garonne, aujourd'hui engloutie.

— C'est glauque. C'est affreux ! C'est choquant !

Prudence laissa échapper sa réflexion et mit ses mains devant la bouche. Le père Valentin rit de bon cœur et les regarda, l'une après l'autre. Cela faisait fort longtemps qu'il n'avait pas passé un moment aussi agréable en aussi charmante compagnie.

— Si vous revenez me voir après les fêtes de fin d'année, je vous raconterai la suite des histoires des Gravis. Vous n'êtes pas au bout de vos surprises.

Le rendez-vous était pris. Enfin, quelqu'un, dans ce village, était prêt à révéler les mystères de Supplicy-sur-l'Isle.

41

Mi-janvier, Léon fit un retour victorieux. Secoué, plus que de raison, par les événements – et surtout par l'interrogatoire musclé de ses comédiennes –, le metteur en scène était resté cloîtré chez lui trois semaines. Il déclara ne vouloir voir personne. La première semaine, il fit courir une rumeur autour de son état de santé qui se dégradait à vue d'œil. La deuxième semaine, l'inquiétude grandit quand son infirmière, lors de sa tournée, raconta qu'il refusait de s'alimenter à cause de son chagrin. La troisième semaine, il reçut la visite de madame Wilkie. La quatrième semaine, un miracle se produisit : le metteur en scène retrouva la santé. Avec elle, le moral et l'énergie. Le jeudi même, les répétitions pouvaient reprendre sans Noémie.

La reprise se fit en douceur. Chacun jaugeant l'autre. Léon von Kalf insista sur son état de fatigue extrême. Pour les membres de la troupe, l'art de la comédie du metteur en scène s'exprimait dans toute sa splendeur. Il leur sortit le grand jeu. Arditi et Torreton n'avaient qu'à bien se tenir.

Leur scénographe prit une nouvelle résolution. Conscient de la perte de temps qu'il avait accumulée depuis la tragédie de Supplicy, il tenait à y remédier. De plus, la troupe devait se reprendre. Aux oubliettes, les accusations de meurtre. Tout était pardonné. La cohésion de groupe restait essentielle dans la réussite d'une pièce digne de ce nom. Dans six mois, ils joueraient leur unique représentation de *Huis clos*. Travailler avec des amateurs, d'accord, mais pas pour faire dans la médiocrité. Il demanda à sa troupe un investissement. Investissement qui débutait par la connaissance du texte par cœur. Par des répétitions ciselées. Par des exercices de mouvements et de respiration. Par du sérieux. Encore du sérieux. Toujours du sérieux.

En un mois, il constata les premières améliorations. Il poursuivit sa tâche, demandant davantage d'efforts et de temps à sa troupe. Cette dernière, d'abord rebutée par les exigences nouvelles du metteur en scène, venait à reculons. Fin février, la compagnie avoua prendre un grand plaisir à l'apprentissage de l'art de la scène et chaque comédienne affirma ne pas regretter son inscription au club.

Après une semaine de giboulées qui avaient détrempé les terres et failli faire déborder la Garonne, le scénographe débarqua un jeudi, deux lourds cartons en main. L'heure était venue de faire la promotion de la représentation de fin d'année. Désormais satisfait du jeu d'acteur de sa troupe ainsi que du travail technique de sa régisseuse « fauteuse de troubles » Prudence Poivert, le club pouvait communiquer sur le spectacle d'été. Quoi de plus satisfaisant pour un artiste que de rencontrer son public ?

Georgette et Fanny devaient couvrir la partie « aisée » de la rive gauche – la plus en adéquation avec madame Pérouse d'Angevin. Quant à Prudence et Célia, elles parcourraient le Bouchon-Vaseux et la rive droite plus populaire – et plus en phase avec la modestie de Cély. Elles héritaient des quartiers de La Lamproie et de La Pibale. Les deux autres complices, enfin, se coltinaient Le Nouaisson, Le Ripassou et La Pinardière.

Les responsables des quartiers les plus cool – le nord et l'ouest – passaient de maison en maison, accumulant accueils chaleureux, tasses de café bouillant, petits biscuits de supermarché et éclats de rire. Celles du sud et l'est croisèrent portes closes, bienvenues guindées, invitations calculées et commérages « en veux-tu, en voilà ».

Prudence et Célia devaient finir par le lotissement de La Lamproie. La petite Noémie leur en avait parlé avec beaucoup de chaleur. Elle y avait passé son enfance dans la famille d'accueil des Marronnier et y vivait toujours. Les deux femmes avaient hâte de les rencontrer. Elles ne pouvaient pas mieux finir leur tournée de promotion.

De leur côté, Georgette et Fanny mirent un temps fou à se débarrasser de leurs publicités. Vaincues par le manque de sympathie de la populace des quartiers huppés, elles optèrent pour une retraite au Bar de l'Estuaire. Un vent cinglant soufflait depuis les premières heures de la journée. Elles rêvaient d'un café chaud et d'un verre de cognac.

Une fois installées sur leur banquette attitrée, elles patientèrent pour leur commande. Elles se taisaient. Chose rare chez les amies plus habituées aux disputes qu'au silence. Sauf que cette fois-ci, elles se tenaient tranquilles pour une bonne raison : la conversation de deux jeunes filles, derrière elles, accaparait toute leur attention.

Une certaine Iris relatait à une Aline un échange surpris dans un parking de la résidence huppée de Fanny Coleman – cette dernière se figea et redoubla de vigilance.

— Les meufs, expliquait Iris, discutaient d'une arnaque sur un toubib du coin. Il y avait ma copine et sa complice. Elles parlaient de simuler une agression pour faire cracher « cette raclure de dentiste ».

— Oh non ! Arrête !

— La vérité ! Ensuite, ma pote jouerait les amnésiques !

La mémoire revenue, elle avait l'intention d'accuser son employeur de coups et blessures. Avec le procès des huit dernières assistantes de Gravis, elle comptait se faire un bon paquet de fric.

— Merde ! Sauf que Gravis a été assassiné avant que ta copine retrouve « officiellement » la mémoire.

— C'est clair ! Ma pote devait être retrouvée près du Viaduc, dans le bois du même nom, par sa complice, après avoir été laissée pour morte. Mais la complice n'était pas chaude chaude pour la tabasser.

Aline, excitée comme une fan de téléréalité découvrant que son candidat détesté quitte l'aventure, s'écria :

— Putain, Iris ! Qui était l'autre femme avec cette salope de Rosita ?

— Une vieille, répondit cette dernière en mâchant bruyamment son chewing-gum à la fraise.

Son amie la commère insista.

— Tu peux la décrire ?

Question pertinente selon Georgette et Fanny.

— Je ne l'ai pas vue. J'ai juste entendu « Augusta, oh, ma Augusta » !

À leur connaissance, les deux membres du club n'en côtoyaient qu'une. Impossible que ce soit la même. Aline sursauta sur la banquette :

— Putain ! Ça ne serait pas la vieille bourrée de fric du théâtre ? Eh ben, elle ne s'emmerde pas, la garce !

— Peut-être bien ! Pourquoi ? Tu la connais ?

— C'est celle qui se tape l'autre tapette aux foulards.

— Sérieux ! L'ex de Rosita ?

— D'après ma tante…

— La caviste ?

— Non ! Jeannette, du magasin de fleurs !

— Ah, d'accord.

— Ouais, ben d'après elle, la vioque passe son temps chez lui, à y faire je ne sais trop quoi ! Si tu vois ce que je veux dire.

— Arrête, c'est dégueulasse.

— Attends ! Ce n'est pas tout ! Pendant qu'il était malade, il a bavé à l'infirmière des trucs super chelous !

— Sur la vieille et lui ?

— Ouais ! Du côté de l'écluse, ils auraient agressé la meuf qui vient d'aménager il y a quelques mois.

Le café et le cognac arrivèrent enfin. Georgette et Fanny se firent d'autant plus discrètes. Au même moment, une deudeuche jaune mimosa passait devant le bar, direction sa dernière destination de la journée : le lotissement de La Lamproie.

42

Située à l'extrémité sud du lotissement, la demeure des Marronnier se distinguait par le rouge vif de ses volets dernièrement repeints. Entourée de pavillons aux murs saumon et aux volets marron, elle détonnait.

L'avant-cour, véritable zone de non-droit où régnaient en maîtres vélos et scooters, frôlait le chaos. Devant le portail, Prudence et Célia se demandèrent comment elles allaient pouvoir atteindre la porte d'entrée. La pile de tracts dans une main, Prudence se décida à affronter les épaves d'acier et de caoutchouc. Cély la suivit, marchant dans ses pas.

Un dépliant à la main, Prudence désigna du coude la sonnette pour que Célia l'actionne. Un « J'arrive ! », suivi d'une série de pas lourds dans un couloir, leur indiqua qu'elles n'auraient pas longtemps à attendre. La porte s'ouvrit. Une femme, la cinquantaine, vêtue d'une robe de chambre rose et une paire de charentaises aux pieds, les accueillit. Une cigarette au coin des lèvres, elle observa les intruses d'un air suspicieux :

— Si ce sont les témoins de Jéhovah, je ne suis pas intéressée !

Prudence et Célia se mirent à rire. Elles ne comptaient plus le nombre de fois où on les avait confondues avec les témoins de Jéhovah.

— Je me présente, Prudence, du club de théâtre de Supplicy.

Elle lui tendit une brochure et expliqua :

— Nous organisons, au mois de juillet, la représentation d'une pièce du vingtième siècle. Et laissez-moi vous présenter le personnage principal, qui est censé jouer l'homme : Célia Petitmont !

La femme au chignon éclata de rire :

— Bien ! Ce n'est pas banal ! Rien que pour voir ça, elle me dit bien, votre pièce. Elle cause de quoi ?

— Impossible de répondre à cette question sans dévoiler la fin. Mais je vous assure que c'est mortel.

— Bien ! Je vais essayer d'traîner mon mari. Je vais bien me marrer. Ne restez pas comme ça dans le froid, avec la giboulée de la semaine dernière, l'humidité est partout. Entrez Madame (elle gloussa) et Monsieur. Vous boirez bien un petit kawa ?

Les deux femmes, tout sourire, la suivirent. Elles surent, à la minute où elles découvrirent madame Marronnier, qu'elles venaient de rencontrer un être aimable. Cela venait peut-être de son allure imposante. De son nez camus et de ses yeux ronds. Ou bien, de son teint frais et de ses joues roses virant au cramoisi à chaque éclat de rire. Bien en chair, un embonpoint avait pris place sur ses bras et son ventre. Le tout étant parfaitement proportionné. Son épaisse tignasse, colorée à l'auburn de supermarché, lui donnait du fil à retordre. Elle passait ses journées à l'attacher et à la détacher, ne trouvant jamais la bonne solution.

Un long couloir débouchait sur une salle à manger aussi colorée et désordonnée que l'extérieur de la maison. Table ovale avec nappe cirée jaune poussin. Chaises aux couleurs de l'arc-en-ciel, aux peintures plus ou moins réussies. Landau de bébé à larges roues. Caisses pleines de jouets. Un tapis à poils longs vert côtoyait un tapis dessinant une route, une serpillière décorée de papillons et une peau de chamois grisée par le temps. Au mur, des dessins d'enfants soigneusement encadrés et alignés détonnaient avec la pagaille environnante. Sur une étagère, Prudence remarqua trois cadres photo en couleur alignés. Dans l'un d'entre eux, cinq jeunes enfants souriaient. À gauche, deux petits blonds semblaient être jumeaux. Au centre, deux fillettes riaient. À droite, un jeune garçon, apparemment plus âgé, penchait la tête vers la plus jolie des fillettes. Ils avaient l'air si insouciants !

Célia et Prudence se frayèrent un chemin à travers des peluches, des cartons et d'autres éléments indéfinissables jonchant le sol. Une fois attablées, elles patientèrent. L'hôte de maison ne se fit pas attendre longtemps. Trois tasses dans une main, en équilibre, et un pichet de café dans l'autre, elle installa sa vaisselle – pas plus grande qu'une dînette – et commença le service :

— La Garonne a bien failli déborder. On est passés à rien d'une inondation comme on n'en avait pas vu depuis la tempête de 1999.

— Il ne fait pas bon aller se promener sur les berges par un temps pareil.

Prudence, l'air de rien, en mélangeant son sucre, commençait fort. Célia la suivit :

— J'ai envie de dire, il est fortement déconseillé d'y aller tout court !

— Bien ! C'est certain. C'est là-bas qu'ils ont retrouvé Gravis cané et qu'une petite dame s'est fait assommer.

Cély prit un sucre à son tour.

— C'était Prudence, la petite dame !

Madame Marronnier les regarda avec tendresse :

— Enchantée de vous rencontrer, madame Poivert, on a entendu parler de vous par ici !

Prudence croisa les jambes et lui sourit :

— Nous aussi, vous savez, on est ravies de vous rencontrer. La petite Noémie a remplacé notre metteur en scène pendant sa maladie. Elle nous a beaucoup parlé de vous.

Madame Marronnier prit place en face de ses deux convives, avec l'envie soudaine de bavarder – elle ne voyait pas beaucoup de monde en ce moment –, et leur sourit :

— Mon mari et moi, on est famille d'accueil. On a toujours aimé les enfants sans jamais pouvoir avoir les nôtres… ! Une bonne gamine, Noémie. Je suis contente que madame Wilkie s'occupe aussi bien d'elle. La gentillesse, cette petite. Et puis reconnaissante, sage. Ça faisait une drôle de différence qu'avec celle qu'on avait avant.

Prudence porta sa tasse aux lèvres. Elle avala une gorgée et ajouta :

— Ça ne doit pas être évident pour les enfants ! Comme pour vous.

— C'est comme tout, ma pauvre dame ! On ne peut pas s'entendre avec tout le monde. Vous avez des enfants qui portent une douceur. Bien d'autres, beaucoup trop abîmés par la vie, qui transforment tout ce qu'ils touchent en violence. Noémie est une brave enfant. Lola, celle avant notre petite, ne savait être que méchante et faire le mal. D'ailleurs, je me demande ce qu'elle a bien pu devenir. Quand on l'a renvoyée à Bordeaux, ils nous ont dit qu'elle avait fugué. Elle n'a jamais cherché à nous joindre. Contrairement à Noémie, qui n'a jamais quitté Supplicy.

Prudence l'écoutait avec attention. Elle devait en avoir vu, des enfants malheureux et détruits par l'égoïsme et la brutalité des adultes. Elle demanda :

— Vous accueillez toujours des enfants ?

— On a arrêté il y a cinq ans. Mon mari a eu un accident et c'était bien difficile pour moi de m'occuper des petits. Alors, on en garde, de temps en temps. Du baby-sitting. Bien, comme ça, on a des nouvelles du village. Comme quand on a appris que cette enflure de Gravis avait cassé sa pipe. Ça nous a bien fait marrer, avec mon mari. Je l'avais dit : "Tu verras, Robert, ce type-là n'atteindra pas la quarantaine."

Cély, la voix douce et posée, touilla son café et raconta :

— C'est Prudence qui l'a découvert dans l'écluse. On ne sait toujours pas ce qui lui est arrivé.

— On dit qu'il a eu la gorge tranchée !

Les yeux de l'ancienne nounou brillaient de curiosité. Prudence fit non de la tête :

— Les gendarmes ne m'ont pas donné les causes du décès.

Le mensonge devenait une sale habitude chez Prudence. Madame Marronnier poursuivit, en levant les bras au ciel, pour étirer ses muscles endoloris par le manque d'exercice :

— Bien, l'important, c'est qu'il se soit fait zigouiller ! Tant mieux, sans vouloir être méchante. Paix à son âme, etc., etc., etc. N'empêche qu'il ne manquera à personne. Le retour de boomerang. Toujours faire attention au retour du boomerang, comme je le répète aux gamins. Vous voyez la maison au bout du jardin ? Là où vit notre petite Noémie ?

Les deux femmes se tournèrent et aperçurent, à travers les fins rideaux de la baie vitrée, le toit délabré d'une maison à l'abandon.

— Le type qui vivait là, notre Henri, était le gars le plus charmant et le plus dévoué du monde. Il élevait seul sa fille et il le faisait très bien. Il avait un don naturel avec les enfants. Même cette teigne de Lola l'adorait. Elle racontait à tout le monde qu'il allait l'adopter. Ce qui était fort probable quand on connaissait le bonhomme. Jusqu'au jour où il s'est pendu. Le Jacquelin ne s'est jamais remis de la mort de sa petite Sarah. Tout le monde au village l'appelait « le père de la morte des vignes ». Il avait toujours été persuadé que c'était le grand-père Gravis qui l'avait poussée. Au bout de quelque temps, il n'en pouvait plus.

— Quelle triste histoire, lâcha Célia.

— La malédiction s'est poursuivie, toujours ce même été. Dans son jardin laissé à l'abandon après son suicide, mon Robert a secouru un gamin qui s'était vautré dans le potager en friche. Il a trébuché et s'est empalé sur un gros tuteur. Pas un tuteur pour géraniums, plutôt un énorme tuteur pour buis. Ils l'ont sauvé, mais il ne pourra jamais avoir d'enfants. Les gamins le surnommaient l'eunuque. Qu'est-ce que ça peut être cruel, un môme ! Enfin, arrêtons de ressasser ces vieilles histoires. C'est quoi votre pièce de théâtre ? Quel genre d'homme êtes-vous, Célia Petitmont ?

— Le genre d'homme peu fréquentable, qui cache bien son jeu !

La sympathique madame Marronnier partit dans un fou rire et ses convives l'imitèrent. Elles passaient un délicieux moment. Et, en plus, elles avaient obtenu de nouvelles informations sur cette insupportable famille. Elles venaient de comprendre que les Gravis s'étaient mis à dos l'ensemble du village après l'histoire de la petite Jacquelin. L'épais voile protégeant les secrets des Gravis se levait doucement.

Prudence sentit son smartphone vibrer dans son sac à main. Elle s'excusa auprès de madame Marronnier et y jeta un coup d'œil.

Message de Fanny :

> Wilkie est mouillée jusqu'au cou dans une sale affaire. Mais, il y a pire. Rejoignez-nous au bar.
> Hurry up !

43

À 14 heures 23 précises, Prudence freina devant chez son voisin, faisant crisser ses pneus. Elle s'apprêtait à quitter la voiture quand elle vit le portail s'ouvrir. Garonnet, les jambes écartées, le dos voûté et les poings appuyés sur les hanches, lui lança un regard noir. Du haut de son mètre quatre-vingt-huit, il la toisait, l'air sérieux. Mince, seul son ventre ressortait. Sa tête ronde, son teint terreux, ses yeux allongés couleur pers et son absence totale de cheveux marquaient bien ses soixante-six printemps.

Pourtant, il fallait prendre garde ! Albert Garonnet ne ressemblait en rien à un vieux pépère à la retraite. Sa démarche précipitée, faite de grandes enjambées, aurait donné un point de côté à n'importe quel gamin de vingt ans. *Idem* pour son regard vif et rusé, et sa bouche charnue et expressive qui laisseraient sur le carreau n'importe quel arrogant. Quant à sa voix, puissante et métallique, elle mettrait en fuite le premier impudent prêt à lui chercher des noises. Le dirlo, comme on le surnommait, impressionnait, intimidait – voire terrifiait.

Prudence leva les mains en l'air, en signe de paix. À défaut d'avoir un drapeau blanc, elle espérait que son irascible voisin comprendrait. Elle se trompait :

— Virez cette horreur jaune de ma route !

Il hurlait de rage. Elle ne se démonta pas :

— Aux dernières nouvelles, cette route est aussi la mienne. Monsieur Garonnet, je suis venue chercher un renseignement et ensuite je vous laisse tranquille.

— Écoutez-moi bien, ma bonne dame. Je commence à en avoir ras le bonbon de vos allées et venues. Autant les vôtres que celles des agents de sécurité. Ou encore celles des vieilles biques du club de théâtre. J'étais peinard avant que vous emménagiez ici. J'ai bien l'intention de le redevenir. Si vous continuez comme ça, je porterai plainte pour nuisances.

Prudence perdit son sang-froid, comme souvent en ce moment – probablement les signes avant-coureurs de la ménopause. De quel droit ce vieux bonhomme aigri osait-il la menacer ? S'il y avait bien quelqu'un ici susceptible de porter plainte, c'était elle. Il l'avait agressée avec une betterave. Le mufle !

— Ne jouez pas au plus malin avec moi, monsieur Garonnet. Dois-je vous rappeler l'agression de l'autre jour sur mon véhicule ?

— Vous rouliez sur mes pâquerettes !

— Espace public, cher monsieur.

— Dans vos rêves, bolchevik. C'est chez moi ! Ma propriété.

— Je peux demander à mon ami, capitaine de gendarmerie, de venir vérifier ça.

Elle bluffait. Sauf que le voisin tomba dans le panneau. Il feignit de se radoucir en glissant les mains dans les poches de son pantalon élimé aux genoux. Enfin ! Un adversaire à sa mesure.

— Vous connaissez un capitaine, vous ? La gauchiste !

— Il est même venu me rendre visite l'autre jour. Boire un café.

— J'ai plutôt cru qu'il venait vous arrêter. D'après ce que j'ai pu comprendre, votre famille est mouillée dans le meurtre de cette bouse de Gravis.

— Absolument pas ! Amaury a été libéré. Il est retourné vivre à Bordeaux.

Elle prit un ton désinvolte et le fixa droit dans les yeux.

— Je ne vous fais pas confiance. Vous êtes une criminelle. Alors, dégagez de ma route !

Il s'époumonait comme un beau diable. Prudence eut tout à coup une certitude : Garonnet lui reprochait ses allées et venues. Il l'espionnait.

— J'accepte d'oublier votre agression de l'autre jour si vous me dites si quelqu'un est resté stationné devant chez moi, fin septembre, sans bouger !

Le vieux bougon réfléchit un instant. Cela faisait longtemps qu'il n'y avait pas eu tant d'agitation au chemin de l'Étang. Il avouait avoir attendu l'arrivée de cette mystérieuse divorcée. Il n'avait pas été déçu. Non seulement la vie semblait reprendre dans ce petit coin perdu de Supplicy. Mais en plus, la voisine avait fait une entrée fracassante avec un meurtre et une agression. Garonnet se délectait des ragots, glanés çà et là, les jours de marché. Exclu de la communauté de Supplicy depuis des lustres, il ne suivait l'activité du village qu'en laissant traîner ses oreilles indiscrètes. Avec les péripéties de Prudence Poivert, il était aux anges. Pourtant, impossible de lui avouer la sympathie qu'il éprouvait pour elle. Il préférait, et de loin, la rendre chèvre. Un des passe-temps préférés de l'ancien directeur d'école à la retraite.

— Vous voulez dire, hormis vous, la grenouille de bénitier, l'Angliche, la Bourge et votre ex-mari ?

Prudence comprit que Célia traînait une réputation de bigote, que Fanny et Georgette avaient d'horribles surnoms et qu'il connaissait même Arthur. Formidable, son instinct ne l'avait pas trompée. Elle insista :

— Avez-vous, oui ou non, vu quelqu'un garé toute une nuit devant chez moi ?

— Sur un autre ton, ma bonne dame, être voisins n'autorise pas de telles familiarités !

— Ça vaut aussi pour vous et votre manie de balancer des légumes pourris sur mon véhicule !

— Je protège ma propriété. À quoi bon vous le répéter ? Vous êtes aussi têtue qu'une mule ! Oui ! J'ai aperçu une voiture juste avant que vous veniez définitivement troubler la tranquillité de MON chemin de l'Étang. Et : non, je ne sais pas qui c'était. En revanche, ils étaient deux. J'en suis certain. Un homme avec une barbiche, ou une barbe, et une vieille aux cheveux au carré. Je ne les ai pas vus repartir. Ils avaient caché leur bagnole de luxe à l'entrée du bois de l'Étang. Derrière les arbres. Au matin, ils s'étaient volatilisés. Satisfaite ?

Elle le savait. Wilkie et von Kalf l'avaient suivie le jour de son agression. Elle bénissait la providence d'avoir mis Fanny et Georgette dans le Bar de l'Estuaire aujourd'hui. Sans la conversation des deux gamines et leurs révélations, elle serait encore en train de chercher la vérité. Pendant sa dépression, le metteur en scène aurait confessé à son infirmière son implication dans l'agression de Prudence. Elle lui avait juré de tenir sa langue avant de tout lâcher à sa meilleure amie : la fleuriste Jeannette. Il ne restait plus à Prudence qu'à trouver une preuve. Le témoignage de Garonnet confirmait la préméditation. Pire encore, la traque. Désormais, elle connaissait ses ennemis. Sans savoir encore s'ils avaient aussi assassiné Gravis.

Elle sourit, d'un sourire qui signifiait merci. Car elle ne le lui dirait jamais, mais elle se réjouissait à l'idée d'avoir un bougon caractériel qui veillait sur le chemin de l'Étang. Elle lui cria :

— Voilà ! Ce n'était pas si compliqué ! Je ne révélerai pas à la gendarmerie votre goût pour l'attaque aux légumes avariés. Du moins, pour l'instant.

— Dites-leur, si vous voulez. Syndicaliste !

Elle retourna vers sa voiture alors que son voisin poursuivait les invectives.

— Délinquante.

Elle lui répondit, sans se retourner :

— Vieux ronchon.

— Filoute.

— Rouspéteur.

Une fois dans son véhicule, elle ne l'entendait plus, mais pouvait voir son voisin gesticuler. Elle remit le contact et remonta la route, sans même adresser un salut à celui à qui elle devait une fière chandelle.

Elle avouait s'être bien amusée avec cet échange d'insultes datant du siècle dernier. Il y avait quelque chose d'attachant chez ce bourru de Garonnet.

44

En cette matinée de juillet, Prudence se leva d'humeur ronchonne. Elle ressassait cette maudite idée depuis des mois. La marraine Wilkie devait être impliquée dans son agression et dans le meurtre du dentiste. La femme qui avait hurlé « Non ! Arrête ! » ne pouvait être qu'elle. Un point restait à éclaircir : le mobile. La haine d'une vieille famille d'esclavagistes ne pouvait pas être l'unique motivation de la richissime Wilkie. Et pourquoi elle, Prudence ? Qu'est-ce que von Kalf et la vieille avaient l'intention de lui faire ?

Depuis des mois, les filles disaient qu'il n'était pas nécessaire de chercher plus loin. Tout les désignait comme coupables : les ragots de la fleuriste, le témoignage de Garonnet, leurs regards fuyants au club. Tous deux cachaient de vilains secrets. Il ne restait qu'à trouver les preuves indiscutables. Elles s'y échinaient depuis février. De son côté, Prudence tentait de les convaincre de creuser ailleurs. Elles étaient passées à côté d'un truc. Son instinct la poussait à connaître le pourquoi avant d'avancer le comment.

À l'aurore, elle s'habilla légèrement. Elle enfila son trench beige, chaussa ses bottes en plastique et récupéra un guide de la région. Elle laissa un mot à Célia : « Partie en balade. » Son amie ne s'inquiéterait pas de la savoir dans le bois d'à côté. Sauf que Prudence quittait le chemin de l'Étang.

Elle sauta dans sa voiture et fila, à toute bringue, en direction des faubourgs du village. Jusqu'ici, mis à part les bois, le chemin de l'Étang, le centre du village et les quartiers de la rive droite, elle n'avait pas vraiment fouiné du côté des riches habitations. Même si une de ses amies logeait dans une fameuse maison d'architecte de Supplicy, l'occasion ne s'était pas présentée. Elle choisit de passer par le bourg. Puis elle descendit la rue Victor-Hugo, qui desservait la majorité des maisons. Dissimulées derrière portails, palissades et murs de pierre, Prudence n'apercevait que les derniers étages des baraques qui lui parurent gigantesques. En passant devant une série de vignes, elle freina. Un panonceau indiquant « Château Gravis ». Un sentier de terre bordé de platanes menait au portail en fer forgé de la maison qui avait abrité une famille de déments.

Prudence se remit en route. Elle s'arrêta, à nouveau, et descendit de son véhicule. Elle venait d'arriver à destination. Elle était dans Le Ripassou, devant la demeure d'Augusta Wilkie. Elle gara la voiture dans un chemin, à l'abri des regards, et longea, à pied, l'enceinte en pierre de l'immense résidence. Une rigole boueuse séparait le mur de la route. Avec précaution, elle marcha sur la route, en jetant des regards à droite et à gauche, et atteignit l'orée d'un bois. Une piste sauvage s'ouvrait sur la partie sud du mur. Elle s'engagea dans les sous-bois. Après une marche de dix minutes, elle tomba sur un petit portail qui donnait à l'arrière de la maison. Il marquait la fin de l'étendue du terrain de la propriété.

Elle s'apprêtait à poursuivre dans la même direction quand elle remarqua un changement du sol. Désormais, il n'y avait plus ni fougères, ni herbes hautes, ni fossés, ni amas de boue. Sur sa gauche serpentait un sentier structuré et entretenu. Intriguée, Prudence changea de direction. Après presque une heure de marche, elle se retrouva au milieu d'une vaste forêt. Des bancs en bois servaient au repos des promeneurs. Elle marcha sur un cèpe pourri. Prudence devait être dans le coin à champignons préféré de monsieur le maire. Pendant le pot de bienvenue au mois de septembre – ou d'hommage au dentiste décédé –, le premier élu du village, en grand amateur de champignons, avait rebattu les oreilles de Prudence de ses balades en forêt et de ses découvertes. Un lieu le passionnait : la vallée d'eau surnommée « la forêt des Feuillus », juste à côté des berges aménagées du canal de Garonne. Il songeait à faire privatiser l'espace – de peur qu'on lui vole son coin à champignons. Le maire avait sous-entendu, à plusieurs reprises, qu'il devait exister un coin à truffes quelque part dans la forêt des Feuillus. Et précisé qu'en ce moment, la morille conique et la truffe d'hiver pouvaient se trouver aux pieds d'un orme ou d'un frêne. Pour cela, il fallait passer par l'entrée ouest du bois du Canal… entrée que Prudence ne connaissait pas.

Comment cela pouvait-il être possible ? Elle prit à droite, délaissant le sentier. Elle devait en avoir le cœur net. Elle évoluait au milieu des pignes de pin mortes et d'un sol détrempé par les pluies d'été. En atteignant les limites de la forêt, elle pouvait apercevoir les berges aménagées et les graffitis de l'écluse. Comment avait-elle pu rejoindre aussi vite le bois du Canal ? La balade lui avait pris à peine une heure !

Elle longea l'orée à toute vitesse, s'imaginant déambuler au beau milieu de la nuit, jusqu'à ce qu'elle trouve un chemin pour rejoindre les berges. Elle aperçut un dénivelé et s'y engagea. Elle descendit à toute allure et glissa. Elle tomba sur les fesses et se releva. Elle fit un pas. Quelque chose semblait retenir le bas de son trench. Elle frictionna sa cuisse endolorie par la chute et tira, de toutes ses forces, sur le tissu de son pardessus. Elle avait beau agiter les bras, pousser sur les jambes. Rien n'y faisait !

Elle se retourna. Son manteau de pluie semblait être accroché à une racine. Elle se saisit de son imperméable et secoua le pan de son vêtement, le corps penché vers l'arrière. Elle se plaça perpendiculaire à la pente de la berge, leva un bras à l'opposé, pour faire contrepoids, tout en tirant avec l'autre main pour libérer le tissu.

— Bon sang ! Viens ici !

Elle gesticulait et s'énervait au point que ses joues s'empourprèrent. Elle commençait à être fatiguée des gadins qu'elle prenait en forêt. Heureusement pour elle, c'était toujours sans témoin.

— Prudence ! Tout va bien ?

Elle releva la tête et chercha du regard. Qui l'appelait ? Un groupe de mondains, agglutiné autour d'une table débordante d'huîtres, de vins, et de cannelés, l'observait depuis une péniche grand luxe arrimée au bord de la berge. Les rombières gloussaient derrière leur petit doigt levé pendant que ces messieurs exécutaient des mouvements de tête de droite à gauche. La bêtise de certaines femmes au vingt et unième siècle frôlait le ridicule. Un seul homme ne riait pas. Celui-là même qui venait de l'interpeller. Richard Boileau reposa son verre de vin sur la table, contourna une madame Wilkie estomaquée et marcha vers Prudence. Il lui hurla :

— Laisse-moi t'aider. Il semble que le tissu soit pris dans une branche.

— Pas la peine. Je gère.

Confuse, elle se répandit en excuses. Elle n'avait pas remarqué qu'elle troublait un déjeuner important. Elle voulait juste faire une balade matinale. On n'avait pas idée de mettre autant de racines et de branchages dans une forêt. Richard quitta la péniche et remonta la berge pour la rejoindre.

Prudence s'apprêtait à lui dire qu'il n'était pas utile de se déranger quand elle entendit :

— Prudence ?

Georgette venait d'apparaître devant la table des victuailles avec le maire Pouillot à ses côtés. Ce dernier lança :

— Madame Poivert ! Quelle bonne surprise ! Veuillez m'excuser de ne pas vous avoir conviée à notre *party*, mais nous avons décidé de faire ça entre amis très proches. Vous avez un souci ? Rien qui ne soit réparable, j'espère ?

— Ne vous inquiétez pas, monsieur le maire. Une histoire d'imperméable. Une fois libérée, je retournerai à mes activités. Désolée pour le dérangement.

— Jamais vous ne dérangerez, madame Poivert. N'est-ce pas les amis ?

Un sympathique sourire aux lèvres, il regarda chaque convive. À l'unisson, ils lancèrent des « nullement », « absolument pas », « charmante personne que cette madame Poivert », « il n'est pas interdit de marcher sur les berges ». Puis chacun reprit sa conversation pendant que Georgette prenait congé du premier administré de la ville et se précipitait vers son amie.

Richard se trouvait à quelques pas d'elle. Dans cette lumière estivale, elle le trouva sublime, athlétique et irrésistible. Elle se revit, quelques mois plus tôt, dans ses bras. Un profond sentiment d'injustice et de remords lui tordit le ventre. Plus il s'approchait et plus elle perdait pied. Elle se sentait partir en arrière. Elle s'effondrait dans ses regrets. Non ! Prudence tombait réellement.

Son trench venait de se libérer.

En une fraction de seconde, son dos heurta le sol. Elle vit ses jambes passer au-dessus de sa tête et dévala la berge en roulé-boulé. Elle retrouva espoir à l'approche du canal. Le béton ralentirait la descente.

Espoir vain.

Plus rien ne pouvait arrêter ce corps lancé à toute vitesse.

Prudence plongea, la tête la première, dans les eaux vertes du canal de Garonne.

45

L'important lors des mondanités tient en un mot : préparation psychologique. Dans un univers où les postures, la repartie et les jeux de façade sont au centre de tout, il était impossible d'ignorer cette étape. Pour les novices, ou tous ceux se trouvant en dehors de cette mascarade humaine, on pourrait voir une invitation à déjeuner du maire comme un simple repas convivial. Pourtant, il n'en était rien !

Georgette, experte dans l'art du savoir-vivre, savait ce qui l'attendait. Pour une fois qu'elle acceptait de participer, il lui était inconcevable de se laisser piéger par une question dont elle ignorait la réponse. Une anecdote qu'elle ignorait sur un notable du village. L'adresse d'un resto tendance. Elle se devait d'être préparée. Le mental faisait tout !

Georgette possédait de sacrées munitions. Elle pouvait se dire connaisseuse en art pictural, sculptural et surtout architectural. Elle se défendait en gastronomie. Elle maîtrisait sur le bout des doigts les manuels de savoir-vivre. En revanche, elle avouait avoir quelques lacunes en cinéma ou musique contemporaine. Ce qui amusait Fanny qui se délectait de la faire enrager.

De ce côté-là, lors des réceptions du maire, elle ne risquait rien. D'après ce qu'elle avait entendu, l'élu local, en dehors des espaces naturels de son village, ne s'intéressait guère à son époque. Quant à sa femme et à son groupe d'amies, seules les rumeurs d'alcôve les intéressaient. On pouvait croire qu'elles n'étaient que des vulgaires commères, mais vu leur niveau de richesse pécuniaire, on parlait davantage de ragots de cours et de nouvelles. Bien plus utiles pour menacer ou effrayer.

Georgette ne mangeait pas de ce pain-là. Connaître les mœurs des notables et bourgeois bordelais la passionnait autant qu'un feuilleton télévisé quotidien. Depuis la nuit des temps, les puissants, friands de morale et d'éthique chez les autres, se vautrent dans tous les excès et les vices que leur argent et leur statut d'intouchable leur autorisent. Autrement dit, tout ce que l'homme possède en imagination de perversité et de corruption pour briser l'ennui de sa vie.

Georgette pensait avoir fait le tour de la question, qu'il s'agisse d'intrigues politiques, de débauche, de drogue et d'alcool. Toutes les sexualités, plus laides et sales les unes que les autres. Rien ne lui avait été épargné ces dernières années. D'où son soulagement de fréquenter, depuis peu, ses camarades du club de théâtre. Cela faisait bien longtemps qu'elle n'avait pas rencontré des gens aussi équilibrés, aux comportements sains, qui n'étaient ni dans la domination, ni dans les tourments que seuls les riches pouvaient connaître.

Pourtant, il lui était de plus en plus difficile de passer tout son temps en compagnie de Fanny, Cély et Prudence. Car son rang d'héritière des boutons de manchette de luxe Pangevine l'avait précédée. Son passé de mondanités aussi. Elle avait donc accepté l'invitation de monsieur le maire au « buffet huîtres et vins blancs ». Invitation qu'elle esquivait depuis son arrivée à Supplicy. Presque deux ans.

Un apéritif sur les berges, « en toute simplicité » selon le maire Pouillot, avait été organisé avec certains grands industriels du pays. Georgette détestait la mentalité des grands patrons. Elle allait passer un horrible déjeuner. Le mot était faible. Georgette vivait un véritable calvaire.

Heureusement, Prudence Poivert venait de faire une entrée théâtrale. L'excuse était toute trouvée pour fuir sa torture l'espace d'un instant. Alors que Richard tentait de la sortir de l'eau, elle se précipita vers son amie, folle de joie et dit :

— Dites donc, madame Poivert, que faites-vous aussi loin de chez vous ?

La quasi-quinqua souffla, dans l'effort :

— Promenade !

— La vérité.

Elle fit un clin d'œil, entre deux crispations des muscles de ses avant-bras :

— Repérage !

Georgette se rapprocha d'elle, la souleva par l'épaule pour aider Richard, et murmura :

— Tu as trouvé quelque chose ?

— Peut-être bien !

Hors de l'eau, elle trouva une stabilité sur le sol en béton, les bras écartés du corps. Une odeur de poisson pas frais lui filait la nausée. Richard relâcha ses poignets et la fixa, l'air grave, le regard d'un homme en colère. Prudence lui sourit pour le remercier. Son geste chevaleresque valait au moins ça ! Il s'adoucit et l'observa avec attention. Il la trouvait amaigrie, mais terriblement sexy. Pourquoi s'inquiétait-il autant pour elle ? Pourquoi la désirait-il autant ? Il devait être maso ! Georgette s'était approchée d'eux et poursuivait son interrogatoire :

— Quelque chose qui a à voir avec qui tu sais ?

L'héritière fit un geste discret vers madame Wilkie qui n'avait pas détourné son regard du trio. D'ailleurs, Prudence remarqua que personne ne détournait le regard du trio.

— Disons que lors de ma visite des plus belles demeures de Supplicy, je suis peut-être passée devant la maison de qui tu sais. Je me suis garée et j'ai fait le chemin à pied. Chemin qui m'a conduite jusqu'à l'écluse de Léoguille en moins d'une heure.

— Bordel de merde, tu n'es pas sérieuse.

Richard intervint. Il poussa Georgette pour se rapprocher de Prudence :

— Ne me dis pas que tu es ici sans Célia ?

Elle lui adressa un large sourire.

— Merci, Richard. Oh mon tendre chevalier servant. Tu peux retourner à ta party !

La moutarde lui monta au nez. Sans comprendre son emportement, il haussa le ton :

— Ah ! J'avais oublié. Depuis que tu t'es remise avec Arthur, ta sécurité ne me concerne plus.

Elle aussi sortit de ses gonds :

— Primo, jamais je ne me remettrai avec ce traître, ce fourbe, cette ordure de Mercado. Et secundo, de quoi tu te mêles, « monsieur Je-Te-Pose-Un-Lapin-Pour-Me-Taper-Ta-Copine-Anglaise » ?

Georgette regardait la scène et se délectait. Elle constata que sa vie était devenue moins monotone depuis l'arrivée de Prudence. On ne s'ennuyait jamais avec les histoires de madame Poivert !

— C'est ce qu'elle t'a dit ? s'étonna le journaliste.

Elle se prit à vouloir imiter un homme saoul qui drague Fanny :

— On va boire un dernier verre chez moi, darling ! Allez, viens, poulette !… Bah, tu ne vaux pas mieux qu'Arthur !

Elle tourna les talons, prête à remonter vers les bois quand Richard lui barra le chemin.

— J'ai mis moins de cinq heures pour faire le trajet Paris-Bordeaux à Noël. Comme un con, trop impatient de te revoir, je me suis pointé chez toi dès que je suis arrivé à Supplicy. Là, je t'ai vue sauter dans les bras de ton infidèle de mari ! J'ai préféré partir avant de te voir l'embrasser à pleine bouche !

46

Prudence le dévisagea et prit conscience de son état. Affreuse, mouillée et honteuse de posséder un caractère si entier. Pourquoi ne pas avoir cherché à comprendre son absence ? Son attitude avec Fanny ? Elle aurait pu débarquer chez lui, hystérique comme une amante passionnée. Elle aurait pu l'appeler, le traquer dans Supplicy. Elle aurait pu lui glisser une lettre pour lui demander de s'expliquer. Fanny l'aurait fait. Fanny n'était pas butée ni renfermée. Elle comprenait soudain pourquoi Richard avait préféré sa compagnie à la sienne.

Rien de tout cela n'avait traversé son esprit avant aujourd'hui. Depuis Arthur, elle ne voyait les hommes que comme des salauds. Elle avait tort !

Elle tenta de se rendre présentable. Elle remit une mèche de cheveux en place et ajusta son trench détrempé. Elle se sentait moche. Idiote. Pathétique.

— Eh ben, tu t'es trompé. Nous venions d'apprendre qu'Amaury allait être libéré et nous étions fous de joie. Rien de plus ! Je te souhaite une belle romance avec Fanny. Elle est folle de toi et j'ai cru comprendre que toi aussi. Vous avez ma bénédiction.

Le journaliste se mit à rire. Un rire franc et sincère. Soulagé de ne pas la savoir avec Arthur, il retrouvait une jovialité perdue depuis des mois. Il revivait, comme à chaque fois qu'il côtoyait Prudence. Il se rapprocha discrètement, cherchant à dissimuler son visage aux notables de la péniche :

— Je n'ai jamais dragué Fanny. On a pris un verre, puis cinq, puis dix ! Moi pour t'oublier et elle, pour… je ne sais pas. Elle s'est mise dans un état pas possible. Je voulais juste être certain qu'elle rentrerait saine et sauve.

Georgette intervint, l'œil rieur :

— Fanny sait lever le coude, pour une Anglaise. Je la reconnais bien là.

Prudence sourit enfin et plongea son regard dans celui de Richard. Un regard qui voulait dire : tout est pardonné ? Voilà qui transformait le quotidien déprimant de Richard en un moment mémorable. À quelques centimètres de son visage, le journaliste pensa qu'il n'avait qu'à se pencher pour la serrer contre lui. Malgré son jean, son large pull et ses bottes en plastique trempées, il la trouvait stupéfiante de délicatesse, magnifique de fragilité et étonnante de sensualité.

Georgette vint troubler cet instant de volupté :

— Maintenant que tout est réglé entre vous, les amoureux, tu nous racontes, Prudence ?

La presque quinqua rougit comme une gamine. Richard se sentit flatté. Il voulait la prendre dans ses bras pour la rassurer quand elle répondit :

— Je dis juste qu'elle aurait pu venir ici en pleine nuit pour m'agresser.

Richard remarqua que Georgette jetait un coup d'œil à la péniche.

— Ne me dites pas que vous parlez de madame Wilkie ?

Les deux femmes le regardèrent longuement. Le reporter disposait d'informations trop longtemps dissimulées. Il s'expliqua :

— Je sais que sa maison se trouve à l'orée de la forêt des Feuillus.

Elles le fixèrent, les sourcils froncés. Il ajouta :

— Je le sais, car je lui ai déjà rendu visite.

Trop, c'était trop. Prudence demanda :

— Pour quelles raisons une femme comme Wilkie aurait-elle accepté de te recevoir chez elle ?

Coincé, le reporter en avait trop dit.

— Son fils est mon directeur d'édition. Mon chef, si vous préférez. Ma filleule ne l'aime pas trop, elle cherche à le faire tomber. Depuis quelque temps, Éric s'inquiète pour sa mère. Elle a disparu plusieurs jours l'été dernier. Quand elle est réapparue, elle lui a assuré ne pas savoir ce qui lui était arrivé. Il m'a demandé, sachant que j'avais une maison de campagne à Supplicy, si je pouvais vérifier si elle ne présentait pas des signes d'Alzheimer.

Prudence savait qu'il lui cachait encore un truc. Georgette, persuadée que madame Wilkie possédait toute sa tête, enchaîna :

— Qu'avez-vous trouvé ?

— Qu'elle n'est ni folle ni malade ! Elle semble savoir exactement ce qu'elle fait. Croyez-moi, elle cache des choses.

Georgette se retourna vers Richard :

— Précisez !

Le journaliste s'approcha d'elles pour les mettre dans la confidence :

— Commençons par le fait que toute sa vie, elle a été un membre actif du village jusqu'au décès de son époux. Après quoi, elle monte sur Paris. Pourquoi ?

Les deux femmes l'écoutaient avec attention et concentration. Prudence prit conscience qu'il avait poursuivi son enquête alors même qu'il nourrissait une colère sourde envers elle. Il croisa les bras, prenant l'air d'un homme entretenant une banale conversation :

— Plusieurs années après, elle revient. Fini l'implication tous azimuts dans le village. On la retrouve participante dans un concours et mécène du club de théâtre. C'est tout. Dernier élément, von Kalf n'apparaît à Supplicy que l'année du retour de Wilkie. Son assistante Noémie me l'a confirmé quand je fouillais les archives municipales. Une fille épatante.

Les deux comédiennes du dimanche acquiescèrent. Richard poursuivit.

— Quels sont leurs liens ? Qui sont-ils l'un pour l'autre ? Et surtout…

Prudence souffla la fin de la phrase,

— Quel est le rapport avec Antonin Gravis, lui-même vice-président de ce club ?

Il confirma d'un mouvement de tête. Georgette réfléchit à voix haute :

— D'autant qu'à ma connaissance, le dentiste n'était engagé dans aucun autre groupe du village. Comme Wilkie. Le théâtre doit avoir un sacré attrait.

Prudence chercha à glisser ses mains dans les poches de son trench. Elle les retira aussitôt, écœurée par la sensation gluante de l'eau stagnante.

— Et vous les imaginez coupables du meurtre et de mon agression ? Pour quelles raisons ?

Le journaliste fit une moue :

— Le mobile m'échappe. J'ai beau tourner le problème dans tous les sens, je ne trouve pas.

— On en revient au même point : le pourquoi, constata Prudence dont les cheveux gouttaient dans son cou. Tu as dit qu'elle avait participé à un concours. Lequel ?

Il leur sourit avec malice :

— Là encore, c'est intrigant. Elle a obtenu le premier prix du concours de pâtisserie avec ses cannelés.

Prudence agrippa le bras de Georgette qui restait bouche bée. Cette dernière laissa échapper un juron dont elle seule avait le secret.

— Put** de bor** de fils de sa ra** ! Richard ! Il faut que quelqu'un arrête cette femme avant qu'elle décide d'achever l'une d'entre nous.

— Après le déjeuner, j'appellerai mon contact à la gendarmerie locale pour lui donner les résultats de mon enquête. En attendant, Prudence, tu te cloîtres chemin de l'Étang. N'en sors plus seule. Tu t'es fait remarquer aujourd'hui, tu es peut-être en grand danger !

47

Une fois Prudence partie, Georgette et Richard retournèrent vers la péniche où les attendaient des invités médusés. Ils les rassurèrent. Madame Poivert n'était pas blessée. Une simple chute dans l'eau. En été, cela n'avait rien de bien méchant. La femme du maire nota la maladresse de la quadragénaire. Ou la malchance. Depuis qu'elle vivait dans ce village, personne ne s'était jamais retrouvé le nez dans le canal.

Les convives discutèrent quelques minutes encore de l'incident avant que le maire ne reparle de sa volonté de privatiser la forêt. Il se retourna vers le directeur de banque pour évoquer aides, emprunts et autres possibilités dont il pouvait bénéficier en tant que premier administré du village.

Richard récupéra son verre. Sans s'en rendre compte, il fut cerné par la femme du maire et ses amies. Toutes tombées sous son charme, elles essayaient de lui mettre le grappin dessus. Il fallait dire qu'à Supplicy, les hommes beaux et aisés ne couraient pas les rues. Le journaliste prit une figure de circonstance – « je suis flatté, mais pas intéressé ».

De son côté, Georgette s'approcha du buffet. Elle regardait les rombières parader autour du reporter parisien. Prudence avait bien fait de partir, elle aurait pu les tuer.

— Comment va madame Poivert ?

Une huître à la main, un citron dans l'autre, elle se retourna et fit face à madame Wilkie. Celle-ci reprit :

— Je m'inquiète pour la pièce. Sans son régisseur, Léon ne pourra jamais s'en sortir !

— Elle est en pleine forme. D'ailleurs, nous le sommes toutes.

Madame Wilkie se força à sourire. Pérouse d'Angevin sous-entendait-elle quelque chose ? Qu'est-ce que ces bonnes femmes savaient, au juste ?

— Tant mieux ! Tout doit être parfait pour le jour de la représentation. C'est la première fois que je vous vois à un déjeuner organisé par la mairie !

— Pouillot a tellement insisté. Vous savez comment il peut être. De plus, étant donné les événements survenus à Supplicy, il est primordial d'afficher notre solidarité avec le village. Je vous avoue ne pas être à mon aise.

— Il en est de même pour moi. S'il n'y avait pas le maire et ses conversations sur les champignons, je ne pourrais rester une minute de plus.

La veuve richissime semblait se détendre.

— Je n'ai jamais rien compris aux champignons !

Elle sourit, dévoilant son impeccable appareil dentaire. Heureuse de tenir la marraine du club sous la main, Georgette, téméraire, désigna le plateau de cannelés :

— Sont-ils de vous ? Comme ceux proposés lors de la journée de bienvenue au club de théâtre ?

— Absolument, ma chère !

— Je dois vous féliciter. Ce sont les meilleurs que j'aie eu la chance de goûter.

Madame Wilkie regarda ses pâtisseries :

— C'est une fierté, je le concède en toute modestie.

— Serait-il déplacé d'en demander la recette ?

Levant l'index, elle répondit :

— Jamais de mon vivant. Le secret est gardé depuis près de quatre générations. Et il le restera aussi longtemps que je vivrai.

Georgette hésita entre horreur et satisfaction. Si les cannelés de Wilkie s'avéraient responsables de la mort de Gravis, elle serait l'unique suspect.

— Vous voulez dire qu'il ne vous est jamais arrivé de la transmettre ?

— Jamais ! Je ne dis pas que, dans mon vieil âge, je ne changerai pas d'avis. Pour l'heure, je suis la seule à pouvoir cuisiner des cannelés de cette qualité.

L'héritière des boutons de manchette Pangevine leva les bras en signe de déception. Et cela était peu de le dire. Elle n'avait rien contre madame Wilkie. Pourtant, elle devait se rendre à l'évidence : les preuves s'accumulaient. Peu fière de ce qu'elle s'apprêtait à faire, elle se retourna vers son nouveau complice.

— Vous avez entendu, Richard ! Madame Wilkie n'a jamais partagé sa recette de cannelés. Quel dommage !

Quand il parlerait avec son contact à la gendarmerie, il ne lui faudrait oublier aucun détail. Il se retourna et leur sourit. Cette femme ne pourrait jamais renier son fils, ils se ressemblaient trait pour trait. Il s'approcha de Georgette, détendu et avenant, et s'imposa dans la conversation. Il proposait de lever son verre en l'honneur du maire quand il entrevit une ombre derrière un frêne, à la lisière de la forêt. Il avala une gorgée de champagne et fixa Georgette. Elle fronça les sourcils et attendit. Le journaliste tapota les poches de son jean :

— Vous allez devoir m'excuser, Mesdames. Il semble que j'aie oublié mon téléphone dans la voiture.

Georgette le dévisagea, cherchant à comprendre sa fuite soudaine. Il lui fit un clin d'œil pour la rassurer et se retourna vers madame Wilkie :

— J'en ai pour deux minutes.

— Où êtes-vous garé ? s'enquit la bienfaitrice, davantage par politesse que par intérêt.

— Côté ouest. Il faut juste que je traverse le bois des Feuillus. Ça ne devrait pas être long.

48

Prudence rejoignit la route principale. Elle contourna la forêt et retrouva son véhicule tel qu'elle l'avait laissé. Elle profita de l'absence de la vieille Wilkie pour jeter un coup d'œil à travers les grilles. Peine perdue. L'immensité du terrain et de l'espace boisé cachait la demeure. Résignée, elle remonta dans sa 2 CV.

Une demi-heure plus tard, elle passait la porte de sa maison. Célia s'affairait en cuisine. Au menu : quiche au thon et salade verte. Prudence pendit son trench trempé à une paterne et la rejoignit.

— Comment était la balade ?

— C'est madame Wilkie qui a empoisonné le dentiste et a essayé de me tuer !

Son amie lâcha le couteau qui tomba au milieu des oignons émincés. Elle se retourna et vit Prudence, mouillée et couverte de vase.

— Qu'est-ce que… ? Ne me dis pas que tu étais dans le bois d'à côté… ? Qu'as-tu fait… ? Je crois que j'ai besoin de m'asseoir.

Célia vint se poser sur le tabouret jouxtant celui de Prudence quand on sonna au portail. Cette dernière fit signe à son amie de reprendre ses esprits. Elle bondit de son siège. En actionnant la vidéo de surveillance de l'entrée, le visage d'un homme buriné apparut :

— C'est pourquoi ? demanda Prudence

— Livraison de votre commande de la ferme Martin et fils.

Bon sang, elle avait oublié ! D'ailleurs, qu'avait-elle commandé sur le site internet de cette ferme ? Un panier bio ! Il lui semblait l'avoir récupéré la semaine dernière. Elle regarda Célia, à la recherche d'une inspiration, quand tout à coup ! Bien sûr ! Son lapin aux pruneaux. La ferme locale proposait une vente directe de son élevage de poulets, lapins et canards. Elle appuya pour déclencher l'ouverture du portail. Elle retira son pull détrempé, le jeta au sol et enfila, sur son débardeur dégoulinant, une fine veste en cachemire posée sur la chaise. Elle annonça :

— Ce soir, pas de quiche ! C'est moi qui cuisine. Une surprise.

Elle sourit et se précipita dans l'avant-cour. Sa rencontre avec Richard expliquait sa gaieté soudaine. Célia, de son côté, se sentait d'autant plus perdue. Le livreur, également ouvrier à la ferme, se gara et fit le tour de son véhicule. Prudence l'observa et le vit ouvrir les portes arrière de son utilitaire Ford. Il en sortit une cage couverte d'un torchon blanc. Il se dirigea vers elle, posa le paquet au sol et tendit le reçu :

— Madame Poivert, voilà votre lapin. Quand il aura atteint la taille voulue, monsieur Foulon, le boucher du bourg, pourra s'en occuper.

De mémoire, le livreur, qui n'était autre que l'aîné Martin, n'avait jamais vu une citadine égorger elle-même du gibier. Avec cette mode des bobos bordelais qui voulaient goûter aux joies de la campagne, les éleveurs des environs s'organisaient. C'était une population exigeante mais qui payait bien. En revanche, elle répugnait à tuer et à vider un animal élevé aux grains bio. Le boucher de

Supplicy en avait même profité pour augmenter ses prix de 45 %, rien que pour eux.

Prudence écarquilla les yeux. Elle se pencha vers la cage et retira le torchon d'un coup sec. Là, en boule au milieu de la paille fraîche, un lapereau gris grelottait.

— Il est vivant ?

— Ben ouais.

— Comment ça ? Je veux dire… C'est un bébé ?

— Pour l'élevage personnel. C'est marqué sur notre site, en noir et blanc.

— Même les poulets et les canards ?

— Ben, ce sont des poules, pour les œufs. Mais sinon, c'est ça. Pourquoi, en plus d'un clapier, vous faites installer un poulailler ?

— Non ! Mais non ! Je ne tuerai pas cet animal ! Remboursez-moi !

Le livreur se gratta la tête, ne comprenant pas la réaction, quasi hystérique, de sa cliente qui semblait sortir de la douche :

— Ben, c'est-à-dire qu'il faut faire des papiers qui sont à la ferme. Je repasse dans le coin dans deux semaines.

Prudence se baissa pour ramasser la cage et la lui tendit. Il fit non de la tête :

— On ne peut pas reprendre tant qu'on n'a pas les papiers. Le petit est à vous. Vous l'avez acheté. Je reviendrai un jeudi ou un vendredi. En attendant, c'est un lapin, il bouffe des carottes.

— Attendez ! Je n'ai ni paille ni nourriture.

Le livreur lui récupéra la cage des mains, l'ouvrit et déposa le lapereau dans ses bras.

— Il y a une animalerie après la station essence. Nous, nos cages, on les garde. Elles valent une blinde. Ben, Madame, bonne journée et à… dans une quinzaine.

Un peu vexé, il sourit à peine. Il commençait à en avoir marre de l'ignorance des citadines. Même pas capables de lire trois phrases sur une page internet. Ce n'était pas comme s'il avait une tonne de boulot. Il fallait, en plus, qu'il revienne faire un remboursement à une grosse bourgeoise bordelaise. Ah, ça ! Pour mitonner des petits plats de viande, on n'avait pas de problème. Mais pas question de se salir les mains.

Il déposa la cage dans son coffre et, sans saluer sa cliente, fit demi-tour et quitta la propriété. Le portail automatique se referma, laissant Prudence avec une boule de poils frigorifiée dans les bras. Elle se précipita à l'intérieur de la maison et referma du pied la porte d'entrée.

Célia la regarda et se leva. Prudence saisit le lapereau et le tendit à bout de bras :

— J'en fais quoi ?

Son amie hurla de joie :

— Comme il est mignon ! C'est ton nouvel animal de compagnie ? Tu as vu ses couleurs ! Bleu gris. Il a des poils longs. Il doit être tout doux.

— Désolée de te décevoir, mais c'était censé être notre repas de ce soir !

— Quoi ? Je ne mange pas de lapin. Surtout pas des aussi mignons que ça !

Elle s'approcha et récupéra l'animal déboussolé des mains de Prudence. Apparemment rassuré, il se blottit dans le creux de son coude, pour ne plus y bouger.

— Ils ne font que de l'élevage personnel. Ça veut dire, « gère ta volaille ou ton gibier et dès qu'il est bien dodu : direction le boucher ». Le boucher !

— Je ne le mangerai pas.

— Moi non plus ! Ils vont me le rembourser, mais pas avant deux semaines.

— Tu vas le leur rendre ?

— Évidemment. Que veux-tu que je fasse d'un lapin ?

— Mais ils vont le revendre. Ou l'engraisser avant. D'une façon ou d'une autre, ils vont le zigouiller !

— C'est le propre de la vie d'un lapin. Élevé. Nourri. Abattu. Déposé dans un plat avec de la moutarde ou des pruneaux.

— Mais lui ! Il est tellement mignon. Tu te vois l'envoyer à l'abattoir ?

— Sans problème. Cély, tu es à la campagne, maintenant. Tu risques d'en voir d'autres.

Prudence n'en pensait pas un mot. Dès qu'elle avait vu le petit animal, elle avait fondu, puis paniqué. Désormais, elle culpabilisait. Elle réfléchit à toute vitesse. D'accord, le fermier acceptait de la rembourser. Pourtant, hors de question de ne pas s'occuper dignement de la petite bête en attendant. Elle observa Célia qui caressait le lapereau et craqua :

— Tu as gagné ! D'ici le retour du fermier, il sera traité comme un prince. On va chercher sur Google « comment s'occuper d'un lapin ». Et à 14 heures, on ira acheter deux ou trois bricoles pour l'installer.

49

Le soir venu, Célia se coucha tôt. Cette journée, éprouvante, semblait l'avoir vidée du peu d'énergie qui lui restait. Depuis l'agression de Prudence dans le bois du Canal, elle avait l'impression de ne pas s'être reposée. Comme si, les nerfs à vif, elle demeurait en éveil. Prête à bondir au moindre bruit. Toujours disposée à défendre son amie aux premiers mouvements suspects.

Après avoir écouté Prudence lui parler de ses découvertes du côté de la forêt des Feuillus, elle s'était sentie abattue. La marraine du club s'était toujours montrée aimable avec elle. Comment des êtres d'apparence si inoffensive pouvaient-ils dissimuler de telles violences ? Particulièrement envers les innocents.

Elle comprenait que madame Wilkie puisse haïr Gravis – qui ne le haïssait pas – au point de le tuer par accident. Mais Prudence ! Qu'avait-elle fait pour mériter d'être pourchassée, assommée et laissée pour morte ? La réponse la plus évidente : Prudence posait trop de questions. Cela impliquait le fait que madame Wilkie connaissait le lien de famille qui unissait Prudence et Amaury. Qu'avait-elle fait de si compromettant ? En quoi Prudence la gênait-elle ?

Il y avait aussi l'arnaque que Rosita Maille et madame Wilkie avaient montée contre Gravis ! Encore une fois, pour Célia, rien ne collait. La logique aurait voulu que si madame Wilkie avait souhaité la mort du dentiste, elle ait attendu que Rosita touche l'argent de leurs magouilles. À moins que Gravis n'ait fait ou dit quelque chose qui l'aurait fait passer à l'acte plus tôt.

Plus elle y réfléchissait et plus Célia Petitmont doutait de sa culpabilité. Malgré les preuves, les évidences, voire les spectaculaires coïncidences, un détail ne collait pas. Prudence avait raison. Il leur manquait la raison de tout cela. Elle s'endormit sur ses réflexions et passa, pour la première fois depuis fort longtemps, une nuit sans cauchemarder.

Prudence, assise dans le salon, observait les va-et-vient du lapereau sur son tapis beige à poils longs. L'animal trouvait rapidement ses marques. Le museau à l'affût, ses moustaches s'agitaient à chaque nouveau pas exécuté. Célia avait raison. Non content de posséder une petite bouille adorable, l'animal se révéla une petite bête attachante. Il ne faisait ses besoins que dans la cage. Sage, il se déplaçait doucement. Dès qu'on l'attrapait, le lapereau cherchait les caresses. Il ne mordait pas. Ne râlait pas. Tout pour le rendre attendrissant.

Célia avait proposé de le laisser gambader dans la maison. Qui pouvait vivre en cage ? Sur Internet, il était recommandé de laisser l'animal évoluer librement, les jardins restant les lieux les plus prisés pour eux. Une pluie froide s'abattait sur Supplicy depuis la fin de l'après-midi. Refusant de mettre le lapin dans le froid, Prudence l'autorisa à faire un tour dans la pièce à vivre. Après avoir reniflé les quatre coins de la salle à manger, il avait rejoint Prudence au salon.

— Eh bien ! On n'est pas heureux, là ?

Le lapin leva la tête, comme s'il écoutait, puis trottina sous la table basse et disparut. Le feu crépitait dans le poêle. Un verre de chardonnay devant elle et une sonate de Chopin en fond sonore détendaient la quadra. Elle se cala les reins avec un coussin tout en dégustant son verre de blanc sec. Tout à coup, le lapin ressurgit et se coucha aux pieds de Prudence. Elle se pencha pour le caresser. Célia avait encore raison. Son pelage était merveilleusement doux.

— Tu le sais, toi, qui est le tueur du dentiste ? Ou encore, qui sont mes agresseurs ?

Le bébé lapin agita ses oreilles et tendit le cou pour que Prudence le lui gratte.

— Tu crois en la culpabilité de madame Wilkie ?

Aucune réaction. Tout à coup, elle eut une idée. Qui se révélerait plutôt mauvaise, après coup.

— Et si je te trouvais un petit nom, avant que le fermier ne revienne ?

Le lapin ferma les yeux, prêt à s'endormir.

— Lapinou ?

Rien.

— Shakespeare ? Molière ? Racine ?

Pas de mouvement.

— Que dirais-tu d'un héros grec ? Énée ? Ulysse ? Hercule.

Toujours rien.

— Un peintre, alors ! Voyons ! Quelle période ? Disons l'Italie et la Renaissance. Plutôt, peintres florentins ou vénitiens. Masaccio ? Giotto ?

Ses petits yeux s'ouvrirent lentement.

— Ah, je le savais ! Tu es un esthète. Partons à Venise, que penses-tu de Véronèse ?

Il secoua la tête, prêt à refermer les yeux.

— Tintoret ? Mon peintre vénitien préféré.

La petite boule s'agita. Prudence insista :

— Tintoret ?

Le lapin releva la tête et la contempla.

— Eh bien, mon cher Tintoret, sois le bienvenu dans l'humble demeure de Prudence Poivert.

Elle regarda l'animal trotter en direction de sa cage. L'heure semblait venue pour lui de boire et de manger. Elle prit le temps de finir son chardonnay. Elle se leva, alla dans la cuisine et posa son verre dans le lave-vaisselle. Elle éteignit les lumières après s'être assurée que l'ensemble du système de sécurité était enclenché. Elle dit bonne nuit à Tintoret et partit se coucher.

Il était 0 heure 41 quand Prudence se glissa dans un lit froid. À l'image de Célia trois heures plus tôt, elle ressassa sa journée. Elle en vint à la même conclusion : il leur manquait des éléments pour conclure à la culpabilité de madame Wilkie. Elle regretta aussitôt d'avoir demandé à Richard de tout déballer aux gendarmes. Peut-être avait-elle encore commis une bourde ? Une bourde qui pourrait condamner une innocente, comme l'avait été Amaury. Elle se demanda si elle ne ferait pas mieux de l'appeler pour lui dire d'attendre. Non ! Il la prendrait pour une girouette. Prudence Poivert ou l'art de changer d'avis comme de chemise. Ils venaient à peine de se réconcilier. Elle ferait profil bas, cette fois-ci !

Elle avait remarqué le regard qu'il avait posé sur elle. Quand auraient-ils un vrai rendez-vous ? Un beau rancard plutôt galant ? Prudence sourit. Elle se comportait comme une adolescente raide dingue de son grand reporter international. C'était drôle. Elle n'avait pas souvenir d'avoir ressenti ça pour Arthur. Comment cela était-il arrivé ? Tous les deux se connaissaient depuis la fac. Jamais elle n'aurait pu imaginer ressentir une telle attirance. Un si soudain sentiment amoureux pour Richard. Était-ce de l'amour ou du désir ? Que cherchait-elle ?

À rattraper une vie perdue avec Arthur ?

À se venger sur un autre homme d'avoir tant souffert avec Mercado ?

À dévorer à pleines dents sa crise de la cinquantaine ?

À moins qu'elle ne cherche rien de particulier. À moins qu'elle ne découvre un sentiment dont elle ignorait tout : l'Amour. Bon sang, que tout ceci faisait midinette ! Elle se retourna. Le réveil affichait 2 heures 15. Elle ferait mieux de s'endormir. Demain, Célia et elle avaient promis au père Valentin de passer à 16 heures pour boire un café.

Elle s'enfouissait sous les couvertures quand le bip de son téléphone retentit. Elle étira le bras et récupéra l'appareil sur la table de nuit. Un message de Richard.

Nous avons eu un invité surprise près de l'écluse. Ton metteur en scène nous a espionnés depuis les bois. Il s'est enfui quand je l'ai aperçu. Reste sur tes gardes. Sois toujours accompagnée. Une dernière chose : tu m'as manqué à en crever.

50

À 15 heures, le lendemain, après une vingtaine d'essayages, Prudence se décida pour un chemisier en soie gris, un jean noir coupé et ajusté, des sandales en cuir plates et un gilet en cachemire rose. Pourquoi la visite chez l'ecclésiastique provoquait tant d'angoisse chez elle ?

Célia ne se posait pas tant de questions. Pour elle, jean large, tee-shirt blanc et veste courte en laine bariolée de couleurs feraient l'affaire. Ses chaussures de tennis plates en toile de tous les jours et son imperméable vert ne souffraient aucune hésitation. Prête à partir dès 15 heures 15, elle jouait avec Tintoret en attendant son amie.

Le ciel se dégagea quand les deux femmes frappèrent à la porte de la maisonnette en pierre du père Valentin. Un soleil aveuglant apparut au milieu d'un ciel bleu. Tout cela augurait l'arrivée d'un été caniculaire. Le lieu de vie du prêtre semblait très ancien avec ses jolis vitraux, sa minuscule porte en bois à la serrure antique et ses murs en pierre de taille noircis par le temps.

L'intendante, madame Albin, leur ouvrit, le sourire aux lèvres. Gracieuse, l'œil rieur, cette veuve de presque quatre-vingt-dix ans avait passé sa vie à Supplicy. Ne portant ni lunettes, ni appareil auditif, ni canne, elle était une force de la nature. Bien en chair, c'était une bonne vivante qui ne refusait jamais de l'alcool de poire. Ses cheveux mi-longs et frisés étaient violines. Couleur dont elle raffolait. Sa tenue vestimentaire restait fidèle au goût des années 1950. Opposante farouche au shopping de masse et à la standardisation, elle portait ses habits tant qu'ils lui seyaient. Sinon, la couturière du bourg faisait des merveilles et possédait déjà ses mensurations.

Elle les invita à entrer. Depuis Noël, elle s'était habituée aux visites des deux femmes. Elle les attendait à chaque fois. Il en était de même de l'ecclésiastique. N'ayant plus l'habitude de recevoir en privé, les deux femmes étaient son attraction préférée depuis des mois. Madame Albin les conduisit au salon. Une théière fumante, trois tasses et un plateau de biscuits secs les attendaient, comme d'habitude. Elle désigna les fauteuils et leur annonça l'arrivée prochaine du père Valentin. Elles la remercièrent chaleureusement et s'installèrent. La pièce feutrée et accueillante ne devait pas mesurer plus de 15 mètres carrés. Les meubles, de belle facture, rétrécissaient l'espace. Massifs, en bois précieux, ils étaient sculptés de pointes, de motifs floraux ou de carreaux. Pour seul décor, trois cadres photos en couleur s'alignaient sur une étagère. On pouvait y voir des enfants prendre des poses et s'amuser. Les fauteuils, tout aussi antiques, semblaient avoir besoin d'être retapissés. Le tissu des coudes s'arrachait des clous. Pour autant, leur confort était indéniable. Une bonne odeur de thé et de sablés au beurre les fit saliver.

Alors que le père Valentin descendait les escaliers menant à sa chambre, madame Albin se précipita vers son endroit stratégique préféré. La cuisine. De là, tout en préparant le dîner, elle pourrait entendre leur conversation : l'acoustique y était des meilleures. Elle aurait des choses croustillantes à raconter à ses copines du quatrième âge, ce soir.

— Bonjour Mesdames.

Il entra. Il avait pour tenue un jean brut et une chemise noire. Sobre et classique. Il leur adressa un large sourire. Elles se levèrent pour l'accueillir et lui serrer la main. Ils s'installèrent autour de la table basse pendant que Célia faisait le service.

— Comment va le père de notre paroisse ?

Depuis qu'elle avait reçu la mission de Marie-Madeleine, elle avait fait l'effort de se rendre chaque dimanche à l'église. Baptisée par convenance sociale, elle n'avait jamais fait le catéchisme. Ni sa communion. Et ne connaissait rien à la religion catholique. Elle savait juste que le pape s'appelait François. Elle avait mis les pieds dans une église la première fois il y avait dix mois de cela pour rendre, à l'archevêque de Paris, le chapelet de Marie-Madeleine. Elle s'était sentie à l'aise et bien accueillie. Ce fut pareil à Supplicy. Par politesse et déférence, elle acceptait toutes les invitations du curé de Supplicy et n'avait manqué aucun sermon depuis leur rencontre. Même si, dans les faits, Célia se désintéressait totalement des religions.

— Toujours aussi fringant, il me semble !

— Vous êtes trop aimable avec moi. Cela prouve combien vous être gentille, douce Cély.

Il lui sourit, dévoilant ses dents blanches. Il s'adressa à Prudence :

— Vous, madame Poivert, je n'ai jamais eu le plaisir de vous voir dans la maison de Dieu.

— Pardonnez ma franchise, mon père, la religion et moi, ça fait deux !

Il rit de bon cœur. Il appréciait le caractère franc de Prudence.

— Hérétique, lança-t-il pour la taquiner.

— Non ! Athée et fière de l'être !

Il s'esclaffait avec entrain quand il attrapa une tasse de thé et demanda :

— Où en étions-nous la dernière fois ?

Prudence récupéra un biscuit :

— La funeste histoire du jardinier et de sa fille.

— Ah ! Oui ! La fille d'Henri Jacquelin. Pauvre homme ! En voilà, un être digne et d'une grande bonté de cœur. Vaillant, il ne rechignait jamais à la tâche. Et son unique fille, d'une beauté candide, qui transformait n'importe quel démon en ange. Sauf pour les Gravis. On se demande à quelle espèce de monstres ils pouvaient bien appartenir.

— Comment un village entier pouvait-il haïr une seule famille ?

Cette idée taraudait Célia depuis des mois.

— La crainte. La contrainte puis l'habitude. Ils étaient là depuis tellement longtemps et faisaient toutes les lois. En plus d'être intouchables, ils étaient malfaisants. Il existe des gens qui sont ainsi et contre lesquels nous ne pouvons rien.

— Vous savez que quelqu'un habite chez le jardinier ?

— Oui ! La petite Noémie a récupéré la maison. Personne n'a jamais voulu y vivre !

Prudence ajouta :

— En faisant de la publicité pour le spectacle de théâtre, nous sommes passées chez madame Marronnier. Elle nous a invitées à boire un café et nous avons discuté de Noémie.

L'ecclésiastique fronça brièvement les sourcils avant de se reprendre. La voix douce, il ajouta :

— Cet enfant est un amour. Elle a eu beaucoup de chance de tomber sur les Marronnier quand elle était petite, et sur madame Wilkie aujourd'hui. Augusta s'occupe merveilleusement bien d'elle.

Les deux amies se regardèrent, ne sachant quoi répondre. Contrairement à Gravis, madame Wilkie semblait être appréciée de tous. Qu'avaient-elles loupé ? Le père Valentin reprit :

— Rien à voir avec celle qu'ils avaient avant. Vous ai-je parlé de Lola, la terrible ?

Célia se souvint des paroles de madame Marronnier :

— N'est-ce pas la jeune fille turbulente que les Marronnier ont été obligés de renvoyer à Bordeaux et qui a fugué ?

— Turbulente ! Le mot est faible. Seul Jacquelin arrivait à la tenir. Sa fille, Sarah, était sa seule amie à Supplicy. D'ailleurs après eux, plus personne n'a pu l'aider. Les Marronnier ne pouvaient pas la gérer. Elle ne pouvait être prise en charge que par des spécialistes.

Prudence se souvenait maintenant de tout. Le jardinier avait un don naturel avec les enfants et même cette « teigne » de Lola l'adorait. Elle compatit :

— Il faut la comprendre. Abandonnée. Laissée à l'assistante publique. Confiée à un foyer d'inconnus. Monsieur Jacquelin l'aimait au point de vouloir l'adopter. Sa mort a dû être un choc pour la petite Lola.

— Personne n'a su ce qu'il y avait dans la tête de cette môme. Madame Marronnier vous a dit pourquoi ils l'avaient renvoyée ?

Elles firent non de la tête.

— Vous risquez de croire qu'une malédiction s'est posée sur notre pauvre village. C'était l'été avant la grande crue…

Prudence l'interrompit :

— Tout le monde se souvient de la tempête de 1999.

— On était à ça de frôler la catastrophe avec la centrale nucléaire de Blaye !

Les femmes acquiescèrent. Rien que d'y penser, elles frémirent. Le père Valentin croisa les jambes et posa sa tasse chaude sur un genou :

— Comme chaque année, les Gravis recevaient leur famille nantaise. Elle aussi, d'ailleurs, devait sa fortune au trafic d'êtres humains. Antonin devait avoir huit ans. Son cousin, à peine un an de plus. Semblables en tous points, les deux têtes blondes ne se différenciaient que sur un détail : l'embonpoint du cousin. Élevés comme des enfants rois, ils faisaient les quatre cents coups et passaient leur temps à ennuyer tout le monde. Fin août, une semaine avant le départ de la famille de Nantes, Robert Marronnier a entendu des hurlements. Ils venaient du jardin de Jacquelin. Il a dit à sa femme d'appeler les secours, persuadé que les gamins se battaient. Il est parti en courant et, arrivé au fond du jardin, il a vu le cousin d'Antonin Gravis plié en deux. Avec Lola qui le regardait un bâton à la main. Le petit baignait dans une mare de sang. Elle ricanait en désignant son entrejambe. Heureusement, Robert a allongé le petit et l'a réconforté un peu. Mais les blessures étaient trop graves. Le gamin s'en est sorti, mais avec une partie en moins. Les gosses l'avaient surnommé…

— L'eunuque, l'interrompit Célia dont la mémoire faisait des prodiges. C'était le cousin de Gravis ?

Ce nom éveilla les souvenirs de Prudence.

— Le gamin, censé avoir trébuché sur un gros tuteur d'arbuste dans le potager en friche de Jacquelin, a en réalité été tabassé par une fillette de son âge ?

Le père Valentin les observa longuement. Aucun doute, madame Marronnier avait parlé. Il leur sourit et enchaîna :

— C'est exact ! L'eunuque. Qu'on peut être mauvais à cet âge ! Les Marronnier ont caché l'histoire pendant presque dix ans. Ils se sont débarrassés du bâton. Comme le gamin ne pouvait pas parler, tout le monde a cru la version de Lola. Elle a raconté que pour s'amuser, le petit ravageait le potager. Elle avait tenté de l'arrêter quand il a basculé et est tombé sur un tuteur en bois. Depuis le suicide, la maison du jardinier tombait à l'abandon et les gamins adoraient traîner dans ce jardin. Tout le monde savait qu'un jour, un accident se produirait. Il fallait condamner la maison du pendu. Ou la vendre au plus vite. Sauf que personne ne voulait l'acheter. La maison était restée ouverte aux quatre vents. Les Marronnier ont contacté l'assistance publique. Le dossier de la petite étant déjà lourd, il fallait la placer dans un endroit plus adapté. Ils l'ont envoyée à Bordeaux pour qu'on la soigne. Mais aux dernières nouvelles, elle aurait fugué alors qu'elle était à peine âgée de huit ans.

— Les Gravis ont-ils été mis au courant ?

Prudence redoutait leur besoin de vengeance après un tel épisode. Célia, horrifiée, ne trouvait pas ses mots.

— Nul ne sait ! Plus personne au village ne leur parlait depuis l'histoire de la fille de Jacquelin. S'ils l'ont découverte un jour, c'est sans le concours d'un villageois de Supplicy. De cela, je suis pratiquement sûr.

— Qui, dans le village, est au courant ?

— À ma connaissance, nous sommes très peu. Monsieur et madame Marronnier. Madame Albin et moi. Et la petite Lola. Jamais le maire ou toutes personnes trop proches d'eux n'ont eu l'information.

Prudence ajouta, plus pour elle-même que pour les autres :

— Jamais le maire ou toutes autres personnes trop proches d'eux ne sont censés avoir eu l'information. Censés !

— Je connais parfaitement chacun d'entre eux, le secret est bien gardé.

— Pourtant, aujourd'hui vous en parlez !

Le père Valentin sourit à nouveau. Soulagé et affranchi, il dit à Prudence, d'une voix douce et posée :

— Le dernier des Gravis est mort. Je ne vois pas comment il pourrait encore nous nuire !

51

Il semblait difficile d'imaginer que dans une semaine, une pièce de Jean-Paul Sartre serait jouée à Supplicy-sur-l'Isle. Prudence maîtrisait désormais sa console de régisseur. L'intensité des lumières. Le retour du son. Les balances. L'activation électronique du rideau. Plus rien n'avait de secret pour elle. En revanche, la mise en scène de Léon von Kalf changeait tous les quatre matins. Il écrivait et réécrivait le jeu de son et lumière. Ce qui avait le don d'exaspérer la quasi-quinqua.

Du côté des actrices, ce n'était guère plus glorieux. Certes, les comédiennes connaissaient leur texte sur le bout des doigts. Le jeu, quant à lui, souffrait d'amateurisme flagrant. Léon von Kalf s'énervait, se crispait, s'enflammait et menaçait de se tuer. Alors que le metteur en scène disposait d'un généreux budget, que les costumes et le décor, entièrement payés par la marraine, attendaient dans la réserve, rien n'allait. La troupe ne serait jamais prête à temps.

Ses comédiennes ne comprenaient pas, ne voulaient pas comprendre. Certains jours, elles ne pouvaient pas comprendre, tant le niveau frôlait le « degré – 1 des pâquerettes ». Georgette résuma ainsi la situation : si Léon von Kalf jouait un peu plus le metteur en scène et un peu moins la diva, tout serait prêt depuis belle lurette.

En ce lundi matin – à sept jours de la représentation, il avait obtenu une dérogation pour faire cours lundi et jeudi –, les quatre membres du club se demandaient à quelle sauce elles allaient être mangées. Avec le retour du soleil de ces derniers jours, elles espéraient une amélioration de son humeur.

Dans un premier temps, elles furent étonnées. Noémie apparut dix minutes après leur arrivée, Léon lui ayant demandé de le remplacer au pied levé. Réjouies et soulagées, les comédiennes prirent place sur scène pendant que Prudence s'installait à la régie. Noémie travaillait depuis quelques semaines sur le rôle du son et de la lumière dans la mise en scène. Elle avait préparé un dossier pour Prudence. Dossier que cette dernière dévora en quelques minutes. La jeune remplaçante voulut savoir si les comédiennes pouvaient lui montrer le début de la scène 5. Elle leur demanda de prendre place. Georgette, jouant Inès, déclama :

— Vous êtes très belle. Je voudrais avoir des fleurs pour vous souhaiter la bienvenue.

Fanny Coleman, dans le rôle d'Estelle, enchaîna :

— Des fleurs ? Oui. J'aimais beaucoup les fleurs. Elles se faneraient ici. Il fait trop chaud. Bah ! L'essentiel, n'est-ce pas, c'est de conserver la bonne humeur. Vous êtes…

— Oui, la semaine dernière. Et vous ?

— Moi ? Hier. La cérémonie n'est pas achevée.

À cet instant, Fanny devait fixer l'horizon et feindre, avec beaucoup de naturel, de voir ses propres funérailles. Il s'agissait d'un instant crucial de la pièce. Celui où l'on apprenait que le personnage d'Estelle Rigault venait de mourir.

Comme Léon von Kalf le lui avait appris la semaine précédente, elle leva les bras, les étendit au maximum et agita les doigts dans le vide. La remplaçante du metteur en scène la coupa :

— Qu'est-ce que… pourquoi… Les doigts. D'ailleurs, pourquoi les bras ?

— Ma chère Noémie, sache que je ne fais qu'obéir à Léon. L'idée des bras, des doigts et des yeux écarquillés dirigés vers le fond de la salle, c'est sa dernière idée de génie.

— C'est un peu ridicule, non ?

— Le mois dernier, il voulait que je parte en courant, les bras en l'air, en faisant le tour de la salle. Au moins, je reste à ma place.

Ne sachant que répondre, Noémie décida de ne rien changer. Elle lui fit signe de continuer. Fanny enchaîna :

— Le vent dérange le voile de ma sœur. Elle fait ce qu'elle peut pour pleurer. Allons ! Allons ! Encore un effort. Voilà ! Deux larmes, deux petites larmes qui brillent sous le crêpe. Olga Jardet est très laide ce matin. Elle soutient ma sœur par le bras. Elle ne pleure pas à cause du rimmel et je dois dire qu'à sa place… C'était ma meilleure amie.

Au tour de Georgette de répliquer :

— Vous avez beaucoup souffert ?

— Non. J'étais plutôt abrutie.

— Qu'est-ce que… ?

— Une pneumonie.

Alors que Fanny s'apprêtait à relever les bras et à agiter ses doigts, la porte du club de théâtre s'ouvrit en grand. À contre-jour, les comédiennes reconnurent leur metteur en scène. Prudence s'apprêtait à lui lancer une pique quand Léon von Kalf hurla :

— Bande de sorcières. Comment avez-vous pu faire ça ?

Il traversa l'espace en courant, renversant deux ou trois chaises sur son passage. S'il désirait montrer comment jouer la colère, il y parvenait à merveille. Il passa à côté de Noémie sans la regarder. Figée, elle se demandait ce qu'il avait bien pu encore inventer. Il monta sur scène et se campa devant ses trois comédiennes. De gauche à droite, il toisa Célia dans sa longue jupe marron et son pull orange, Georgette dans sa combinaison noire en soie de luxe et Fanny dans sa robe longue à grosses fleurs rouges.

— Prudence Poivert, je te conseille de nous rejoindre sur-le-champ !

Restée derrière sa console, elle lui lança :

— Oh mon p'tit père. On va se calmer deux minutes. Quel est le problème ?

Sans détacher son regard des trois acolytes, il lui répondit :

— Vous vous êtes donné le mot pour ruiner ma vie. Comment avez-vous pu être aussi stupides ? Vous savez ce que vous avez fait ?

Célia tenta de le raisonner quand il se retourna, face aux chaises des spectateurs, et hurla à Prudence :

— Vous ! Vous êtes responsable. N'allez pas me dire que vous n'avez rien à voir là-dedans. Bouzin ! Je vous hais. Je vous déteste. Je vous maudis. Pire, je vous conchie.

Georgette, rouge de colère, l'attrapa par la manche et vociféra :

— Et ma main dans la gueule, tu veux qu'elle te conchie ?

La vulgarité dont faisait preuve l'héritière des boutons de manchette Pangevine dans les moments extrêmes étonnait toujours Prudence. Fanny s'interposa. Personne ne taperait personne. Surtout qu'elle était convaincue de la victoire de Georgette sur ce rondouillard efféminé de metteur en scène !

— Qu'elle me gifle. Qu'elle me tabasse. Qu'elle me tue même, au point où j'en suis. La mort serait plus douce que l'enfer dans lequel vous nous avez précipités. Oui ! Vous ! VOUS !

Noémie, fatiguée par la comédie de von Kalf, intervint :

— Léon, tu te ridiculises, encore une fois. Au lieu de hurler comme un cochon qu'on égorge, dis-nous ce qui se passe. Je croyais que tu avais un rendez-vous hautement important ce matin ?

— Le cochon qu'on égorge te remercie, Noémie. Sache que la rancune est une qualité chez moi et que je n'oublierai pas ce que tu viens de dire.

Elle soupira en croisant les bras :

— Léon !

— Parlons-en, de mon rendez-vous. Est-ce que l'une d'entre vous sait ce que je devais faire aujourd'hui ?

Célia, innocente, dit en toute logique :

— Animer le club de théâtre.

— C'est ça, madame Petitmont. Et Noémie est là pour faire de la figuration ! Non ! Vous n'imaginez pas ce que c'est que d'avoir mes responsabilités. Vous croyez que tout ce que vous avez arrive par magie. La salle des fêtes louée à monsieur le maire. La régie et l'ensemble des outils techniques. Cette scène. Le décor. Les costumes. Et même ces épouvantables chaises. Tac ! Tout ça arrive sur un claquement de doigts. Aucune d'entre vous ne s'est dit que moi, votre metteur en scène, je devais prendre toutes les casquettes. Directeur créatif. Responsable financier. Gestionnaire. Mais à force de me mettre des bâtons dans les roues, vous n'aurez plus personne. Rideau sur le club de théâtre. Vous pouvez vous abonner au club de belote du foyer des seniors de la mairie. Ou mieux ! La femme du maire va donner des cours de peinture sur soie, à la rentrée. Ça, c'est assez ringard pour vous ?

Célia murmura :

— Plutôt jolie, la peinture sur soie. Je ne vois pas ce qu'il y a de démodé là-dedans.

— J'ai entendu, madame Petitmont ! Vous êtes toutes désespérantes.

Prudence avait rejoint le bas de la scène et le fixait. S'il n'arrêtait pas ses bouffonneries immédiatement, il allait goûter à son coup de pied :

— Von Kalf ! Tu vas nous dire, une fois pour toutes, ce qui t'arrive ?

— Ce qui m'arrive, c'est que l'une d'entre vous, ou peut-être toutes les quatre réunies, vous vous êtes mêlées de ce qui ne vous regardait pas. Je ne sais pas comment. Ni qui. Quant au pourquoi, je suppose qu'il s'agissait simplement d'emmerder le monde. Enfin bref, quelqu'un est allé baver à la gendarmerie. La bave a dû être convaincante, car ce matin, en arrivant à mon rendez-vous, la flicaille était partout.

— Ils ont trouvé le coupable ?

Fanny espérait une réponse positive. Elle n'en pouvait plus de l'attente.

— J'espère que non. Pour le bien du club et pour mon bien, prions pour qu'ils aient tort.

Georgette parla d'un ton ferme et sévère :

— Qui interrogent-ils ?

— Notre mécène. Unique distributeur d'argent, madame Wilkie vient d'être arrêtée par un certain capitaine Farid Hasis. Je devais négocier une rallonge d'argent vu la médiocrité de votre jeu et le retard accumulé ces dernières semaines. Sans vouloir vous paniquer, vous ne serez jamais prêtes à temps. Nous étions convenus d'un rendez-vous à 10 heures. Quand je suis arrivé, une perquisition était en cours et Augusta montait dans un fourgon pour être interrogée. Ils auraient retrouvé ses empreintes sur un moule à cannelés. Ils en ont profité pour me garder une heure et me poser des tas de questions sur notre mécène, ma relation avec Gravis et sur vous. Vous toutes ! Pas seulement Prudence Poivert ou Célia « bigote » Petitmont. Mais aussi Georges Pérouse d'Angevin et Fanny Coleman. Allez savoir pourquoi. Bravo, Mesdames ! Sans madame Augusta Wilkie à nos côtés, le spectacle devra être annulé ! À une semaine de la représentation !

52

Le cours de théâtre fut annulé illico. Léon von Kalf ne plaisantait pas. Sans sa bienfaitrice, impossible pour lui de poursuivre son œuvre. Les quatre complices se retrouvèrent à 11 heures 30 au Bar de l'Estuaire où elles prirent un déjeuner. Salade de gésiers. Coq au vin et ses pommes de terre nouvelles. Crème brûlée au rhum. Le tout accompagné d'un bon bordeaux. Elles échangèrent longuement sur la culpabilité de madame Wilkie. Georgette et Prudence regrettaient d'avoir impliqué Richard. Fanny vanta leur courage et la noblesse du geste du courageux journaliste. Grâce à lui, elles allaient retrouver le sommeil. Tout la désignait comme la coupable – « malheureusement », répétait-elle à chaque fois que l'on prononçait le nom de la bienfaitrice. Vers 15 heures, elles se séparèrent après être convenues d'un rendez-vous jeudi soir chez Prudence. Elle leur promit de cuisiner des mets de choix.

De retour à la maison chemin de l'Étang, Prudence et Célia se posèrent après avoir ouvert la cage de Tintoret. Le lapereau, fou de joie, trotta à travers la salle à manger. Le reste de la journée se déroula dans le calme.

Célia se coucha tôt. Aux alentours de 22 heures 30. Un vent puissant se leva et une légère pluie prit, en dix minutes, des allures de déluge. On entendait l'orage gronder au loin. Violent et déchaîné, il approchait à toute vitesse.

Prudence adorait cette atmosphère. En période de canicule, une tempête, en rafraîchissant l'air, rendait la saison plus supportable. Détendue, elle en profita pour achever la lecture de son dernier polar. Amoureuse de littérature classique, elle avait attrapé le virus du policier lors d'un séjour en Suède, avec Arthur. Elle y avait croisé un homme charmant, de retour d'Afrique, qui lui avait fait part de sa passion pour l'écriture. Il venait de trouver un personnage qu'il appréciait particulièrement. Ce soir-là, Prudence avait bu ses paroles. Quand il lui avait parlé de l'Afrique, elle était partie avec lui. Dès qu'il avait décrit les terres désolées de sa Suède en hiver, elle s'était émerveillée et avait frissonné. Il possédait un talent de conteur qui présageait la qualité de l'auteur. Dans les années 1990, une amie lui avait prêté un livre. Elle avait reconnu le nom de l'homme qu'elle avait croisé en Suède. Curieuse, elle avait entamé les premières pages et avait été happée. Il avait raison, son personnage marquerait des générations de lecteurs.

Dès lors, elle avait dévoré les auteurs de polar nord-européens, les britanniques avec une préférence pour un auteur écossais, les américains et les français dont certains frôlaient le génie. Dernièrement, elle venait d'acheter l'ouvrage d'un auteur islandais qu'elle adorait. Il reprenait le début de carrière de flic de son personnage principal. Un pur bonheur !

Elle s'installa dans son fauteuil, un verre de vin posé sur la table basse. Elle étendit ses jambes et ouvrit son ouvrage. Elle entamait sa lecture quand son téléphone vibra. Un message d'Arthur. Elle le lut et soupira. Vivement que cette histoire de meurtre soit résolue. Elle commençait à en avoir marre, des allées et venues de son ex à Supplicy. Elle répondit par l'affirmative et posa l'appareil sur l'imposante table basse.

La sonnerie de son smartphone retentit presque aussitôt. Convaincue qu'il s'agissait enfin de Richard, elle décrocha sans regarder le numéro. De peur de réveiller Célia, elle alla répondre dans la cuisine. Tout à coup, elle se figea : elle venait de reconnaître la voix.

— Bonsoir, madame Wilkie.

Les gendarmes ne devaient pas avoir un dossier solide. Arrêtée le matin, elle pouvait passer un coup de fil à une inconnue en soirée :

— Bonsoir, Prudence. Veuillez pardonner mon intrusion nocturne, mais je souhaitais vous voir, en privé.

Le vent sifflait dans les volets, redoublant de force. Prudence s'approcha de l'évier :

— Il est un peu tard pour les visites à la gendarmerie.

— Je suis chez moi.

Ils l'avaient déjà relâchée. Prudence pesta. Amaury n'avait pas eu droit au même traitement. Les privilèges de l'argent, sans doute !

— Contente pour vous !

Le ton cinglant de Prudence laissait deviner sa réponse. La bienfaitrice insista :

— Je vous demande seulement une heure de votre temps. S'il vous plaît.

Les lumières du salon montraient des signes de faiblesse. Prudence craignit une coupure de courant, et, avec elle, la mort de son système de sécurité. Elle glissa ses mains dans les poches arrière de son jean :

— Pourquoi le ferais-je, madame Wilkie ?

— Je vous dois la vérité, Prudence.

53

La demeure de trois étages avec entrée sécurisée de madame Wilkie ressemblait à une maison d'hôtes cinq étoiles. Parking dans l'avant-cour, cave à vin réputée, immense parc arboré et sculptures de maîtres éparpillées.

Son mariage lui avait permis de vivre dans une résidence de grande qualité. En pénétrant dans les lieux de vie d'Augusta, Prudence fut étonnée par la décoration. Tout semblait trop britannique.

La tapisserie murale aux motifs de roses et d'hortensias, comme ceux de Laura Ashley. Deux larges rideaux fleuris encadrant la baie vitrée menant sur la terrasse. Un imposant canapé en tissu à petits carreaux de style victorien. Une quantité non négligeable de tableaux aux murs représentant paysages anglais et animaux de compagnie. Deux fauteuils cottage aux larges rayures rouges et blanches, pour le subtil rappel des couleurs dominantes du salon. Prudence avait toujours adoré l'atmosphère chaleureuse des demeures anglaises. Le panier d'osier posé au sol contenait plaids et couvertures en laine. L'assiette en porcelaine anglaise exhibée sur un chevalet. Le bouquet de fleurs fraîches posé sur la table basse. Les dizaines de coussins recouverts de tissu en Liberty. La large horloge aux chiffres romains accrochée au-dessus de la télévision. Il ne manquait que l'odeur entêtante d'un thé indien de grande qualité pour compléter le tableau. Et peut-être, un ou deux *scones* au beurre et à la confiture ! Sur une étagère du salon, type cottage, Prudence remarqua trois photos encadrées, parfaitement alignées. Elles lui semblèrent fort familières. Où les avait-elle vues ?

— Je peux vous débarrasser ?

Prudence accepta de retirer son manteau et le tendit à son hôte. Cette dernière le plia avec délicatesse et le posa sur le dossier d'une chaise. Elle désigna le salon. Une fois madame Wilkie assise sur le canapé, elle prit place en face d'elle et entama les hostilités :

— Qu'est-ce que tout cela signifie, madame…

— Appelez-moi Augusta.

— Non merci ! Nous ne sommes pas de grandes amies, vous et moi. Pourtant, j'ai accepté votre invitation à presque 11 heures du soir sans savoir ce que vous me vouliez.

— Toujours aussi directe. C'est un trait de caractère qui m'horripile. Pourtant, chez vous, il semble que je m'y sois habituée.

— Tant mieux. Alors, avez-vous l'intention de nous causer du tort ?

— Vous voulez dire comme ce coup de folie dont j'ai fait preuve avec vous sur les berges du canal ?

Les deux femmes se fixèrent. Prudence aurait pu jurer qu'elle ne courait aucun danger. Sentiment étrange et illogique, car Wilkie était en train d'avouer l'avoir agressée.

— Pourquoi ? Je n'ai jamais cherché à vous nuire.

— Je m'en veux. Prudence, si vous saviez. Je n'ai pas pu m'y résoudre. Vous étiez là, allongée à mes pieds, le visage tourné vers moi. C'était au-dessus de mes forces. Que Dieu bénisse le couple de ramasseurs de champignons.

Elle tremblait. Ses yeux se remplissaient de larmes.

— Aviez-vous l'intention de me tuer ?

— Je ne sais plus. Je devais m'assurer que vous arrêtiez de fouiner. Vous étiez ridicule à vous débattre ainsi ! Tout désignait votre neveu.

Prudence sentait la colère monter. Elle préféra tempérer son humeur plutôt que d'avoir à gérer les conséquences d'une parole malheureuse. Elle s'enfonça dans le fauteuil au tissu fleuri. Elle posa les bras sur les accoudoirs et la regarda droit dans les yeux.

— Une chance pour Amaury et moi que votre plan ait échoué. Avez-vous tué Antonin Gravis ?

— J'aurais aimé ! Mais, non. Je suis coupable d'avoir fait beaucoup de mal autour de moi… je ne suis pas une meurtrière. Juste trop obéissante. Il faut me croire, Prudence !

— Mon avis importe peu. Vous le savez.

— Je vous devais la vérité parce que j'ai commis une faute irréparable.

— Me demandez-vous de ne pas porter plainte pour l'agression ?

— Je l'avais espéré avant d'être arrêtée. Maintenant, je me sens prête à l'affronter. À confesser tous mes crimes.

— Je ne suis pas un confesseur. Nous savons que vous avez monté une arnaque contre le dentiste avec son assistante. Elle vous a convaincue de lui porter les coups qui incrimineraient Gravis. Dans votre plan, y avait-il la mort du docteur ? Si le village découvrait qu'elle avait essayé d'escroquer son patron, elle deviendrait une pestiférée. Vous êtes le genre de femme prête à tout pour aider les victimes. Ce que je ne comprends pas, c'est pourquoi m'agresser ?

Prudence ne ressentait ni colère ni rancœur. Si l'heure était venue du grand déballage, madame Wilkie n'était pas au bout de ses surprises. Elle poursuivit :

— Quelqu'un vous a surprise en conversation avec Rosita. C'était dans un parking, avant l'agression de votre complice. Je sais également que vous m'attendiez devant chez moi, le soir de mon agression sur les berges. Et que vous n'étiez pas seule.

Madame Wilkie se raidit. La voix tremblante, elle s'enquit :

— Comment... ? Je veux dire, qui... ?

— Vous étiez avec von Kalf ! J'en mettrais ma main à couper.

La veuve fortunée fronça les sourcils et abaissa les épaules. Elle se cala dans le canapé et écouta Prudence poursuivre :

— Je peux concevoir que vous nourrissiez de la haine à l'égard du dentiste. Les causes de la mort de Gravis vous désignent directement. Empoisonné par un cannelé bourré de rhubarbe. Qui d'autre que madame Augusta Wilkie les cuisine aussi bien ? Qui d'autre que madame Augusta Wilkie connaissait les allergies mortelles de son vice-président ? Car, après tout, la violence appelle la violence ! Et qui d'autre que madame Augusta Wilkie était capable de battre une gamine à mort pour une arnaque ? Qui d'autre que madame Augusta Wilkie en voulait suffisamment au dentiste pour le tuer ? Et enfin, qui d'autre que madame Augusta Wilkie avait l'opportunité de me traquer et de m'assommer sur les berges ? De me laisser pour morte, crever dans un bois. De retourner chez elle, tranquille, en coupant par la forêt des Feuillus, en moins d'une heure !

— Je ne l'aurais jamais laissé vous faire du mal ! J'ai...

Elle se tut. Elle en avait déjà trop dit. Avoir sous-estimé l'intelligence de ces femmes avait été une erreur. Il était temps d'en finir avec tout ça. Elle prendrait son lot de responsabilités, mais jamais elle ne tomberait pour meurtre. Elle pensa à son fils. Sa plus grande fierté. Sa meilleure réussite. Elle aurait dû dire stop plus tôt. Ça dérapait et elle crevait de trouille.

Elle se pencha vers Prudence et posa les deux mains sur la table basse :

— Tout me désigne comme coupable, pourtant je suis innocente. Il faut me croire. J'ai plaidé coupable pour votre agression. Le capitaine Hasis est au courant. Mais l'assassinat, je n'y suis pour rien. Mon avocat a démontré que rien ne me liait au crime. N'importe qui aurait pu cuisiner le cannelé. Ce que je ne comprends pas, c'est qu'ils avaient ma recette au gramme près et qu'ils ont trouvé mes empreintes sur un moule déposé anonymement chez eux. Je ne saisis pas comment, sur les quatre moules que j'avais, il ne m'en reste que trois à la maison. On m'aurait dérobé le quatrième. Mais une chose est sûre ! Je ne m'en suis jamais débarrassée.

— Qui d'autre connaissait votre recette ?

— Personne !

L'intonation dans sa voix trahissait ses émotions. Fièrement, elle avait expliqué à Georgette qu'elle n'avait jamais partagé sa recette. Or, Prudence savait pertinemment qu'Augusta lui mentait :

— Je ne sais pas qui vous essayez de protéger. Que ce soit Léon von Kalf ou n'importe qui dans ce village, il ne mérite pas que vous vous sacrifiiez pour eux, Augusta ! Dites ce que vous savez au capitaine.

— Acceptez seulement de me pardonner.

Elle se leva, invitant Prudence à partir. Cette dernière lui barra le passage :

— Si la personne que vous couvrez est aussi dangereuse et incontrôlable que je le pense, ne tardez pas à tout raconter à Hasis. Vous n'êtes pas en sécurité.

— Vous avez des enfants, Prudence ?

— Non ! Par manque de temps, je suppose. Entre les fouilles, les invitations et les découvertes, trente années se sont écoulées sans que nous nous en apercevions. Il pourra toujours en avoir avec sa nouvelle compagne. Mais, moi, j'ai dépassé la date limite.

— J'en suis navrée !

— Ne le soyez pas. Je ne l'ai jamais été. Pour être honnête, avoir un enfant n'a jamais été une priorité dans ma vie.

— Moi, j'ai un fils. Il est MA vie. Voyez-vous, je lui mens depuis trop longtemps. Je me suis perdue et il est grand temps que je retrouve le chemin.

Prudence le savait déjà. Il était le directeur de rédaction du journal de Richard à Paris. Elle préféra ne rien dire. Madame Wilkie se dirigea vers l'entrée et récupéra le manteau de sa convive. En le passant à Prudence, elle la regarda avec amitié :

— J'espère que nous nous croiserons avant la représentation. J'ai hâte de voir le fruit de votre travail.

Prudence s'apprêtait à la mettre en garde, à nouveau. Elle ne pouvait pas partir ainsi. Il y avait quelque chose de fragile et de déterminé dans le regard de la marraine du club. Elle ouvrit la bouche quand Augusta l'implora :

— Ne prévenez pas la gendarmerie de votre visite, je vous en prie. Laissez-moi le temps de rendre mon fils fier de moi. Je vous le demande comme un service.

— C'est le genre de service dont je me passerais bien. Promettez-moi d'être prudente et j'accepte de me taire pendant trois jours.

— Accordez-moi jusqu'au jour de la pièce ?

— J'espère que vous savez ce que vous faites.

Prudence quitta l'immense demeure. En refermant le portail derrière elle, elle se retourna. Ne devrait-elle pas rester pour la surveiller ? Prévenir les filles pour s'organiser ? Ou bien rompre sa promesse et débouler, demain à la première heure, dans le bureau de Hasis ?

Elle décida de faire demi-tour, elle devait la convaincre de renoncer, quand son téléphone vibra. Un message d'Arthur.

Prudence, où es-tu passée ? Je viens d'arriver chemin de l'Étang. Réponds-moi, je suis mort d'inquiétude.

54

Ce samedi 15 juillet, à 21 heures, une file de voitures s'étendait jusqu'à la sortie du bourg. Personne à Supplicy-sur-l'Isle n'aurait pu imaginer un tel engouement. Des chaises durent être ajoutées pendant que les spectateurs se massaient devant les portes d'entrée de la salle des fêtes.

Madame Wilkie avait en charge l'accueil. Face à l'afflux, elle accepta l'aide de la femme du maire et de ses amies. À l'intérieur, tout était prêt. Le décor. L'éclairage. Les comédiennes. Seul Léon von Kalf hyperventilait.

Ne s'attendant pas à rencontrer un tel enthousiasme, il avait tourné de l'œil trois fois, avait couru six fois aux toilettes – l'angoisse comprimait sa vessie – et mit quatre fois plus de pression sur les épaules de ses comédiennes et de sa régisseuse. Il lui fallut se reprendre quand les portes s'ouvrirent.

L'absence d'organisation avantagea les premiers arrivés qui se précipitèrent sur les places du premier rang. Des ouvriers du quartier nord s'installèrent à côté des commerçants du bourg ou des femmes de notables. Un joyeux melting-pot social s'opéra, au désespoir des plus aisés – surtout ceux qui ne trouvèrent place qu'au fin fond de la salle.

Quand le rideau s'ouvrit après les trois coups, un silence religieux remplaça le brouhaha. On ne riait plus. On ne toussait plus. On ne remettait plus sa chaise en place. Les téléphones éteints, chacun attendait les comédiennes. Ils avaient hâte de découvrir la mise en scène du célèbre et excentrique Léon von Kalf.

Il fallait dire que depuis le mois de septembre, les frasques et les humeurs du metteur en scène animaient les discussions de Supplicy, du nord au sud. Il en allait de même des membres de ce club, depuis la régisseuse, jusqu'aux comédiennes, sans oublier la marraine arrêtée la semaine dernière. Il était temps de découvrir ceux dont tout le monde parlait. Personne ne fut déçu.

Célia Petitmont portait à merveille son costume d'homme. Borsalino sur la tête. Cheveux attachés sous une perruque courte. Chemise blanche et gilet gris sur pantalon à pinces gris souris. Le tout dissimulé sous un long manteau de laine. Sa voix grave et sa démarche lourde faisaient illusion. Madame Marronnier peinait à la reconnaître et s'en délectait, à coups de coude dans les côtes de son mari. Le metteur en scène, dans son rôle de « garçon », ne frappa pas les esprits.

En revanche, Georges Pérouse d'Angevin, dont la beauté et la grâce lui valurent des applaudissements nourris, fascina l'audience. Les hommes la désiraient. Les femmes l'enviaient. Elle portait une robe Empire, tombant jusqu'aux pieds, magnifiant son port de tête sublime. Ses cheveux, noués en un chignon complexe, finissaient de parfaire sa silhouette filiforme. Quant à Fanny Coleman, qui fit son apparition scène 4, on en oublia ses origines britanniques.

En parfaite Parisienne, elle représentait l'élégance des années 1950. Sublime. Mystérieuse, elle excellait dans l'hystérie et le drame. Sa robe fourreau, d'un rouge profond, la transformait en femme fatale. On en oubliait leur âge tant les comédiennes brillaient dans leur costume, au milieu d'une scène au décor épuré. Une cheminée et son linteau. Une statue de nu, en bronze, posée dessus. En son centre, trois canapés Marshmallow, authentiques George Nelson. Une table ovale, laminée laquée, d'Isamu Noguchi. Pas de miroir. Un tapis noir et blanc, aux motifs géométriques, total *fifties*. Un semblant de fenêtres. Tout était parfait !

*

Final de la scène 5. Le public, penché en avant, semblait happé par le texte de Jean-Paul Sartre et le jeu des actrices. Célia, dans son rôle de Garcin, se détourna de Fanny et fit quelques pas sur scène. Elle s'arrêta devant le bronze posé sur la cheminée :

— Le bronze, dit-elle en le caressant. Eh bien, voici le moment. Le bronze est là, je le contemple et je comprends que je suis en enfer. Je vous dis que tout était prévu. Ils avaient prévu que je me tiendrais devant cette cheminée, pressant ma main sur ce bronze, avec tous ces regards sur moi. Tous ces regards qui me mangent…

Elle se retourna brusquement, provoquant la surprise générale de l'audience :

— Ah ! Vous n'êtes que deux ? Je vous croyais beaucoup plus nombreuses.

Elle rit avec force. Un rire cruel et froid. Imitant celui d'un méchant dans les films d'espionnage.

— Alors, c'est ça l'enfer. Je n'aurais jamais cru… Vous vous rappelez : le soufre, le bûcher, le gril… Ah ! Quelle plaisanterie. Pas besoin de gril. L'enfer, c'est les autres.

Le personnage d'Estelle, soit Fanny, se redressa :

— Mon amour !

Célia la repoussa avec force :

— Laisse-moi. Elle est entre nous. Je ne peux pas t'aimer quand elle me voit.

Fanny Coleman prit un regard fou :

— Ah ! Eh bien, elle ne nous verra plus.

Elle saisit le coupe-papier sur la table basse et se jeta sur Georgette, lui donnant plusieurs coups à la poitrine. La foule émit des petits cris de terreur. Des « non », « ce n'est pas possible », couraient dans la salle de droite à gauche.

Georgette, en Inès, feignit de se débattre et éclata de rire :

— Qu'est-ce que tu fais, qu'est-ce que tu fais, tu es folle ? Tu sais bien que je suis morte.

— Morte ?

Fanny lâcha le couteau à côté du tapis, pour faire un bruit sourd. Tout à coup, le temps se figea puis Georgette ramassa le couteau et se frappa avec rage en déclamant :

— Morte ! Morte ! Morte ! Ni le couteau, ni le poison, ni la corde. C'est déjà fait, comprends-tu ? Et nous sommes ensemble pour toujours.

Elle rit, bientôt rejointe par Fanny :

— Pour toujours, mon Dieu que c'est drôle ! Pour toujours.

Célia en Garcin les regarda toutes les deux et se mit à rire :

— Pour toujours !

Elles s'avachirent, chacune sur son canapé. Puis il y eut un long silence quand chacune cessa de rire. Elles se regardèrent avec intensité jusqu'à ce que l'unique personnage masculin se lève et lâche :

— Eh bien, continuons.

Prudence appuya sur le bouton. Le rideau se ferma, faisant grincer les rouages. Le public, après un certain temps, se mit à applaudir. Tous se levèrent et crièrent bravo. Certains sifflèrent pendant que d'autres hurlaient des « superbe ! ».

Au moment des remerciements, la troupe au complet salua la foule. Léon von Kalf exultait au point que la fierté le rendit muet. Il ne trouvait pas ses mots. Alors Prudence récita le discours rabâché par son metteur en scène et le village applaudit à nouveau. Elle se tourna vers Richard, assis au premier rang, et lui envoya un baiser. Il lui sourit, amusé et heureux, et se leva pour l'applaudir.

Personne n'aurait pu imaginer que ces mamies, novices en arts de la scène, deviendraient, pour un soir, les vedettes de Supplicy-sur-l'Isle.

55

Le lendemain, Prudence et Richard s'accordèrent une grasse matinée. Du moins, le journaliste s'effondra de fatigue pendant que Prudence tentait d'analyser ce qui venait de se passer. Leurs retrouvailles avaient été romantiques, torrides, passionnées… éreintantes. Ils avaient passé la nuit à se comporter comme deux gamins, fous amoureux, cherchant à rattraper le temps perdu. Sans répit, sans repos. Avec envie et volupté.

Léon von Kalf possédait un tout autre métabolisme. À 7 heures 30, il s'était élevé, bien décidé à travailler sur son prochain projet. Cette notoriété, toute nouvelle, lui donnait des ailes. Jamais, en tant que professionnel à Paris, aucune de ses productions n'avait rencontré un tel succès. Désormais, son passe-temps deviendrait lucratif. L'année prochaine, il ferait payer l'entrée et s'en mettrait plein les poches.

Aux alentours de 10 heures, le vénal scénographe reçut un texto de madame Wilkie. Il le lut et tapa du poing sur la table. Après tous ces événements, il avait oublié d'inviter la troupe au déjeuner que le maire organisait en leur honneur. Il passa les coups de fil. Sans surprise, il fut accueilli avec froideur par Georgette. Avec désinvolture par Fanny. Avec douceur par Célia. Et avec des hurlements, proches des insultes, par Prudence, temporisée par

Richard – une caresse sur la joue faisait des miracles sur sa douce.

À midi, les quatre comédiennes poussèrent les portes du jardin de la mairie. Trois tables disposées en U recouvertes de nappes blanches en papier et débordantes de nourriture les attendaient. Le maire avait vu grand. Un traiteur bordelais, à la réputation digne d'un trois-étoiles, organisait le déjeuner.

Elles saluèrent, tour à tour, le premier administré du village et sa femme. Madame Wilkie et leur metteur en scène. Richard était également de la fête. Il accompagnait Prudence, faisant douter Fanny sur le choix de sa tenue. Est-ce que cette petite robe à fleurs la mettait en valeur ?

Le père Valentin et son intendante les accueillirent avec leurs sourires bienveillants. Pour une telle occasion, il s'était senti prêt à braver la foule. Le maire leur présenta l'homme qui devait reprendre le cabinet du docteur Gravis en septembre. La cinquantaine bien tassée, il avait un petit nez qui contrastait avec la grosseur de sa bouche et des yeux bleus qui lui donnaient l'air d'être toujours effrayé. Son épaisse chevelure blonde frisée rendait sa tête disproportionnée. Un cou large, puissant, que soutenait un corps musclé et trapu. Il était non dénué de charme, la douceur de sa voix et la délicatesse de ses gestes le rendant séduisant. Fanny pensa que maintenant que Richard s'était casé avec sa super copine, elle pouvait succomber au nouveau dentiste.

Ce dernier n'était pas seul. Rosita Maille l'accompagnait. La jeune femme leur sourit, comme si de rien n'était, mais les évitait avec soin. Elle devait craindre de devoir s'expliquer sur l'arnaque. Ce dimanche de juillet était délicieux. Une brise fraîche adoucissait les peaux exposées à un soleil ardent. Chacun félicita leurs performances. Tous espéraient revivre une pareille émotion à la saison prochaine.

Laissant les comédiennes à leurs discussions autour de « l'art de crier », Prudence se précipita vers le buffet. L'unique café avalé une heure plus tôt ne lui suffisait plus. Elle attrapa une première verrine quand elle remarqua que Rosita Maille se tenait à côté d'elle. Cette dernière semblait être en grande conversation avec une jeune femme brune que Prudence n'avait jamais vue au village. Vêtue d'un jean brut, d'un tee-shirt oversize gris et de sandales noires, la poupée Rosita, sûre d'elle, cherchait à se dissimuler derrière des vêtements peu seyants. Elle avait relevé ses cheveux en chignon décoiffé et portait un maquillage nude, discret mais terriblement efficace. Son visage respirait l'innocence. Elle faisait penser à un oiseau tombé du nid. Cherchait-elle à amadouer son nouveau patron ? Sa discussion terminée, une fois seule, la jeune Rosita la bouscula et s'excusa. Elle fit demi-tour, prête à décamper, quand Prudence demanda :

— Comment allez-vous Rosita ? Remise de votre agression ?

Elle se retourna et le sourire crispé répondit :

— En parfaite santé, merci ! Pas mal, la pièce, hier. Un peu ringarde, mais, pas mal.

— Je vous remercie. On a fait de notre mieux.

— En tout cas, les vieux ont adoré.

Prudence la regardait avec insistance. Elle devait trouver quelque chose à lui dire. Elle remarqua trois cicatrices blanches sur ses poignets. Elle se rapprocha :

— Ce sont des tatouages que vous avez fait effacer ?

Elle désigna les avant-bras de la jeune fille qui se tenait devant elle, les mains sur les hanches. Surprise, celle-ci croisa les bras, cherchant à dissimuler ses cicatrices :

— Eh ! C'est ça… C'est pour le boulot, vous comprenez. J'ai fait pas mal de conneries dans ma jeunesse. Au moins, les tatouages, on peut les faire disparaître. Ça laisse des marques, mais on s'en fout !

— Des boursouflures plutôt !

— Ouais ! Je n'avais pas les moyens d'aller chez un bon, donc je me suis payé un charlatan qui m'a laissé ces marques.

Prudence s'apprêtait à lui parler du procès des assistantes de Gravis – assez tourné autour du pot – quand madame Wilkie les interrompit.

— Pardonnez-moi, Prudence ! Je dois vous emprunter Rosita quelques secondes.

— C'est-à-dire, comme nous faisons enfin connaissance…

Elles se fixèrent longuement, trahissant une complicité naissante :

— Rosita n'a pas l'intention de partir. Vous aurez tout loisir de vous découvrir plus tard.

Message reçu. Prudence lui accorderait le temps nécessaire. Elle lui avait promis de lui laisser jusqu'à la représentation avant de livrer les informations au capitaine. Elle espérait que madame Wilkie serait digne de sa confiance et qu'elle n'allait pas encore organiser une autre arnaque avec la petite Maille.

— Au plaisir de finir cette conversation, lança Prudence avant de se retourner pour prendre un petit pain rond.

Les deux femmes s'éloignèrent et Prudence crut entendre Rosita lui demander :

— Depuis quand tu l'appelles par son prénom, la vioque ?

Comment une gamine aussi vulgaire pouvait-elle faire l'accueil dans un cabinet dentaire ? Cela dépassait l'entendement. Après avoir englouti toasts, verrines, cuillères apéritives, petits gâteaux et plusieurs verres de jus d'orange, elle rejoignit ses camarades. Ces dernières expliquaient au père Valentin comment elles avaient travaillé sur le « lâcher de couteau » et le bruit de l'impact sur le sol.

— Fascinant ! Comme tout cela est fascinant.

L'enthousiasme de l'ecclésiastique toucha les apprenties comédiennes. Prudence poussa Fanny pour prendre une place dans le cercle improvisé. Elle écoutait le jeune ermite faire le récit de ses émotions au moment où le rideau était tombé quand elle aperçut Augusta parler avec vigueur à Rosita. La veuve fortunée l'avait saisie par le bras. Elle semblait la menacer. La jeune fille se libéra, brandit une main pour la gifler. Madame Wilkie se protégea du coude. Rosita, au prix d'un terrible effort, se détourna et partit, furieuse, vers la sortie. Estomaquée, Prudence se précipita vers elle, bousculant le père Valentin quand Richard lui barra le chemin :

— Tu as l'intention de manger tout ça ? Je me demande ce qui t'a donné autant faim ?

Elle le fixa et susurra :

— D'après toi, Casanova ? Je ne savais pas qu'à cinquante ans, on pouvait aimer comme à vingt.

— Moi non plus. Aurait-on trouvé notre élixir de jeunesse ?

Elle gloussa, comme une gamine, quand elle se souvint d'Augusta. Elle le contourna. La marraine du club avait disparu. Sur la pointe des pieds, à l'image d'un chien de prairie, elle scruta les environs et la foule. Madame Wilkie devait avoir eu la mauvaise idée de poursuivre Rosita Maille. Le groupe, stupéfait par les agissements de leur amie, la rejoignit. Fanny demanda :

— Que se passe-t-il ? Tu as perdu quelqu'un ?

— Je crois que madame Wilkie se disputait avec Rosita Maille.

Richard, qui la frôlait, intervint :

— Probablement à cause de leur histoire d'escroquerie !

Prudence le regarda, cette fois-ci, avec inquiétude et angoisse :

— Tu dois avoir raison. C'est juste que j'ai cru voir la gamine vouloir frapper madame Wilkie.

Célia, qui d'habitude trouvait des excuses à tout le monde, lança :

— Elle me met mal à l'aise, cette petite.

— Moi, je la trouve vulgaire et allumeuse.

Fanny ne mâchait pas ses mots. Elle insista :

— Je l'ai vue de près, tout à l'heure. Elle est complètement refaite. Un drame pour une femme de vingt-six ans. Le nez, les pommettes et la bouche.

Georgette se mit à rire :

— Et tu sais tout ça comment, toi ? Tu as déjà eu recours à la chirurgie esthétique, petite cachottière ?

Elle regarda discrètement le nouveau dentiste, espérant qu'il préfère les femmes naturelles :

— Jamais ! Non ! Mais j'ai passé ma vie à côtoyer des artistes qui, quand ils se lassaient de leurs jeunes mannequins, prenaient des comédiennes. Et quand ils étaient fatigués de leurs comédiennes, prenaient des mannequins encore plus jeunes ! Si vous saviez ce que ces nanas sont prêtes à subir pour paraître belles. Ma main à couper que la petite Maille a été retouchée. Pas par le meilleur chirurgien ! Là, en général on ne voit rien. Mais par un mec pas mauvais non plus.

— Et si madame Wilkie était en danger ?

Prudence n'arrivait pas à s'enlever de la tête la violence de la dispute. Richard, toujours prévenant, proposa :

— Veux-tu qu'on fasse le tour des environs ? Voir si on la retrouve.

Tous la regardèrent, prêts à l'aider sans se plaindre ni rechigner. Elle culpabilisa. Le déjeuner était organisé en leur honneur. Les membres du club le méritaient. Elle soupira :

— Non ! C'est gentil à vous tous, mais nous sommes ici pour profiter. Profitons !

Georgette saisit son amie par le bras et l'entraîna :

— Madame Poivert, quand cesserez-vous de vous inquiéter pour tout le monde ? Aujourd'hui, nous sommes les invitées de monsieur le maire. Vu le tarif horaire de son traiteur, pas question de passer à côté.

Fanny, traînant Célia par la manche, les rejoignit :

— Je dirais même plus : monsieur Pouillot doit en avoir pour son argent. Festoyons !

56

Prudence pénétra dans la maison à la suite de Célia. Elle retira ses sandales ouvertes et enfila des chaussons. La fraîcheur à l'intérieur contrastait avec la chaleur poisseuse de cette fin de journée. Le déjeuner chez le maire venait de se terminer. Il était 18 heures. Richard ne les accompagnait pas. Réquisitionné pour une réunion éditoriale à Paris, il reviendrait vers sa Prudence en milieu de semaine suivante. En attendant, Cély lui avait promis de veiller sur sa douce.

Après avoir libéré Tintoret qui se précipita vers la porte du jardin côté cuisine – à l'ombre de la demeure –, les deux amies s'installèrent au salon. Célia, toujours sur son petit nuage, répétait combien ces dernières quarante-huit heures avaient été délicieuses. Elle en avait oublié le début d'année désastreux. Son témoignage à la gendarmerie qui incriminait Amaury. Les regards accusateurs des villageois. L'agression de Prudence. Les crises de von Kalf. Comme si un bonheur soudain ne pouvait se reproduire, elle profitait de chaque seconde pour se délecter. Prudence l'écoutait et souriait. Elle aussi bénissait ces dernières heures passées dans les bras de son reporter international.

La cohabitation entre les deux femmes se déroulait à merveille. Même si Prudence était attachée à une certaine solitude, elle adorait la compagnie. Particulièrement celle de Célia Petitmont. Femme délicieuse et facile à vivre. Ouverte. Intelligente. Piètre cuisinière, mais, génie des boissons chaudes. Son incroyable mémoire fascinait Prudence, qui avait pris l'habitude, sans en avoir conscience, d'écouter chaque réflexion de son amie. Même la plus insignifiante. Elles se remémoraient leur fin de matinée et l'épisode avec madame Wilkie. L'ancienne secrétaire voulut en savoir davantage :

— Que t'a-t-elle dit au buffet ?

— Elle souhaitait parler à Rosita.

— Tu as eu le temps de dire à Rosita que tu étais au courant pour l'arnaque ? Qu'a-t-elle répondu ?

— Même pas ! J'ai voulu la jouer en douceur ! Manque de bol, je n'ai pas eu le temps. J'ai même attendu qu'elle termine sa conversation avec son amie !

— Ah bon ! Avec qui était-elle ?

— Aucune idée. Une brunette jamais vue au village. Probablement une de ses copines de Bordeaux, venue la voir ce week-end !

— Madame Wilkie vous a interrompues !

— En plus, on parlait de tout et de rien. De son retour à Supplicy. De ses marques sur les avant-bras…

Célia opina :

— D'anciens tatouages qu'elle a dû faire retirer avant de venir travailler pour Gravis !

Prudence fronça les sourcils. Comment savait-elle… ? Cély s'expliqua :

— Ce n'est pas de ma faute. Mon cerveau retient des informations dont je me passerais bien. Les yeux globuleux du nouveau dentiste, par exemple. L'odeur âcre du parfum de la femme du maire. Ça me fait penser à de vieux relents d'eau oxygénée et de poubelles. Je ne te parle pas du père Valentin et de sa manie de tirer sur les manches de sa chemise. Il doit chercher à cacher des cicatrices. Ou de madame Wilkie et de son odeur de fleurs de roses. Ma tête accumule des détails ridicules sur tout et tout le temps.

— Tu penses qu'elle avait quel genre de tatouage sur les avant-bras ?

— J'ai travaillé pour un dermatologue quelques années. Il recevait pas mal d'anciens tatoués, dont la dépigmentation avait un peu foiré. Le motif doit être simple, d'après les marques. Je dirais trois traits, genre entrelacs, feuillages, motifs géométriques qui font le tour du poignet.

Prudence se leva et attrapa son ordinateur portable posé sur la table de la salle à manger. Elle revint et s'assit à côté de Célia. :

— Montre-moi à quoi tu penses.

*

Au matin, Prudence eut grand mal à quitter son lit. D'effroyables images de peaux boursouflées ou creusées par le feu ou les lasers l'avaient tenue éveillée toute la nuit. Après le manque de sommeil cumulé dans les bras de Richard, elle se sentait épuisée. Toutes ces conneries n'étaient plus de son âge. Elle enfila sa veste en alpaga oversize, glissa ses pieds dans ses chaussons et descendit dans la cuisine.

La porte grande ouverte sur le jardin, Célia jouait avec Tintoret, du côté du potager à aménager. Prudence se servit un café noir. Elle prit place sur un tabouret du comptoir. De là, elle avait une vue directe sur son amie.

Elle avala deux gorgées et, sans réfléchir, remonta les manches de sa veste. À presque 10 heures, il faisait déjà 25 °C au soleil. Sans le vouloir, elle examina ses avant-bras. Ils étaient blancs au point qu'on y voyait les veines bleues. Elle observa ses mains et agita ses doigts. Tout à coup, elle se figea. Deux, elles étaient deux ! Se pouvait-il que… ?

Elle laissa sa tasse fumante sur le plan de travail et se précipita dans les escaliers, direction la salle de bains. Elle prit une douche en dix minutes chrono. Elle enfila un pantalon en lin, couleur jean, un tee-shirt noir pur coton et dévala les escaliers en trombe. Elle récupéra sa besace pendue à la patère de l'entrée. Elle arracha ses clés de voiture du pot à « fourre-tout » – clés de maison, pièces de monnaie, bons de réduction, cartes de fidélité, jetons de chariot, chewing-gum, bonbons à sucer. Elle enfila une paire de baskets noires et hurla à Célia qu'elle revenait dans une demi-heure. Une fois dans l'avant-cour, elle bondit dans sa deudeuche jaune. Elle ouvrit le portail et découvrit la camionnette du fermier Martin. Le fils s'apprêtait à sonner pour effectuer le remboursement du lapereau. Elle n'avait pas le temps de discuter. Elle baissa la vitre et lui lança :

— Rangez votre bon d'échange. Je garde le petit lapin. Ce fut une joie de faire affaire avec vous. Au plaisir ! Et saluez votre père.

Elle démarra précipitamment, laissant l'homme estomaqué. Décidément, ces citadines avaient un grain ! Il remballa les documents et remonta dans son fourgon pour finir ses livraisons. Prudence passa devant la maison de monsieur Garonnet qui lui hurla quelques insultes en passant. Elle roula à vive allure sur cette route qu'elle connaissait désormais par cœur.

Les quartiers nord de Supplicy n'avaient plus de secret pour elle. En se garant devant la maison aux volets rouges, située au fond du lotissement de La Lamproie, Prudence hésita. Elle n'avait échafaudé aucun plan. Comment allait-elle pouvoir aborder une question aussi délicate ?

57

Alors qu'elle réfléchissait aux mots qu'elle pourrait employer, elle entendit :

— Prudence Poivert ?

Elle n'y fit pas attention :

— Prudence ! Madame Poivert.

On frappait à la vitre de sa voiture. Madame Marronnier la regardait, tout sourire. Prudence sortit de son véhicule et dit :

— J'espère ne pas vous déranger, en ce lundi matin ?

— Vous déconnez ! Une star dans notre quartier. Ça ne vous dérangerait pas de signer l'affiche de la pièce de théâtre ? Robert n'a pas voulu rester pour vous attendre l'autre soir. J'ai insisté, mais j'ai épousé monsieur Tête de mule, un vrai…

Prudence l'interrompit en toute politesse :

— Avec plaisir. Je vous remercie d'être venus nous voir. On était tous surpris du succès de la pièce !

Madame Marronnier la saisit par le bras et l'entraîna chez elle :

— C'était génial ! Je vous offre un café ? Quand j'ai vu madame Petitmont en costume d'homme, avec sa moustache et son chapeau, je n'en revenais pas. J'ai dit à Robert : « C'est une dame, c'est une dame », mais il m'a dit de me taire. Monsieur ne voulait rien louper du dialogue. Qu'est-ce qu'il peut être pénible !

En moins de temps qu'il n'en faut pour dire « ouf », Prudence se retrouva assise à la table de madame Marronnier, une tasse de café chaud posée devant elle. Elles discutèrent de la pièce. Du travail des comédiennes. De celle « qui avait un tailleur trop chic ». Du décor. Du travail de Prudence à la console de régie. Une heure plus tard, elles étaient toujours en train de parler du faux couteau employé par Fanny et Georgette. Prudence, voyant l'heure tourner, se permit de changer de conversation :

— Dites-moi, madame Marronnier ! Je ne voudrais pas paraître indiscrète, mais je me demandais si vous pouviez me rendre un service.

La propriétaire des lieux se mit à rire :

— Je parle. Je parle sans vous avoir demandé ce qui me valait votre visite. Vous n'êtes pas ici pour me remercier d'être venue au spectacle ?

— Pour être honnête, pas tout à fait. Il n'empêche que je vous remercie d'être venue.

— Je vous en prie. C'est moi qui vous remercie !

Elle jouait les grandes dames mais ne put s'empêcher d'ajouter :

— Accouchez, Prudence ! Vous êtes là pour parler potins.

Prudence lui adressa un large sourire complice :

— Plutôt folklore local.

— Je ne m'y connais pas trop en histoires d'ici. Sauf s'il s'agit de coucheries, ou des trucs du genre.

— Pas de coucheries pour aujourd'hui ! Peut-être la prochaine fois !

— De quoi avez-vous besoin ?

Prudence désigna les cadres déposés avec soin sur une étagère étincelante de propreté.

— De jeter un coup d'œil sur vos vieilles photos.

*

Prudence se sentait différente en quittant la maison des Marronnier. Une évidence venait de la frapper. Assommée par ses réflexions, elle perdait tout bon sens. Une chose l'obsédait : Augusta Wilkie. Depuis vingt-quatre heures, elle se rongeait les sangs. Elle aurait dû la poursuivre. Elle aurait dû l'arrêter. Elle comprenait désormais chaque mot qu'elle avait dit à Prudence, le soir de sa visite. Le puzzle qui se formait dans sa tête la fit frissonner. Elle regarda l'heure. Y avait-il une chance pour que le capitaine Hasis soit à la gendarmerie en ce moment ?

Elle remonta en voiture et mit le contact. En quittant le lotissement de La Lamproie, elle prit le chemin du bourg de Supplicy. Elle eut soudain l'idée folle de passer chez madame Wilkie et fit demi-tour. Elle devait en avoir le cœur net avant d'exposer ses soupçons aux forces publiques. Elle respecta la limitation de vitesse. Chaque feu. Chaque stop. Chaque cédez le passage.

Elle longea la route du fleuve. Un nouveau feu rouge. Elle jeta un regard dans le rétroviseur pour voir si elle n'avait pas les traits trop tirés. Elle vit Augusta traverser la chaussée en courant. Prudence se retourna. La veuve fortunée passait la grande porte de la cloche. Ni une ni deux, Prudence gara sa deudeuche en catastrophe sur un trottoir. Elle descendit et partit, au pas de course, dans la même direction.

Elle y arriva au moment où madame Wilkie tournait devant la pharmacie. Prudence comprit où elle se dirigeait. Elle coupa par les rues parallèles. À bout de souffle, elle se retrouva devant le portail du cabinet dentaire. Parking ouvert, une voiture y stationnait.

Sans connaître son propriétaire, Prudence devinait de qui il s'agissait.

Elle passa le portail et longea le mur jusqu'à la première fenêtre. Le cabinet était allumé en pleine journée. Elle y jeta un œil.

Personne.

Son téléphone vibra. Célia tentait de la joindre.

Elle appuya sur « rejet » et ouvrit l'application texto. Elle commença à rédiger quand elle entendit :

— Madame Poivert ! Je vous en prie, venez profiter de la clim !

58

Prudence releva la tête. Rosita Maille se trouvait appuyée contre le mur, un scalpel à la main. Une lueur morbide luisait dans ses yeux. Prudence appuya sur « envoyer » et glissa son portable dans son sac :

— Pas de téléphone ici. Ça perturbe les machines.

Rosita Maille tendit la main et claqua des doigts. Prudence ressortit son appareil. Elle s'approcha lentement et le lui remit. La jeune femme ne la quittait pas du regard. L'outil tranchant dans sa main brillait sous le soleil. Elle recula, lui faisant signe de la suivre. Une fois à l'intérieur, Prudence se dirigea derrière le fauteuil, du côté de la fenêtre, les mains en l'air.

— Qu'est-ce que c'est que cette manie de foutre votre nez partout ?

— Rosita, écoutez…

— Ferme-la, mamie ! Ça fait des mois que tu m'emmerdes. Qu'est-ce que t'es venue foutre à l'écluse de Léoguille ? Et qu'est-ce que vous aviez, les vieilles et toi, à interroger tout le village sur Wilkie, Léon et les autres ? Vous ne pouviez pas leur foutre la paix, aux Marronnier ?

Prudence, menacée, devait jouer le tout pour le tout.

— Vous avez encore une chance de vous en sortir. Arrêtez.

La jeune femme s'approcha en relevant ses manches. Prudence poursuivit :

— Je sais que vous n'êtes pas responsable.

— Ah vraiment ? Et, de quoi ?

Elle rit à gorge déployée. La Poivert l'amusait plus qu'elle n'aurait pu l'imaginer.

— De l'accident dans le potager de Jacquelin, quand vous aviez huit ans.

Rosita posa le scalpel sur le bureau et croisa les bras :

— Qu'est-ce que vous racontez ? Je suis arrivée à Supplicy il y a trois ans !

— Je ne pense pas. Vous étiez déjà à Supplicy en 1999. Vous y avez passé de bons moments d'enfance jusqu'au drame. L'accident de la fille du jardinier dans les vignes des Gravis.

— Vous êtes complètement à côté de la plaque !

— Vous vous êtes vengée en tabassant le cousin d'Antonin Gravis.

La jeune femme ne riait plus. Prudence Poivert était maligne. Elle semblait avoir compris beaucoup de choses, mais Rosita ne se laissa pas déstabiliser. Elle avait prévu de s'en débarrasser, mais restait curieuse de savoir ce que la fouineuse avait pu dénicher et surtout, de comprendre :

— Waouh ! On peut dire que vous en avez, de l'imagination. Je ne comprends pas un mot de ce que vous dites !

— Au bout du lotissement de La Lamproie, un couple, les Marronnier, ont accueilli une jeune fille pendant quelques années. Cette enfant s'est rapidement attachée à son voisin, l'ancien jardinier de la famille Gravis. Il l'appréciait tellement qu'il voulait l'adopter. Le pauvre homme avait une fille qu'il adorait, Sarah. Jusqu'à ce qu'on la retrouve morte dans les vignes du grand-père d'Antonin Gravis. La petite du foyer, accueillie par les

Marronnier, passait son temps avec elle. Quand Jacquelin s'est pendu, il fallait qu'elle les venge.

— D'où vous sortez cette histoire ? Ce sont les Marronnier qui vous ont dit ça ?

Sans chercher à répondre, Prudence poursuivit :

— Un jour, l'occasion s'est présentée. Antonin Gravis traînait toujours dans le jardin abandonné de Jacquelin. La jeune fille est allée récupérer un gros piquet dans la remise du jardinier. Elle est partie foutre une correction au gamin. Sauf qu'elle s'est trompée. Elle a castré le cousin, portrait craché d'Antonin Gravis en plus grassouillet.

— Mais de qui vous parlez ? Jamais entendu un truc pareil !

Rosita suait et perdait son calme. Qui d'autre que la vioque Poivert pouvait avoir deviné ? À qui avait-elle pu en parler ? Prudence enchaîna :

— Si Robert Marronnier n'était pas arrivé à temps, le gamin serait mort, vidé de son sang. Vous quittiez le village quelques heures plus tard, direction la DDASS, avant de finir en centre spécialisé.

— Vous pensez que cette gamine, c'est moi ? Attendez, je n'ai jamais entendu parler de cette histoire. Qui vous a raconté ça ?

— Un homme de confiance !

— Le père Marronnier ?

— Non !

Elle s'approcha, l'air menaçant. Une lueur différente brillait dans son regard, mélange de haine et de peur.

— Dis-le-moi, sinon je te saigne, salope.

— Monsieur Marronnier n'avouera jamais avoir caché un secret aussi lourd autant d'années. Seulement pour sauver la peau d'une gamine. C'est le père Valentin.

La jeune femme recula d'un pas. Le visage rouge, elle transpirait et tremblait. Prudence pouvait voir les veines de son cou battre sous sa peau. Tout à coup, Rosita se raidit. Son regard s'assombrit, dessinant des cernes noirs. Elle changea de voix – caverneuse, froide, effrayante – et perdit son calme. Elle hurla :

— Vous racontez que de la merde. Je ne vous crois pas. Impossible, putain !

Rosita Maille perdait tout contrôle. Prudence en profita :

— Lola ! Car c'est bien ainsi que vous vous appelez. Rosita Maille est une pure invention. Madame Marronnier a gardé une photo de vous. On reconnaît clairement le haut du visage.

— Bordel ! Des années de chirurgie qui ne m'auront servi à que dalle !

La jeune femme récupéra le scalpel et l'agita :

— Pourquoi mentir ? Je vais vous saigner. Vous n'aurez jamais l'occasion de partager vos petites découvertes. Qui d'autre est au courant ?

Prudence recula et se cogna contre un mur. Elle prenait au sérieux les menaces de la jeune femme :

— J'ai découvert ça il y a une heure.

— Cool ! Vous savez quoi ? J'ai bien envie de vous croire. Vous êtes bien le genre de meuf à partir de votre côté pour vérifier une théorie fumeuse.

Prudence devait savoir :

— Où est Augusta ? Que lui avez-vous fait ?

— C'est pour ça que vous êtes là ! Vous avez suivi Wilkie parce que vous vous inquiétiez. Je me disais qu'il devait se passer un truc entre vous. Du genre, copinage. Ne me dites pas que vous lui avez mis en tête de parler à la flicaille ?

— Elle a cru naïvement pouvoir vous ramener à la raison. Pour l'honneur de son fils, il était hors de question qu'elle se dénonce à votre place.

La jeune femme applaudit.

— Parfait ! Vous qui êtes si balèze, dites-moi ! Que croyez-vous qu'Augusta Wilkie et moi cachions ?

Prudence fit plusieurs pas en direction de la fenêtre. Parvenir jusqu'à la porte semblait trop périlleux du fait de la proximité de Rosita et de son scalpel. Pourquoi n'avait-elle pas écrit à Célia qu'elle courait un danger ?

— Vous avez testé sa loyauté avec le coup de l'escroquerie. Jamais madame Wilkie n'aurait imaginé que vous aviez un tout autre objectif en tête.

— Lequel ? Vous m'intéressez !

— Finir ce que vous aviez commencé. Avec, cette fois-ci, la ferme intention de ne pas louper. Vous travailliez pour Gravis depuis des mois. Aucun risque d'échouer !

— Vous croyez que j'ai tué le dentiste ? Vous êtes timbrée !

— Toute cette histoire : l'agression, l'opportunité d'arnaquer le dentiste grâce au procès contre ses huit dernières assistantes, votre ascendant sur madame Wilkie, n'avait qu'un but : venger Henri Jacquelin et sa fille. Je vous soupçonne même d'avoir eu une aventure avec Léon von Kalf pour vous rapprocher d'Augusta.

— Vous me prêtez plus d'intelligence que je n'en ai ! Continuez, c'est plutôt marrant !

— Je crois que vous avez profité de vos blessures pour quitter Supplicy. Quelques jours seulement. Vous n'étiez jamais loin. Un soir, vous avez attendu le départ de votre remplaçante pour frapper. Madame Wilkie vous avait donné sa recette de cannelés. Vous lui avez subtilisé un moule, moule que vous avez envoyé anonymement à la gendarmerie pour la faire tomber à votre place. Vous connaissiez l'allergie mortelle du dentiste. Quelques bouchées ont suffi pour vous assurer de votre succès. Les feuilles de rhubarbe broyées n'étaient pas nécessaires. Le choc anaphylactique l'aurait achevé de toute manière !

— Ah ! Vous savez comment il est mort. Je suis épatée. Je pensais que les gendarmes resteraient plus discrets.

— Ce ne sont pas les gendarmes qui nous ont informées. Nous avons d'autres sources.

Rosita claqua des doigts :

— Le journaliste parisien. Je l'ai vu traîner plus d'une fois du côté de la gendarmerie. Il semble qu'il se tape une vieille du club de théâtre. Je parierais sur vous !

Prudence ne dit mot. Elle voulait gagner du temps, mais comment faire ? La jeune femme ajouta :

— Vous n'êtes pas loin d'avoir tout pigé, la vioque. Pourtant, ce n'est pas tout à fait ça !

Rosita Maille se mit à ricaner.

59

Elle secouait la tête et ne put s'empêcher de dire :

— Personne ne regrette la mort d'un Gravis. On peut dire que j'ai aidé la communauté. Je leur ai rendu service, et qu'est-ce que vous faites pour me remercier ? Vous fouillez. Vous espionnez. Vous doutez de ma bonne foi.

Elle s'approcha et fendit l'air avec sa lame. Prudence recula. Elle repéra un meuble au milieu de la pièce. Elle se précipita derrière. Elle se trouvait à un mètre de la porte d'entrée du cabinet.

— Vous n'êtes qu'une banale sociopathe !

Prudence la provoquait. La colère est source d'erreur – ce dont Prudence avait terriblement besoin pour s'échapper. Lola répondit :

— Pour les curés, je suis possédée. Pour mes parents biologiques, qui m'ont abandonnée parce que j'avais essayé d'étrangler mon petit frère et de noyer ma mère, j'étais de la mauvaise graine. Et pour les quelques psys que j'ai croisés, j'étais une enfant instable. Sociopathe. Si vous voulez !

Raté. Prudence retenta :

— Vous êtes une tarée. Ni plus ni moins ! Le capitaine Hasis finira par vous coincer. Il sait que vous avez monté une escroquerie avec madame Wilkie.

— Arnaqueuse, ce n'est pas tueuse, grosse dinde ! Votre flic est aussi débile que vous. Non ! J'aurais juste dû tout faire toute seule. Demander à Augusta de vous zigouiller fut ma énième bourde. Elle vous assomme et se met à paniquer, jusqu'à ce que deux putains de randonneurs se pointent. Maintenant, Wilkie a des remords. Je vais donc devoir m'en occuper avant qu'elle ne commence à baver.

— Vous n'allez pas tuer tout le village ?

— Pourquoi pas ? Après tout, ce n'est pas mon premier meurtre et ça ne sera pas le dernier. J'ai tout fait pour que ça retombe sur Augusta. C'est juste une question de temps avant que les gendarmes lui mettent la main dessus. Pour vous, je vais prendre un peu le temps de la réflexion. Mais vous ne sortirez pas d'ici en vie.

— Que vouliez-vous dire par « ce n'est pas tout à fait ça », tout à l'heure ?

— Quand les Marronnier m'ont envoyée dans cet institut à Bordeaux, je m'en suis échappée dès le lendemain. J'ai traîné dans la rue. Pour une enfant, je comprends que ça puisse être difficile. Pour moi, c'était un terrain de jeux formidable. J'avais un grand ami d'enfance qui me surnommait Rosita à cause de mes yeux noirs. Un jour, il a disparu de la surface de la terre. J'ai récupéré le nom de famille de sa mère. Facile ! Sauf que je n'arrivais pas à me sortir de la tête monsieur Jacquelin. Gentil. Patient. Aimable. J'arrivais à tout obtenir de lui. Et ces putains de Gravis qui lui font ça. Des monstres ! Alors que moi, ils ont cherché à m'enfermer à cause de ma « potentielle dangerosité ». Cette famille-là avait le droit de faire les pires horreurs à tout le monde. Les maires, les préfets, la police, tous fermaient les yeux. En observant les Gravis, j'ai compris que je n'étais pas anormale. J'étais comme eux, mais en plus pauvre. J'étais donc la seule à pouvoir les faire payer pour ce qu'ils avaient fait à ma Sarah et à son père. Le pieu dans sa remise m'avait paru être une excellente idée. Dans la précipitation, je me suis un peu ratée. Un Gravis n'est pas mort ce jour-là. Ça, ça m'avait vraiment foutue en rogne ! Quand j'ai eu vingt-trois ans, je faisais la manche à Bordeaux. J'ai vu des types en costard cravate sortir d'un resto « chicos ». La tête de l'un d'entre eux m'était familière. Y en a un qui l'a appelé « Antonin ». J'ai demandé à un pote de me faire des faux papiers. Comme, dans la rue, depuis des années, on me connaissait sous le nom de Rosita Maille, je le suis restée. Au village, personne ne m'a reconnue. Une légère chirurgie de ma gueule payée par de gros porcs de clients a pas mal aidé. J'ai attendu que Gravis vire sa dernière assistante pour me présenter. Entre-temps, j'étais devenue la maîtresse de Léon von Kalf et l'amie et confidente d'Augusta Wilkie, la « mère Teresa des gamins en détresse ». J'étais intégrée au village. Mais l'arnaque est venue par hasard. J'avais besoin de fric et j'ai convaincu la vieille bourgeoise de m'aider. À force de côtoyer Gravis, je n'avais qu'une idée : le caner. Comment ? Je voulais un truc douloureux et jouissif pour moi. Un jour, je l'ai surpris qui disait à Augusta qu'il avait une allergie mortelle. La rhubarbe, quel débile ! Il s'en était rendu compte quand il avait cinq ans. Sa gorge et ses lèvres s'étaient mises à gonfler. Il suffoquait. Il cyanosait et il délirait. Voilà comment je voulais le voir crever. Il ne me restait plus qu'à trouver le coupable idéal. Augusta Wilkie et ses fameux et extraordinaires cannelés bordelais. Je l'ai suppliée de m'apprendre sa recette.

Elle a refusé, alors j'ai sorti la carte du chantage affectif. Celle-ci fonctionne à tous les coups sur la vioque. Après l'agression, Wilkie et moi, nous nous sommes rendues à vingt kilomètres d'ici. Nous nous sommes entraînées pendant une semaine à cuisiner ces putains de gâteaux. Semaine enchanteresse pour la Wilkie qui pensait avoir sauvé mon âme – elle avait même refusé d'en parler à son gamin de Paris, feignant une amnésie. Semaine déterminante pour moi pour dézinguer Gravis. Il m'a fallu du temps pour cuisiner les cannelés, j'avais du mal avec la cuisson. Une fois prête, je me suis pointée un soir au village. Je n'avais pas l'intention de passer à l'acte, ce soir-là, mais l'occasion s'est présentée. Celle qui me remplaçait, Célia Petitmont, avait quitté le cabinet à 19 heures. Chose rarissime pour une assistante de Gravis, plus habituée à des 21 heures voire 22 heures. Je suis allée sonner. Là, je lui ai sorti le grand numéro. Comme il me courait après depuis deux ans, je me suis offerte pleine et entière. Je l'ai épuisé, le pauvre homme, sur les berges du canal. Il en a perdu son smartphone tout neuf. En guise de remontant, je lui ai proposé des cannelés faits maison de la mère Wilkie. Il a suffoqué et déliré pendant une heure à côté de l'écluse, en foutant du vomi partout. Jusqu'à ce qu'il tombe dans les vapes et se cogne la tête. Rideau !

Elle mima la chute et se mit à rire à gorge déployée. Prudence fronça les sourcils, l'air grave. Elle venait de comprendre. Elle se focalisa sur le bracelet au poignet de la jeune femme :

— Vous avez perdu un crocodile, ce soir-là. Il était sur le pont-canal.

— Ouais. D'ailleurs, quand j'y suis retournée, il y était toujours. Qu'est-ce qu'ils sont cons, ces flics !

Prudence aurait dû en parler à Hasis ! Comment avait-elle pu être si négligente ? Elle écouta Rosita vider son sac. La gamine psychopathe aurait pu lui épargner les détails. Son sadisme la fit frissonner. Alors qu'elle revenait sur l'agonie du dentiste, l'interphone sonna. La jeune femme se figea. Elle regarda vers la porte.

Le visage de Célia Petitmont apparaissait sur l'écran du visiophone.

60

Furieuse, elle brandit son scalpel :

— Qu'est-ce qu'elle fout là ? Tu l'as prévenue !

On sonna une nouvelle fois.

— Je n'ai rien fait !

Prudence sentait que la situation lui échappait. Qu'est-ce que Célia venait faire ici ? Qu'avait-elle compris de son texto ? Avait-elle…

— Je commence par toi et je m'occupe d'elle après.

Rosita Maille, anciennement Lola, bondit sur la quadra. Le scalpel dans la main droite, elle s'apprêtait à frapper. Prudence avait levé les avant-bras pour se protéger le visage. Bloquée, coincée entre la fenêtre et un meuble, elle n'avait pas d'issue de secours. Elle se préparait au pire quand elle entendit la porte du jardin du cabinet s'ouvrir.

— Lâchez votre arme !

Le capitaine Hasis se tenait sur le seuil, un pistolet braqué sur Lola, *alias* Rosita Maille.

— Je ne le répéterai pas, Mademoiselle. Prochaine sommation, je vous abats.

La jeune femme se figea dans son élan. Le regard noir, elle ne lâchait pas Prudence.

— Retournez-vous et déposez ce couteau par terre.

Prudence pensa qu'un couteau aurait fait moins de dégâts que la lame aiguisée d'un outil chirurgical.

Elle observa la jeune femme déposer le scalpel au sol et se retourner lentement vers le capitaine. Les mains en l'air, en signe de reddition, elle lui souriait, aguicheuse. La sonnette de la porte retentit à nouveau :

— Lieutenant. Veuillez avoir l'aimable obligeance de bien vouloir informer madame Petitmont que nous avons appréhendé la suspecte ! Elle a été formidable !

— Oui, mon Capitaine ! Bien, mon Capitaine !

Prudence aperçut des uniformes verts attroupés derrière la fenêtre. Farid Hasis demanda à un de ses hommes de menotter la jeune femme. Il donna quelques instructions avant de s'occuper de la femme coincée entre la fenêtre et le meuble au centre de la pièce. Prudence ne bougeait pas, traumatisée par la vision du visage déformé de haine de Rosita Maille. Tout à coup, elle entendit son nom. Sortie de sa torpeur, elle fixa le capitaine :

— Madame Poivert ! Ne vous avais-je pas dit d'arrêter de mettre votre nez partout ? Nous étions à deux doigts de vivre un nouveau drame !

Confuse, elle bafouillait :

— Je suis… Je suis… Je sais ! Je vous demande pardon.

Il s'approcha, voyant qu'elle restait prostrée dans son coin.

— Allons ! Si à l'avenir vous me promettez qu'on ne se reverra plus, je peux oublier.

Elle hochait la tête sans s'arrêter. Le capitaine lui saisit une main qu'il tapota :

— Ne me dites pas que vous alliez passer la journée chez le dentiste ? Ça ne ressemblerait pas trop à la Prudence Poivert que je connais.

Il lui sourit, cordial et amical.

— Vous commencez à me connaître !

— Oh que oui ! Et ce n'est pas si terrible que je le pensais.

La quasi-quinqua sourit enfin.

— Vous êtes un gentil, capitaine Hasis, en plus d'être un très bon flic !

— Remerciez madame Petitmont d'avoir su lire entre les lignes de votre texto. À vous deux, vous faites la paire.

— Célia est un génie !

— Si le génie et vous pouviez éviter de vous mettre en danger, ça m'arrangerait !

Prudence retrouva son amie sur le parking du cabinet dentaire. Peu enclines aux manifestations d'affection physiques, les deux femmes brisèrent leur habitude et se tombèrent dans les bras. Célia s'écria :

— J'étais morte de peur. Je sentais bien que quelque chose clochait, en relisant ton texto. « Je suis au cabinet dentaire » ! Comment ça ? Fermé depuis des mois, cela n'augurait rien de bon.

Prudence loua son esprit de déduction. Elle expliqua comment Rosita Maille lui avait confisqué son téléphone. Elle regrettait de n'avoir pas écrit « danger » sur son message. Célia poursuivit en racontant ses doutes suite au départ précipité de son amie le matin même. Sans hésiter, elle avait appelé la gendarmerie.

— Toujours matinal, le capitaine venait de recevoir un appel de madame Marronnier qui lui avait raconté ta visite. Il allait justement venir à ta rencontre, expliqua Célia.

Tout à coup, madame Wilkie apparut, soutenue par deux femmes gendarmes. Groggy, les marques rouges autour de sa bouche et ses poignets laissaient deviner une attache au chatterton. Elle était détenue au cabinet dentaire, elle aussi. Rosita Maille se serait occupée d'elle après avoir égorgé Prudence. Les deux amies la regardèrent rejoindre la camionnette. La scène paraissait surréaliste.

On entendait les sirènes hurler dans les rues adjacentes. La camionnette de l'unité scientifique déversait son lot d'hommes en costumes de plastique blanc. Les radios grésillaient. Les portières claquaient. Les graviers crissaient sous les bottes des gendarmes. Les ordres fusaient. L'agitation fit prendre conscience à Prudence de la stupidité de son geste : elle s'était précipitée dans la gueule du loup et avait bien failli y passer. Elle se retourna vers Célia. La douceur de son visage l'apaisa. Tout était terminé. Elles pourraient recommencer à vivre normalement.

Le capitaine Hasis sortit du cabinet dentaire et se dirigea vers les héroïnes du jour :

— Vous allez nous accompagner, madame Poivert. Vous n'en êtes plus à une déposition près.

Il lui fit un clin d'œil et l'invita à le suivre. Prudence lâcha doucement son amie. Elles se reverraient dans la soirée, à la maison. Elle s'apprêtait à monter dans la voiture du capitaine quand elle remarqua que Rosita embuait la vitre du véhicule banalisé. Les mains attachées devant elle, elle tendit l'index et écrivit dans la buée :

— Vous êtes une hérétique, Prudence Poivert.

Ces quelques mots la frappèrent avec violence. Sans comprendre sa réaction, elle emboîta le pas au capitaine en marmonnant : « Hérétique, hérétique, hérétique… »

61

— Rentrez chez vous, madame Poivert ! Que je ne vous revoie plus jamais dans ce bureau !

L'ordre du capitaine n'était que bienveillance. Il avouait être soulagé du dénouement de son enquête. Aucune nouvelle victime à déplorer. Il devait une fière chandelle à cette fouineuse de Poivert. Sans le coup de téléphone de Célia Petitmont, son équipe et lui chercheraient toujours le lien entre l'assassin et le plus grand notable de Supplicy. Malgré le travail de fourmi de ses hommes, il remerciait Prudence de lui avoir évité de condamner un innocent.

En revanche, son instinct ne s'était pas trompé : Célia et Prudence couraient un grand danger. Après l'incident sur les berges, il ne pouvait s'empêcher de faire un tour, chaque jour, chemin de l'Étang, avant de rentrer chez lui. S'il était arrivé quoi que ce soit à ses « petites curieuses », le capitaine ne se le serait jamais pardonné. Lui aussi avait remonté la piste de l'assistante. La révélation de l'arnaque n'avait fait qu'accentuer ses soupçons. Rosita Maille semblait n'avoir aucun passé. Il avait même envoyé quelques hommes à Bordeaux pour la surveiller. Rien de concluant !

Pourtant, il touchait au but. Les agissements de Prudence Poivert l'avaient aidé d'autant plus ! Pourquoi rendre visite aux Marronnier quarante-huit heures après la représentation ? Quelles pistes pouvait bien remonter l'ancienne femme d'archéologue ? Enfin, quelques jours avant la représentation de la pièce de Jean-Paul Sartre, Hasis avait aperçu la voiture de Prudence devant le domicile de madame Wilkie. Quelle drôle d'idée, de venir trouver une suspecte à peine sortie de la gendarmerie ! Qu'avaient-elles bien pu se dire ?

Il ne regrettait pas d'avoir suivi, à la trace, Prudence et ses acolytes. Les nouvelles arrivées au village avaient de la jugeote à défaut d'avoir conscience du danger. Une nouvelle fois, il soupirait de soulagement d'être arrivé à temps. La gamine n'aurait pas hésité à commettre deux autres meurtres au cabinet dentaire.

De son côté, Prudence quitta la gendarmerie d'un pas léger. Elle aurait aimé se jeter au cou du capitaine pour le remercier, mais opta pour un sourire plein de reconnaissance. Nom de nom, il avait sauvé Amaury et venait de lui sauver la vie. Rien que pour cela, elle lui assura que c'était la dernière fois qu'il la voyait dans son bureau. Plus jamais elle ne serait mêlée, de près ou de loin, à une nouvelle enquête à Supplicy-sur-l'Isle. Foi de Prudence Poivert !

Elle dévala, à toute vitesse, les marches pour rejoindre le parking. Deux gendarmes étaient allés récupérer son véhicule garé en catastrophe dans le bourg de Supplicy. Elle se voyait mal rentrer à pied chemin de l'Étang.

En s'avançant sur le parking de la gendarmerie, elle remarqua qu'elle était attendue. Une femme, d'une élégance rare, patientait appuyée contre la deudeuche jaune. Prudence baissa les épaules. Sans l'intervention de la gendarmerie, la distinguée Augusta Wilkie y serait passée aussi !

— Heureuse de vous savoir entière, lui cria Prudence.

La bienfaitrice du club se redressa et s'avança vers elle :

— Je n'ai pas de mots assez forts pour vous remercier, Prudence.

Elle s'approcha et lui saisit les mains. La quasi-quinqua répondit :

— Sans la vivacité d'esprit de Célia et l'intelligence du capitaine Hasis, ni vous ni moi ne serions là.

Augusta lui sourit. Elle voulut faire un bon mot et dit :

— J'ai été bien inspirée de ne pas vous avoir achevée sur les berges.

Prudence fit la moue :

— Non ! Pas très drôle, votre blague.

— Je trouverai un moyen de me faire pardonner. Comptez sur moi, Prudence. Je suis votre obligée.

Prudence la prit dans ses bras :

— Nom de nom, madame Wilkie ! J'ai eu la peur de ma vie au cabinet dentaire.

— Merci pour tout, Prudence ! Vous m'aviez mise en garde. Je ne vous ai pas écoutée et j'ai bien failli y laisser la vie.

Les deux femmes se séparèrent et Prudence se dirigea vers son véhicule :

— Je savais bien que votre : « laissez-moi quelques jours pour tout régler » ne tenait pas la route. On parlait de raisonner quelqu'un qui avait commis un meurtre. Peut-être même plusieurs !

— Je suis une victime consentante de Rosita Maille. Je me suis fait avoir comme une idiote.

Prudence ne répondit pas. Elle sentit qu'Augusta tenait à lui fournir des explications. Pour Prudence, tout était limpide : Augusta avait été l'instrument d'une jeune femme complètement folle ! En quoi cela la rendait-il plus coupable ? Madame Wilkie raconta :

— C'est Léon qui m'a présenté Rosita. Fougueuse, emportée par sa jeunesse, elle avait l'air si fragile derrière un masque d'une extrême dureté. Je l'ai prise sous mon aile. Je restais persuadée qu'elle devait être aidée. Avec le recul, je me rends compte que je n'ai rien vu venir. Je n'ai pas compris qu'elle avait flirté avec Léon dans le seul but de m'approcher. Moi, la femme la plus riche de Supplicy ! Je lui donnais mille euros toutes les quinzaines pour l'aider. Je n'ai jamais douté de sa sincérité quand elle pleurait sur mon épaule au souvenir de son enfance traumatisante. Abandonnée, elle avait grandi de foyer en foyer pour finir dans la rue. Dans l'enfer du bitume, des ruelles malodorantes et des bâtiments en ruine, elle avait subi les pires sévices. Je l'ai crue, moi ! Pas une fois je n'ai remis en question son histoire. Elle pouvait être si violente, si colérique, si imprévisible, un jour. Si douce, si tendre et si reconnaissante le lendemain… Chaque crise devait être calculée pour arriver à son but. Elle m'avait percée à jour. J'ai l'âme de l'infirmière ou de la sainte. Je pense que tous peuvent être sauvés. J'ai tort ! Après une énième crise, c'est elle qui a eu l'idée de partir toutes les deux, cinq jours, loin de Supplicy. Pour décompresser et fuir la violence qu'elle subissait au cabinet dentaire. À nouveau, je l'ai crue.

Quand vous avez côtoyé la famille Gravis d'aussi près que moi, vous ne pouvez que la croire.

— Vous haïssiez les Gravis parce que vous saviez ce qui s'était passé avec la fille du jardinier.

— Tout le monde les haïssait ! Le père Valentin a été l'unique témoin de ce crime. Il était tout minot. Treize à quatorze ans, à peine. Valentin traversait les vignes pour rentrer chez lui quand il a vu Antonin et son cousin pousser la fille d'Henri dans une ravine. Les gamins Gravis se sont rendu compte de sa présence et ont cherché à le faire taire. Ils l'ont pourchassé jusqu'au bourg où il nous a tout raconté. Valentin a eu de la chance, ce jour-là. Un peu plus et Antonin le tuait, lui aussi. Quand vous êtes témoin de cela, vous n'êtes plus jamais pareil. Le petit a fini prêtre retiré dans une église à l'âge de trente ans.

— Je ne comprends pas ! Je croyais qu'il avait été placé chez les religieuses à la mort de ses parents ?

— Les Gravis ont convaincu ses parents de s'en débarrasser. Dévoré par la haine, Antonin ne pensait qu'à tuer « le cafeteur ». Pour la sécurité de Valentin, ses parents l'ont envoyé chez les Sœurs de la Charité. Ils sont morts, un an après, assassinés par une milice d'extrême droite.

Augusta secoua la tête et avoua :

— Je n'aurais jamais reconnu Lola. Pour être honnête, j'avais dû croiser la petite Lola une ou deux fois dans le village. J'étais à mille lieues de m'imaginer que la Lola des Marronnier, responsable de la castration du cousin Gravis, pouvait être Rosita Maille. Quand elle me l'a avoué ce matin, j'en ai perdu le souffle. Vous auriez dû les voir, tous, avant le drame. Ils étaient si mignons.

— Elle est complètement déséquilibrée. Vous étiez une victime parfaite pour endosser ses crimes. Une bonne poire, manipulable à souhait.

— Elle était à deux doigts de me faire condamner aux yeux de tous !

Prudence s'appuya contre sa deudeuche mimosa et lui adressa un large sourire :

— Personne n'y aurait cru ! Sachez, Augusta, qu'il est très difficile de trouver à Supplicy quelqu'un qui parle mal de vous. Je peux vous assurer que nous avons cherché, quand nous vous croyions coupable. Les gens vous adorent ici. Et ce n'est pas près de changer.

62

Prudence rentra chez elle soulagée. Le véritable meurtrier du dentiste dormirait ce soir sous les verrous. Elle gara sa voiture dans l'avant-cour. Alors qu'elle s'apprêtait à sortir, elle entendit un véhicule remonter le chemin privé. Elle n'y prêta pas attention. Son voisin devait rentrer d'une simple course. Elle se dirigea lentement vers la porte d'entrée quand elle entendit une portière claquer. Elle se retourna, s'attendant à voir son voisin débouler. Il n'y avait personne. Elle fouilla dans sa besace à la recherche de ses clés. Son instinct lui soufflait de se dépêcher et de ne pas oublier de fermer le portail. Elle frémit, mettant cette sensation sur le compte d'une fraîche soirée d'été.

Elle pénétra dans la demeure où flottait encore le parfum de Célia. Elle était rentrée chez elle. Libérée de la peur qu'on vienne achever Prudence, elle avait retrouvé son « petit foyer » avec émotion. Prudence chercha la télécommande du système de sécurité actionnant le portail, les caméras et le visiophone. Posé sur la table basse du salon, le boîtier noir renvoyait l'éclat aveuglant d'un soleil de fin de journée. Prudence s'avança, se pencha et le saisit. Elle s'apprêtait à enclencher le bouton ON quand elle réfléchit. Que craignait-elle ? Rosita Maille ne pouvait plus rien contre elle. Elle se sentait ridicule de réagir avec méfiance. Tout était fini.

Pour vaincre son angoisse, elle décida de frapper fort. Ce soir, après des mois à vivre sous la protection d'un système de sécurité, Prudence retrouverait sa vie d'avant. Adieu palissade hermétiquement fermée. Fini, le bip incessant de l'alarme des caméras. Terminé, la sonnerie mécanique et stridente du visiophone. À partir de maintenant, les visiteurs frapperaient à sa porte comme des gens civilisés. La terreur qui lui tordait le ventre tenait davantage de l'habitude que d'une réalité. Elle se dit – tout au moins, elle tenta de se convaincre – que tout cela finirait par passer. Elle comprendrait, un peu tard, qu'elle aurait mieux fait de s'écouter.

Aux alentours de 23 heures, elle observa le lapereau bondir dans sa cage pour y passer la nuit. Elle n'avait pu avaler qu'un misérable jambon-beurre pain de mie, un morceau de mimolette et une pomme gala. Depuis quand n'avait-elle pas dormi ? Au moins quarante-huit heures. D'abord, leurs retrouvailles avec Richard tenaient de la prouesse. Elle n'avait pas souvenir d'avoir trouvé le repos plus d'une heure. Ensuite, le déjeuner organisé par le maire. L'altercation entre madame Wilkie et Rosita. De retour chez elle, elle avait passé une partie de la soirée à étudier les marques de tatouage. Elle voulait comprendre ce qu'avait bien voulu effacer l'assistante du dentiste. À nouveau, elle n'avait pu trouver le sommeil. Le lendemain, elle était partie rendre visite à madame Marronnier, elle avait ensuite aperçu madame Wilkie dans le bourg et s'était retrouvée menacée d'un scalpel par la meurtrière d'Antonin Gravis. Plusieurs heures passées à la gendarmerie et une longue discussion sur un parking avec la veuve fortunée devenue une amie avaient fait traîner cette journée qui n'en finissait plus.

Elle mit de l'eau dans la bouilloire, récupéra une tasse et un sachet de camomille. Elle patienta devant la gazinière, le dos appuyé contre le frigo, fascinée par la vapeur d'eau qui s'échappait, libre et insouciante. Un peu comme elle ! Le sifflement caractéristique retentit. Elle se redressa avec difficulté pour se préparer sa boisson au miel. Écrasé de fatigue, son corps la suppliait de lui offrir des heures de repos. La tasse fumante en main, elle quitta la cuisine quand on frappa à la porte. Par réflexe, elle se retourna vers l'énorme horloge du salon. Elle affichait 23 heures 45. Tap tap !

Elle s'avança d'un pas et demanda :

— Qui est-ce ?

Une voix familière lui répondit :

— C'est moi, Prudence. Auriez-vous quelques instants à m'accorder ?

Elle sourit, posa la tasse sur la table de la salle à manger et partit ouvrir la porte sans crainte. Peut-être guérissait-elle plus vite qu'elle ne l'aurait imaginé ?

Sur le seuil, le père Valentin, vêtu d'un jean, d'une paire de baskets blanches et d'un pull noir à fines mailles, l'attendait. Il la salua d'un hochement de tête et s'avança pour qu'on l'invite à entrer. Prudence s'écarta et lui indiqua le chemin.

— J'imagine que ça doit être important pour que vous vous déplaciez en pleine nuit. Surtout aussi loin du Bouchon-Vaseux.

Elle l'observa avec attention et sentit une gêne. Le prêtre, d'habitude si aimable et affable, prenait un visage sombre et sévère. Elle pensa aussitôt que quelque chose était arrivé au village. Elle pria pour qu'il ne s'agisse pas d'une de ses amies du club de théâtre. Un mauvais stress lui tordit les tripes et elle s'écria :

— Qu'est-ce qui se passe ? Vous pouvez tout me dire ! Est-ce que c'est grave ?

L'homme d'Église croisa les bras dans le dos, écarta les jambes pour s'ancrer au sol et releva la tête. Il la fixait dans les yeux et Prudence recula d'un pas. Son regard noir, haineux et menaçant, la fit trembler. Quand il s'adressa à elle, elle paniqua :

— Grave ? Ça dépend pour qui… Qu'en pensez-vous, madame Poivert ?

Il desserra les mains, remonta ses manches et croisa les bras. D'aussi près, Prudence pouvait voir un tatouage fané sur l'avant-bras du père Valentin. Trois traits identiques entouraient son poignet. Pareils aux marques que Rosita Maille avait cherché à effacer.

Les pièces du puzzle s'emboîtèrent dans sa tête. Elle entendit Célia lui expliquer la manie du père Valentin de tirer sur ses manches. Il devait cacher des cicatrices. Elle se revit sur le parking avec madame Wilkie qui lui racontait qu'ils n'étaient tous que des gosses. Elle se souvint de la série de cadres exposée sur l'étagère de l'ecclésiastique. Ces photos, elle les connaissait. Elle les avait vues chez madame Marronnier et chez Augusta Wilkie. L'une d'entre elles représentait cinq gamins dévoilant avec fierté leur avant-bras. Chacun portait une marque faite à l'encre de Chine et à la pointe d'un compas. Trois lignes entourant le poignet.

Les deux petits blonds à gauche semblaient être jumeaux – n'était-ce que l'un était plus grassouillet que l'autre. Deux fillettes souriaient. L'une d'entre elles était la petite Lola. Désormais, Prudence pouvait la reconnaître entre mille. À droite, un jeune garçon, apparemment plus âgé, penchait la tête vers l'autre fillette. Elle était d'une beauté candide, qui transformait n'importe quel démon en ange. De ce petit couple, visiblement fou amoureux, Prudence reconnut le garçon : le père Valentin.

Les mots écrits sur la buée par Rosita lui revinrent. Elle savait pourquoi le message lui avait glacé le sang. Seul le prêtre l'avait traitée d'hérétique quand elle avait avoué qu'elle n'était pas croyante.

63

Prudence tenta de dialoguer alors que son instinct la poussait à fuir :

— Navrée pour votre amie d'enfance. La police fait juste son travail.

D'un ton monocorde, il lança :

— Sans votre intervention, elle serait toujours libre.

— Elle a assassiné le dentiste et a comploté pour mon agression.

— Rectification ! J'ai tenté de vous tuer et elle m'a livré cet enfoiré de Gravis.

— De quoi parlez-vous ? Ce n'était pas Léon dans la forêt ?

Elle repensa à l'expression de Wilkie quand Prudence lui avait affirmé que c'étaient elle et Léon qui l'avaient agressée. Augusta semblait soulagée de savoir que Prudence s'était trompée. Son vrai agresseur devait être un monstre.

Pour la première fois depuis son arrivée, le curé se mit à rire. Son ricanement froid et métallique fit frissonner Prudence. Elle recula, et du talon, ferma la cage du lapereau. Hors de question que ce taré touche à Tintoret. Elle connaissait le but de sa venue : venger l'arrestation de son amie Lola, connue sous le nom Rosita. Elle devait rejoindre la porte d'entrée. À chaque fois que le père

Valentin tournait les yeux, elle glissait légèrement sur la gauche pour contourner la table. Quand il cessa de rire, il glissa les mains dans les poches avant de son jean :

— Cette pédale de metteur en scène n'a jamais rien voulu avoir à faire avec nous. Contrairement à la mère Wilkie qui cherche, depuis toujours, à sauver nos âmes.

— Pourquoi moi ?

— Vous êtes dangereuse. Regardez ce que vous avez fait à Lola. Ces connards de flics étaient à des kilomètres de trouver la vérité. Mais vous, même une fois votre péteux de neveu libéré, vous vouliez savoir. Plus vous vous rapprochiez, plus il était urgent de vous éliminer.

— Vous avez pourtant essayé. Sans succès !

Prudence avait rejoint le coin de la table. Deux mètres la séparaient de l'entrée. Le prêtre n'avait pas bougé. Campé sur ses deux pieds, on avait l'impression qu'il pouvait bondir à tout moment. Comme un animal affamé, il attendait que sa proie soit suffisamment près pour la dévorer. Son regard venait de changer. La vieille cherchait-elle à le provoquer ?

— Ne faites pas trop la maligne ! Sans Wilkie qui hurlait pour que je m'arrête, les deux noctambules ne nous auraient jamais repérés. On a été obligés de vous planquer et de se tirer. Salope de Wilkie ! Et après, vous viviez dans une forteresse. Quand vous sortiez en ville, c'était toujours accompagnée. Je me souviens de la première fois que vous êtes venue avec la grenouille de bénitier. Qu'est-ce que j'en avais à foutre, des trois breloques d'une bonne sœur décédée ? Et, vous voir là, tout sourire, j'avais envie de vous crever. Combien de fois j'ai espéré vous voir vous pointer chez moi seule ? Comme j'aurais aimé rester une toute petite heure en tête à tête avec la pire fouille-merde de Supplicy.

— Vous êtes pire que Rosita ! Elle aussi a commis une erreur. Vous l'avez dit vous-même, je ne reste jamais seule.

— Vous me prenez pour un con, ma parole ? Votre mec, le journaleux, est à Paris. Quant à vos copines du club de théâtre, elles sont toutes chez elles. J'ai vérifié. Le capitaine de gendarmerie, ce putain d'étranger, se déchire la tête au Bar de l'Estuaire pour fêter son arrestation. C'est ce qui s'appelle « être dans une sacrée merde », madame Poivert.

Stoïque, il l'observait d'un air sadique. Le temps semblait suspendu. Les jambes de Prudence ne la portaient plus. Une frayeur jamais ressentie la tétanisait. Ce calme précurseur du chaos lui coupait tout désir de fuite, toute volonté de survie. D'une voix faiblarde et éraillée, elle bafouilla :

— Je ne comprends pas… je veux dire, comment ? Pourquoi…

— L'ex-femme d'archéologue perdrait-elle sa superbe ? Gravis est mort de ne pas avoir respecté notre accord. Ils avaient huit ans, je devais en avoir quatorze, et Lola, Sarah Jacquelin et moi formions une bande d'inséparables. Antonin et son cousin nous collaient aux basques. Jusqu'à ce qu'on accepte qu'ils rejoignent le groupe. Et c'est là que tout a dérapé.

— Ils ont poussé la fille du jardinier dans une ravine.

— Ils m'ont volé l'amour de ma vie. Sans elle, je n'étais plus rien !

— Lola s'est chargée du cousin. Si monsieur Marronnier n'était pas arrivé, il se serait vidé de son sang.

— Eh, elle a fait ça sans que je lui demande. Pour une fois qu'elle prenait une initiative ! Au moins, lui a fini castré. Belle vengeance. C'était loin de me satisfaire. Comme je ne savais pas lequel des deux l'avait tuée, les deux devenaient coupables. Alors je me suis mis à traquer Antonin dans tout le village. Je lui ai promis que le premier jour d'école, il ne rentrerait pas chez lui vivant. Le fils de riche n'a pas accepté la sentence. À la fin de l'été, mes parents m'ont annoncé qu'ils me foutaient chez les bonnes sœurs. Le grand-père Gravis, ce salopard, les avait convaincus que c'était pour me protéger de la fureur d'Antonin. C'était la dernière fois que je voyais mes parents en vie. Cet été-là, les Gravis m'ont tout pris. Tout !

— Cette histoire est vieille de vingt ans ! Pourquoi maintenant ?

— Ma vie dans le Bouchon-Vaseux m'avait coupé des potins du village. Jusqu'à ce qu'un jour, madame Albin – vieille pipelette acariâtre – m'apprenne que l'enfant de salaud venait d'ouvrir un cabinet dentaire au village. Il y faisait le beau. Il était même vice-président d'un club de théâtre. Il pensait faire la pluie et le beau temps à Supplicy. Pas de bol ! L'heure du châtiment avait sonné.

— Une chance aussi que Rosita ait été son assistante.

— Vous êtes à la ramasse ! Comment avez-vous fait pour démasquer Lola ? C'est moi qui suis allé la récupérer à Bordeaux. Je lui ai trouvé de nouveaux papiers, une nouvelle identité. Je l'ai dirigée vers von Kalf et Wilkie. La Samaritaine m'a facilité la vie. En plus, elle nous filait mille euros tous les quinze jours. Manne indispensable pour mener à bien le plan. J'ai eu l'idée de l'agression de Lola, impliquant la vieille bourge. Je voulais une mort dégueulasse pour le Gravis. Les cannelés, c'était encore moi. J'ai dit à Lola de l'amener près de l'écluse. Elle l'a sauté devant moi, je les ai matés depuis le bois. Quand il a avalé les cannelés de merde et qu'il a vomi ses tripes, c'est moi qui l'ai traîné pour le foutre à l'eau. Lola n'aurait jamais eu la force.

Prudence imagina toute la scène. La terreur laissa place à la colère. Quelque chose de puissant s'éveilla en elle. L'instinct. Si elle ne faisait pas quelque chose maintenant, elle mourrait. De manière brutale, violente, et totalement gratuite. Elle sentit des fourmillements dans le bout de ses doigts. Ses muscles se raidirent. Son cerveau cogitait à mille à l'heure. Son corps s'agitait nerveusement.

Sans comprendre son geste, elle attrapa une chaise et la jeta au visage du prêtre. Il l'évita de justesse. Elle en souleva une deuxième et la balança avec plus de force. L'homme d'Église n'eut pas le temps d'esquiver. Le lourd siège en chêne percuta son abdomen. Il se plia en deux et poussa un long râle avant de s'effondrer.

Prudence se précipita vers la porte d'entrée. Elle l'ouvrit en grand et bondit sur le seuil. Une main puissante s'abattit sur elle et saisit sa cheville. Elle poussa un hurlement et trébucha, tête la première, sur les graviers de l'avant-cour.

64

Prudence se retourna et vit le visage perclus de douleurs du prêtre. Il avait rampé jusqu'à elle pour la retenir. Elle tira sur sa jambe, il resserra l'étreinte au point de la faire hurler. De l'autre jambe, elle le frappa, de toutes ses forces, en plein front. À même le sol, il s'agrippait à elle pour l'empêcher de fuir.

Elle s'acharnait quand elle entendit un craquement, semblable au bruit d'un os qui se brise. Il se raidit de douleur et lâcha sa prise. Prudence se releva, à toute vitesse, et partit en courant. Elle aperçut le père Valentin mettre les mains sous son nez pour ralentir un écoulement de sang d'une rare intensité.

Elle atteignit le portail grand ouvert quand elle entendit :

— Sale pute ! Je vais te tuer ! Reviens ici.

L'ecclésiastique inspira à fond par la bouche, se remit laborieusement debout et s'élança vers elle. L'heure de la course-poursuite venait de sonner. Prudence remonta le chemin de l'Étang, déterminée à se réfugier chez son voisin. Elle s'arrêta brusquement. Le noir absolu entourait la demeure de monsieur Garonnet. Soit il était absent, soit il était endormi. Dans les deux cas, Prudence ne devait prendre aucun risque. Le temps de rejoindre la maison aux fleurs, de sonner et d'attendre que son voisin vienne ouvrir, le prêtre aurait cent fois le temps de l'atteindre et de la tuer. Elle entendit des pas précipités derrière elle. Il la rattrapait. Elle fila à toutes jambes, tête baissée, les bras resserrés sur les flancs, en direction du bois de l'Étang. Elle s'y promenait depuis des mois. Il lui semblait en connaître chaque arbre, chaque branche, chaque racine. Elle devait tenter sa chance.

Le premier sentier se trouvait à quelques mètres. Elle le rejoignit rapidement quand elle prit conscience de la présence du prêtre sur ses talons. Elle accéléra sa course. Il ne la lâchait pas.

— Je vais te saigner, salope. Tu n'iras pas bien loin !

Elle aperçut un deuxième sentier sur sa gauche. Celui-ci, elle le connaissait. Il n'avait qu'une issue : le coin le plus sauvage et le plus reculé du bois. Où menait-il ? Prudence l'ignorait, mais elle y fonça sans réfléchir. L'adrénaline pulsait dans ses veines. Les battements de son cœur tambourinaient dans ses tempes. Une brise fraîche apportant une douce odeur de sous-bois lui remplissait les poumons. Dopée, elle sentait qu'elle respirait avec plus de légèreté. Elle leva les yeux et vit la lune. Dans quelques minutes, ses rayonnements argentés ne transperceraient plus l'épaisse végétation du tréfonds de la forêt.

— Connasse. Je vais te faire ta fête !

Elle sautait entre les branches, esquivait les troncs et bondissait au-dessus des trous. Elle trouva plus d'énergie en entendant la respiration sifflante du prêtre. Comme dans le bois du Canal, elle comprit que son poursuivant manquait d'exercice. Contrairement à elle. Haletant violemment, il toussait et perdait du terrain. Quelques dizaines de centimètres pour commencer, et bientôt quelques mètres.

Prudence maintenait le rythme. Malgré l'épuisement, la terreur et l'affolement, elle s'obstinait. Allant toujours plus loin. Allant un peu plus vite. Jusqu'à ce que l'un des deux en crève.

Elle parvint à la fin du sentier et s'engouffra dans les sous-bois. La végétation, sombre et luxuriante, la rassura. Elle poursuivit en marche rapide. Le manque de visibilité et l'ignorance du terrain l'incitaient à la précaution. Elle remarqua qu'un silence assourdissant régnait. Elle n'entendait plus le souffle court du prêtre. Plus de pas. Plus de toux. Plus d'insultes.

Elle poursuivit inlassablement son chemin. Une chose l'obsédait : survivre. Elle ne pourrait dire combien de temps dura sa marche. Une demi-heure, peut-être une heure. Pourtant, impossible de s'arrêter. Inconcevable de laisser une chance à son poursuivant de la rattraper. Même si son corps commençait à la lâcher. Au moment où elle sentit qu'elle allait tomber, elle aperçut une route.

Elle puisa dans ses dernières forces et remonta le bas-côté. Elle se traîna sur la route, les mains calées sur les hanches, à la recherche d'un regain d'énergie.

Elle s'entrava dans une pierre et trouva le réflexe de ne pas s'affaler. Les phares aveuglants d'une voiture lui rendirent l'espoir. Elle ne put ni lever les mains ni faire un pas. Elle restait là, le buste penché en avant, à attendre que son sort soit scellé. Le véhicule se mit à ralentir et s'immobilisa devant elle. Elle leva la tête. Cet effort fit craquer les os de son cou.

Une portière s'ouvrit et un homme – Prudence pouvait jurer qu'il s'agissait d'un homme – se précipita vers elle. Elle tomba à genoux, incapable de supporter la douleur de ses muscles. Elle sentit des mains fortes la saisir par les épaules. On l'aidait à se relever. Dans un ultime effort, elle tourna la tête. On lui parlait. Elle voyait trouble et ne percevait que des sons étouffés :

— Madame Poivert ! Vous m'entendez ? Madame… oh merde ! Prudence, que vous est-il arrivé ? Qu'est-ce qui se passe ?

Elle connaissait cette voix :

— Capitaine ! Le prêtre est le cerveau.

Elle sentit une main douce et bienveillante relever les mèches de cheveux collées à son visage. Il la porta, cherchant à l'asseoir dans la voiture. Il la dévisageait avec angoisse :

— Je n'ai pas compris ! Vous allez bien ? Prudence, je vous en supplie, restez avec moi.

Elle le regarda, comprenant qu'elle perdait sa voix. Elle leva une main qu'elle déposa sur son torse et murmura :

— Le prêtre est le cerveau.

Elle lâcha prise et s'évanouit dans les bras réconfortants du capitaine de gendarmerie.

65

Trois jours plus tard, Prudence Poivert rentrait chez elle. Toujours inquiète des terreurs nocturnes de son amie, Célia lui rendait visite tous les jours. Que pouvait-elle faire pour l'aider ? Georges Pérouse d'Angevin et Fanny Coleman mirent plusieurs jours à se remettre de l'épisode du prêtre. Georgette passait tous les matins rendre visite aux deux femmes. Quant à Fanny, elle fournissait ses amies en sucreries, chocolats et alcools forts pour leur remonter le moral. Tous les jeudis, le club de théâtre étant fermé, l'Anglaise organisait une soirée vidéo autour des comédies britanniques cultes.

Fin juillet, Georgette quitta ses complices. Elle devait rejoindre ses enfants sur le bassin d'Arcachon pour passer quelques semaines de vacances. Fanny, à son tour, était attendue en Angleterre où elle traînait sa fille Iris contre sa volonté.

Mi-août, quand Prudence proposa à Célia de l'accompagner à Montréal, elle eut un pincement au cœur. La quasi-quinqua avouait être soulagée de savoir le père Valentin et Lola sous les verrous et ne regrettait pas son idée de fuir Supplicy. Un passeport flambant neuf en poche et deux billets réservés à leur nom pour Montréal lui redonnèrent le moral. Elle n'avait qu'une hâte : présenter sa nièce Maélis Doucet à sa tendre amie, Célia Petitmont.

La semaine avant son départ, Prudence l'avait passée dans les bras de Richard Boileau. Ensemble, ils avaient appris à se découvrir. Lui se faisait une règle d'or de la traiter comme une princesse. Elle le couvrait d'attention et de tendresse. Ils se moquaient de la soudaineté de leur histoire. De la force inédite de leur passion. Ils profitaient. Simplement. Alors qu'elle ne parlait que de ses qualités dans l'affaire du dentiste, lui ne voyait que Prudence et le terrible désir qu'elle éveillait en lui. Il l'aimait comme un fou.

Quand ils se quittèrent, elle resta persuadée que Richard Boileau était parfait pour elle. Lui était convaincu qu'elle lui faisait découvrir l'amour pour la première fois.

Le vol de Prudence partait de Bordeaux le 28 août, à 12 heures 15. Vers 8 heures 30, on sonna au portail. Le visage du voisin apparut, grimaçant :

— Vous allez l'ouvrir, votre foutu portail !

Sans prendre la peine de répondre, elle fit le tour de la salle à manger, récupéra la cage de Tintoret et sortit dans l'avant-cour. Le portail s'ouvrit, dévoilant un Garonnet ronchon :

— Je peux le mettre en pension, vous êtes sûr ! Si cela vous embête…

— Donnez-moi cette pauvre petite bête. En pension ! J'ai dit que je vous le garderai pendant votre absence. Je vous le garde. Parole d'homme.

Prudence lui sourit et lui tendit la cage. Tout à coup, elle se ravisa :

— Il ne mange que des carottes. Pas de betteraves ! On est bien d'accord !

— Les betteraves ne me servent qu'à arroser les impolis et les mal élevés de votre espèce. Je prendrai soin de lui, moi. Je ne suis pas du genre à le laisser courir, à toute heure du jour et de la nuit, dans le jardin, comme certaines. Si vous voyez ce que je veux dire. Vous et la grenouille de bénitier n'êtes pas au point niveau « éducation » !

— Ne le chouchoutez pas trop. Célia et moi avons fait du bon boulot avec notre lapereau. Il est propre et très aimable.

Le voisin se saisit de la cage et regarda la petite boule agiter ses moustaches. Il se surprit à sourire tant le petit Tintoret était plus mignon qu'il ne l'avait imaginé.

— Il faudrait le nourrir. Il n'est pas très épais.

— C'est mon animal de compagnie. Pas de la viande pour la consommation.

Garonnet s'offusqua et se mit à crier :

— Y'a que les gauchistes comme vous qui soient capables de penser qu'on peut manger une petite bête pareille. Sur ce, je ne vous salue pas ni ne vous souhaite bon voyage. Pensez à récupérer votre chose à votre retour.

— Merci, monsieur le râleur.

— Ouais, c'est ça ! Anarchiste.

Il trotta jusque chez lui, d'un pas léger, à l'image d'un enfant à qui l'on viendrait de confier son premier chiot. Finalement, se dit Prudence, monsieur Garonnet aurait un peu de compagnie pendant son absence. Elle s'en réjouissait.

Elle s'apprêtait à rentrer quand elle entendit une voiture se garer derrière elle. Elle se retourna. Son ex-mari, Arthur Mercado, ouvrit la portière de sa Bentley Continental GT cabriolet dernier cri :

— Prudence !

— Que viens-tu faire ici ? N'as-tu pas des fouilles au Proche-Orient ?

Il fit le tour de sa voiture, ouvrit la portière arrière et brandit un bouquet de fleurs. Roses rouges, pivoines roses, lys blancs. Une pure merveille. Un panier débordant de victuailles de son épicerie fine préférée accompagnait le tout.

— J'ai appris ce qui t'était arrivé. Comment vas-tu ?

Les mains sur les hanches, elle le toisa :

— Il était temps que tu t'en soucies, tu ne crois pas ?

Il la rejoignit, déposa le panier à ses pieds et lui tendit le bouquet. Dieu, qu'il la trouvait belle dans sa robe légère fleurie flottant sur sa peau hâlée !

— Pardonne-moi. Je sais que tu viens de traverser des moments difficiles, Prudence. Je ne voulais pas en rajouter.

— Merci pour les fleurs et maintenant au revoir.

— Arrête de faire ton enfant ! J'en ai déjà assez d'une.

— À qui la faute ?

— Soyons amis. Je t'en supplie.

— Bien, monsieur le professeur ! Comment va ta Bénédicte ?

Il la saisit par le bras avec un geste d'une extrême tendresse. Les yeux plantés dans les siens, il la fixa avec intensité, cherchant à capter son attention. Il connaissait le caractère énergique et spontané de Prudence et savait comment le canaliser :

— Au nom de ce que nous avons été, je te demande d'accepter mes excuses. Pour tout.

Il se rapprocha. Il n'avait qu'à tendre le cou pour l'embrasser.

— Prudence ! Je te jure que je suis réellement désolé.

— Il me faudra un peu de temps, Arthur.

— Ah vraiment ? J'ai cru comprendre qu'il se passait un truc sérieux avec Boileau.

— Laisse-moi deviner. La femme du boulanger ?

— Tes balades romantiques dans le bourg font jaser. Je vous souhaite beaucoup de bonheur. Sincèrement !

Elle acquiesça par politesse. La proximité avec son ex-époux la gênait. Cette familiarité soudaine la dérangeait. Elle recula, l'obligeant à la lâcher.

— Je te crois, Arthur Mercado.

Il lui sourit, soulagé. Elle lui rendit son sourire. Un peu crispée. Il remonta dans son bolide et fit demi-tour dans l'avant-cour. Il enclencha la première et abaissa la vitre :

— La mairie n'a toujours pas comblé le nid-de-poule en bas du chemin ?

— J'en ai parlé au maire Pouillot. Il sera réparé à la rentrée.

— C'est dangereux, il s'agrandit à vue d'œil. J'ai failli me le prendre en arrivant.

— Oh, tu t'es compliqué la vie ! Tu sais que tu peux passer devant chez le voisin.

— Devant son portail ?

— Ça ne lui pose aucun problème. Comme il me le dit à chaque fois, « je préfère que les voitures roulent sur mes pâquerettes plutôt qu'elles finissent dans le ravin ».

— C'est adorable à lui !

— Oh ! Monsieur Garonnet est la gentillesse faite homme.

— Merci du conseil.

Il appuya sur l'accélérateur tout en faisant un dernier signe de la main. Prudence lui adressa un large sourire. Un sourire débordant de joie qui se transforma en éclats de rire quand elle vit monsieur Garonnet sortir et balancer un seau de betteraves pourries sur la Bentley décapotée de son ex-mari !

Satisfaite de sa vengeance, elle se dirigea vers la boîte aux lettres et récupéra le courrier. Elle le décortiquait tandis qu'Arthur redémarra en trombe, hurlant comme un beau diable.

Son portable vibra dans sa poche. Un appel de son gynécologue. Ça devait être le résultat de l'analyse de sa ménopause. Elle l'attendait depuis deux jours. Il était temps de s'occuper de son traitement hormonal. Assez des bouffées de chaleur. Marre du manque d'appétit. Ras-le-bol des sautes d'humeur imprévisible.

Elle écouta avec attention son médecin.

Elle acquiesça et lui demanda de répéter.

Elle ne comprenait pas pourquoi le spécialiste lui rappelait le protocole d'analyse pour la ménopause.

Elle capta les mots « présence de bêta-HCG dans le sang ».

Tout à coup, elle s'entendit hurler « quoi ? », avant d'ajouter :

— Vous êtes sûr ? Votre test sanguin est fiable ?

Elle porta une main à sa bouche quand son gynécologue lui répéta :

— À un taux aussi élevé, aucun doute, Madame. Vous êtes bel et bien enceinte.

Achevé d'imprimer en mai 2021
sur les presses de la Nouvelle Imprimerie Laballery
58500 Clamecy
Numéro d'impression : 105239

Imprimé en France

La Nouvelle Imprimerie Laballery est titulaire de la marque Imprim'Vert®